吟赏煙霞

唐宋词名篇导读

王兆鹏／著

群言出版社
QUNYAN PRESS
·北京·

图书在版编目（CIP）数据

吟赏烟霞：唐宋词名篇导读 / 王兆鹏著 .— 北京：群言出版社，2016.3
ISBN 978-7-5193-0053-1

Ⅰ. ①吟… Ⅱ. ①王… Ⅲ. ①唐宋词—诗词研究 Ⅳ. ①I207.23

中国版本图书馆 CIP 数据核字（2016）第 045654 号

责任编辑：张津津
封面设计：刘淑媛

出版发行：群言出版社
社　　址：北京市东城区东厂胡同北巷 1 号（100006）
网　　址：www.qypublish.com
自营网店：http://qycbs.shop.kongfz.com（孔夫子旧书网）
http://www.qypublish.com（群言出版社官网）
电子信箱：qunyancbs@126.com
联系电话：010-65267783　65263836
经　　销：全国新华书店
法律顾问：北京天驰君泰律师事务所

印　　刷：北京毅峰迅捷印刷有限公司
版　　次：2016 年 4 月第 1 版　2016 年 4 月第 1 次印刷
开　　本：880mm × 1230mm　1/32
印　　张：10.5
字　　数：209 千字
书　　号：ISBN 978-7-5193-0053-1
定　　价：29.80 元

目录

第三讲　相思词

第四讲　悼亡词

第五讲　亲情词

第六讲 性情词

第七讲 豪情词

第八讲　幽默词

第九讲　都市词

第十讲　乡村词

第十一讲　山水词

第十二讲　咏物词

第十三讲　怀古词

引言

我们这门课的名称，是“唐宋词名篇导读”。说到“名篇”，有必要先做一下解题：什么是名篇？名篇由谁来确认？又是怎样确认的？

一般说来，“名篇”是指文学史上流传久远、广为人知、具有典范性的优秀篇章。这里有三个条件：

一是时间上——流传的时间比较长。那些流行于一时，在某一个年度被列入“金曲排行榜”的作品，不一定能够经得起时间的考验而成为名篇。

二是空间上——传播的范围比较广泛。

三是艺术上——具有一定的典范性，既有完美的表现方式，又有丰厚的情感意蕴，足以让人回味无穷，百读不厌。

名篇又是由谁来确认的呢？名篇是作者写出来

的，但作者本人并不能确认哪一首是名篇。名篇，是由读者确认的。那“读者”又是指哪些人呢？我们可以把读者分为三个类型，或者说三个层次——从接受美学的角度，可以说是三种类型的接受者。

第一类是专家型的读者，这一般指的是批评家。他们阅读作品，不仅仅是为了一种消遣性的欣赏，他们还要对作品进行批判——批评和判断。他们的审美判断对当时和后来的读者都会产生直接或间接的影响。比如苏轼有哪些作品是名作呢？南北宋之交，有位词学批评家叫胡仔，他编写了一本《苕溪渔隐丛话》。这是一本诗学著作，汇编了很多种宋人的诗话，资料非常丰富，现在有人民文学出版社的点校本，在图书馆可以借到。我们要了解两宋时期对宋以前的作家和宋代作家有哪些评价，可以找此书来读一读。此书中也有论词的资料，我的老师唐圭璋先生编的《词话丛编》，就把其中专门论词的两卷截取出来，取名《苕溪渔隐词话》。但其他各卷也还有零星谈词的资料，《苕溪渔隐词话》没有全部收录，所以我们要注意读胡仔的原书。《苕溪渔隐丛话》后集卷二十六就专门谈到苏轼的名篇佳词是哪些：

子瞻佳词最多，其间杰出者，如“大江东去，浪淘尽、千古风流人物”《赤壁词》；“明月几时有，把酒问青天”《中秋词》；“落日绣帘卷，庭下水连空”《快哉亭词》；“乳燕飞华屋，悄无人，桐阴转午”《初夏词》；“明月如霜，好风如水，清景无限”《夜登燕子楼词》；“楚山修竹如云，异材秀出千林表"《咏笛词》；"玉骨那愁障雾，冰肌自有仙风"《咏梅词》；"东武南城，新堤固，涟漪初溢"《宴流杯亭词》；"冰肌玉骨，自清凉无汗"《夏夜词》；"有情风万里卷潮来，无情送潮归"《别参寥词》；"缺月挂疏桐，漏断人初静"《秋夜词》；"霜降水痕收，浅碧鳞鳞露远洲"《九日词》。凡此十余词，皆绝去笔墨畦径间，直造古人不到处，真可使人一唱而三叹。

胡仔在这里列举了苏轼《念奴娇·赤壁怀古》、《水调歌头》(明月几时有)、《水调歌头·黄州快哉亭赠张偓佺》、《贺新郎》(乳燕飞华屋)、《永遇乐·彭城夜宿燕子楼梦盼盼因作此词》、《水龙吟·赠赵晦之吹笛侍儿》、《西江月·梅花》、《满江红·东武会流杯亭》、《洞仙歌》(冰肌玉骨)、《八声甘州·寄参寥子》、《卜算子》(缺月挂疏桐)、《南乡子·重九涵辉楼呈徐君猷》等12首名作。胡仔的意见对后代的人产生了很大的影响，后来人选苏词、评苏词的名作，往往离不开这些词。这是第一类专家型的读者的意见。

第二类是作家型的读者。作家、诗人，既是作者，同时也是读者。他们阅读作品的目的，常常是为了自己创作，从前人的作品里汲取养料。有一部很有名的文学理论著作，是美国韦勒克的《文学理论》。这是20世纪流传得非常广泛的一部文学理论教材，大家看过没有？如果有机会，可以找来看一看。书中很精辟地说过，一部作品的生命力，不仅仅是存留在他本人的作品当中，更存留在别人的作品当中。一个作家，他有时也要发表对别人作品的意见，有时虽然不发表评论，但他会借鉴别人的作品。这个作家如果明显受到另一个作家的影响的话，他其实也提高了所借鉴的那些作品的知名度和影响力。因此，作者本人，也是一种特殊类型的接受者。在诗词里头，如果一位诗人或词人，对前人的作品进行唱和——按前人的作品的韵脚来写一首诗或者词——更会扩大那首被唱和作品的知名度。

第三类是普通型的读者（消费者）。一般的读者阅读文学作品，常常是为了消遣和娱乐。这些消遣型或消费型的接受者，可能会发表意见，也可能不公开地、直接地发表意见，但是他们的接受度也会影响到作品的传播。消费的人、购买的人多了，自然会影响到传播者的传播、出版商的出版意向和选择。他们总是会根据市场行情来调节其传播和出版目标的。

这三种类型的读者的态度、意见，常常会共同确定哪些作品是好的，或者哪些作品更受人欢迎。也就是说，名作是由多种不同类型的读者共同确定的。

那么，名作又是怎样确定的呢？或者说，我们怎样去确认哪一篇是名作呢？我们可以用定量分析的方法，也可以采取定性分析的方法。在这门选修课当中，我们不可能具体讲这些操作方法，但可以说明一点：名作的确认是一个过程，是一个不断被发现、不断被解读、不断被肯定的过程。古往今来的名篇，都有一个共同特点，就是历史性，它们随着时间的推移而不断被发现、发掘出新的意义，从而得到新的肯定。“名篇”是相对的，不是绝对的。这个时代的人，认为它是优秀的篇章，都很喜欢它，但在另一个时代，人们可能不一定认同它，因此名作不是一成不变的。我经过定量分析，确认位居唐宋词“十大金曲排行榜”榜首的是苏轼的《念奴娇·赤壁怀古》，这是历来公认的最好的作品。但是清代有一位词选家沈时栋就不认同。他在《古今词选》卷首《选略》第二则谈到选词标准时说：

> 是集雄奇香艳者俱录，惟或粗或俗，间有败笔者置之。即名作不登选者，犹所不免，如坡公“大江东去”，虽上下千古，脍炙齿牙，然公瑾当年，奚待小乔初嫁而后雄姿英发耶？是亦此词之白璧微瑕也。四方同志，幸勿以强作解事见诮。

他也承认赤壁词是脍炙人口的名篇，但词里写怀古，写战争，却又写个小乔，写女人——战争是要让女人走开的，怎么能写小乔呢？周瑜的“雄姿英发”，怎么会等到“小乔初嫁”后才激发出来呢！格调不高啊，白璧微瑕。所以他在选词的时候，《念奴娇·赤壁怀古》就不入他的法眼，也就是说，他把《赤壁怀古》排除在名篇之外。所以说，“名篇”是相对的，即使是公认的名篇，也有人较劲不认同。

我要讲的，也不都是人们耳熟能详的作品。有些是公认的名篇佳作，也有些可能不是太有名，但经过大家的传诵，说不定今后会成为名篇名作呢。再说了，耳熟能详的作品，我们从小学一直到高中都在学，再来讲这些作品，缺乏点新鲜感。所以我们要去发掘一些优秀篇章，解读它，肯定它，使它今后成为名作。这样，既能丰富我们自己，也能丰富我们的文学史，何乐而不为呢！

再就是这个“导读”怎么读，是一个个作家、一篇篇作品这么欣赏呢，还是换一种思路方法？我想采用分类比较的方法。不按一个个作家来讲，也不按时代来讲，而是按主题分类来讲，把这些优秀的篇章串起来，使大家对某一个主题及其表现方式有一个比较完整的了解。

一篇作品，一首词，就是一个完整的世界。而众多的作品，共同构成了一个无比丰富的艺术世界。我把这个艺术世界划分为四个部分：人生、社会、自然和历史。人生，指个体生命、个体人生。我们每个人，都是生活在群体当中、社会当中的，所以作者总要表现他对社会的感受和思考。同时，人又生活在自然当中，因此作家又会表现对自然的审美态度和审美趣味。人还是位于历史和现实的坐标轴上的，因此作家也经常会表达他对历史的评价、反思。

人生、社会、自然和历史共同构成了一个丰富博大的艺术世界。这四个门类下面，我们又可以细分。人生类下面的抒情类，又分为各种情感，比如爱情、性情、豪情之类，除此之外，还有乡情、闲情等。这种分类，宋代人选词就已开先例。宋代有一本很有名的词选，叫《草堂诗余》，它就是按内容分类来选词的。它分春景、夏景、秋景和冬景，还有天文、器物之类。这是为便于在演唱时“听众点播”而设的。

听众点什么，歌手打开歌本一看，就可以根据听众的需要来演唱。一般的词选都是按人来编——苏轼名下选几首，欧阳修名下选几首，诸如此类。有的词选则是按调来编选——《采桑子》调下选几首，《贺新郎》调下又选若干首，如《历代诗余》，这是清代的一部大型词选，就是按词调来编排的。

下面我们就讲第一类：爱情词。我们根据爱情的发展进程，把爱情词分为约会词、离别词、相思词三类。爱情是从相识约会开始的，不认识就谈不上爱情。现在有“网恋”，人们用不着见面就可以谈情说爱。古代没有“网恋”，男女必须认识以后才可能产生爱情的火花，彼此才能相互“放电”，进而“触电”。约会相识后总会有离别，离别之后就会有相思。我们按照这样的思路来讲爱情词，然后再讲另外一个特殊的类型——悼亡词，也可以说是生死恋歌。

第一讲

约会词

先讲约会词。这约会啊，在先民时代就有了。《诗经》里有约会的诗歌，大家能不能够想到哪一篇是写约会的？《静女》？

先讲约会词。这约会啊，在先民时代就有了。《诗经》里有约会的诗歌，大家能不能够想到哪一篇是写约会的？《静女》？对了！除了《静女》以外还有没有？《溱洧》？《溱洧》也是，也写到约会。这首《静女》，是典型的约会诗。其实在《氓》里头，也写到约会："氓之蚩蚩，抱布贸丝。匪来贸丝"，来和我约会，约会的目的是商量婚事——"来即我谋"。我们还可以去追溯一下，中国古典诗歌里头，除《诗经》外，汉乐府民歌和唐诗里有没有写约会的诗篇？大家有兴趣可以去查一查《先秦汉魏晋南北朝诗》和《全唐诗》，比较一下各个时期约会诗是怎么写的。唐以前，统称为先唐时期。先唐时期的约会，是男性约会女性呢，还是女性追求男性？从这里可以考察社会风气和民俗的变迁，也可以看出伦理观念的变化，甚至可以看出妇女地位的变化。假如说在《全唐诗》里头没有这类约会的诗歌，那我们可以思考：为什么？这与唐代社会观念、社会风气有什么联系？这些都是值得思考、留意的问题。

唐宋词中约会词比较多，这些约会词往往具有故事性和戏剧性，而且一般都是用白描的手法，注意约会场景和细节的描写，甚至对男女双方的声态、口吻、动作细节和心理活动也一一加以描绘。

我们来看李煜的《菩萨蛮》：

> 花明月暗笼轻雾。今宵好向郎边去。刬袜步香阶。手提金缕鞋。　　画堂南畔见。一晌偎人颤。奴为出来难。教君恣意怜。

请注意《菩萨蛮》的词牌是句句押韵。词有两种标点方式：一种是按押韵的原则来标点，凡属用韵的地方都用句号，不管它的文意如何，韵脚字全用句号。传统的标点方法，都是根据韵脚来标点的。我这里就是用这种标点法，因为它句句押韵，所以都是句号。另一种方式是按照文意来标点，所以经常有一些逗号、句号、问号或感叹号。这两种标点方法，各有优劣长短：按照韵脚字来标点，一看就能够分辨哪里用韵、哪里不用韵，只要是句号，就全是用韵的。但在文意上，可能会造成理解的障碍；根据文意来标点，便于理解词句，但在形式上、用韵上又不太容易掌握。如果你用《菩萨蛮》这个词调来写词的话，可以先把这首词背下来，把它的平仄记下来，请特别注意它的用韵和换韵，上下两片有两个仄韵，两个平韵。“雾”“去”是仄韵，“阶”“鞋”是平韵，下片也是一样的，“见”和“颤”是仄声韵，下面的“难”“怜”是两个平声韵。词的句式长短也要注意，这个词调上片是两个七字句再转换成两个五字句，七七五五句式，下片是四个五字句。

我们欣赏词，也可以尝试写写词，不仅仅是阅读而已。《菩萨蛮》这个调子还是比较容易掌握的，句式比较整齐，一共八句，相当于一首五言律诗，只是开头两句改用七言而已，大家不妨尝试尝试。开始不要求意境的好坏，只要求能够把平仄用对，像造句一样把句子造出来，大体上把节奏和语感掌握好就不错了，写熟了以后再来追求一定的意境。

说过形式以后，我们再来看李后主这首词的内容。这首词好像是一个独幕剧，非常有韵味。“花明月暗笼轻雾”，我们可以把它想象成一个舞台、一个背景。“花明”，是说花团锦簇，鲜艳夺目。“月暗”，这天晚上月亮刚刚出来，朦朦胧胧的，而且还笼罩着薄薄的轻雾。如果是舞台的话，最好放出烟雾来。展现在我们眼前的，是很优美的、若明若暗的一个舞台。我们可以想象是一个舞台，也可以想象是一个画面。读词就是要展开你的想象力，把语言符号还原成一种具体的形象、一种实在的场景，仅仅理解了字词的意思是不够的，需要把字词所蕴含的意象整合构建成一种具体的画面。“今宵好向郎边去”，这时候，一位女主人公，一位靓妹，悄悄走上来了。她心里正满心欢喜，禁不住自言自语：这个时候，正好跟情郎哥约会。“刬袜步香阶”，写她的动作。什么叫“刬袜”？“刬袜”就是光穿袜子没穿鞋。穿着鞋，特别是像现在这样子的高跟鞋，嘎吱嘎吱地响，容易被人发现。因为穿着鞋子怕被人发现，她就“手提金缕鞋”，把鞋子提在手上，静悄悄地去约会。你也可以把它想象成一个小品。如果用 DV 来拍摄这首词的话，可以别出心裁地设置背景，展现女子上台时的动作神态。“画堂南畔见”，画面再一转：画堂的南边，两人见面了。“一晌偎人颤”，一见面两人就拥抱。真是激动的心情颤抖的手！如果你要演小品的话，譬如元宵文艺晚会上，可以把这首词作为舞台的脚本表演一番。“奴为出来难，教君恣意怜”，女孩子说：我出来一趟真不容易哟，今天晚上就“让你亲个够”。

这首词有场景，有故事性，更有戏剧性，而且写的还是真实的故事。不仅是真实的故事，而且是李后主自己的故事。李后主先后有两位心爱的皇后，一位是大周后，一位是小周后，她们是姊妹俩。大周后在病重期间，小周后进宫陪伴，跟她姐夫就恋上了。这时候小周后才十五六岁，算是早恋。李煜这首词就写他和小周后结婚之前的一次约会。李后主太得意忘形，把自己的恋爱故事也现场直播出去，让他南唐的国民欣赏。当时没有电视台，有电视台的话一定会现场直播的。李后主迎娶小周后的婚礼，也非常隆重，当时整个南京城倾城出动，有人为了看得真切一些，竟爬到房顶上去，甚至发生了掉下来摔死人的悲剧。这个故事让我想起了《百年孤独》里的一个场景。那里写一位美女出现，大家都争先恐后去看，有的上房揭瓦就为一睹芳容，那场景跟李后主结婚的场面差不多。看来中西方常常上演不谋而合的故事。这首词的细节描绘可以说是细致入微。在这么一首简短的词里头，竟能够演绎出一个活灵活现的故事，刻画出一幕旖旎婉转的场景，他高超精练的表现手法确实让我们佩服。

我们再来看欧阳修的一首《南乡子》：

好个人人，深点唇儿淡抹腮。花下相逢，忙走怕人猜。遗下弓弓小绣鞋。　划袜重来。半亸乌云金凤钗。行笑行行连抱得。相挨。一向娇痴不下怀。

宋代的男女，当时也是很浪漫的。这种场景，在武大珞珈山的树林里很常见。宋代也是这种情形。这首词不需要太多的讲解，我们就可以领会欧阳修笔下的这个恋爱故事。“人人”，是宋代的流行语，一种亲昵的称呼，相当于现在的“亲爱的”，就是“darling”。现在网络上不知道是什么称法，大概是“漂亮美眉”吧？“深点唇儿淡抹腮”，嘴唇上搽了唇彩，脸上抹了一点淡淡的胭脂。“花下相逢”，在花丛中两人碰见了，突然旁边来了人，“忙走怕人猜”，急忙跑开了。这就带有戏剧性。“走”是跑的意思。本来是来约会，看到别人来了，又怕人家看破，所以赶快就开溜了。这小女子有一点慌张忙乱，“遗下弓弓小绣鞋”，因为跑得太急，把绣鞋给跑丢了。由这一句，可以知道，北宋初年，女子已经开始裹脚了，以脚小为美。过了一会，“划袜重来”，鞋子不是丢了吗？这个时候光穿袜子没穿鞋又羞答答地“重来”见面。作者又用一个特写镜头，写她的装束，“半亸乌云”，一个很时髦的发型，偏垂在一边，也叫堕马髻。东汉应劭的《风俗通义》说：“桓帝元嘉中，京师妇人作愁眉、啼妆、堕马髻、折腰步、龋齿笑。”后面接着解释说：“愁眉者，细而曲折。啼妆者，薄拭目下若啼痕。堕马髻者，侧在一边。折腰步者，足不任体。龋齿笑者，若齿痛不忻忻。”这是当时大权贵梁冀家的妇人发明的，京师翕然仿效，大概是一种极妖媚风流的打扮。看来到了宋代还在流行，我们联想这个典故，更显现出这个女子的娇媚模样儿。“乌云”黑发上还插着个镀金的凤形钗子。见面了以后，“行笑行行”，一边走一边笑，一定是笑得“吃吃”的，“连抱得”啊，“相挨”，终于拥抱在一起了。“一向娇痴不下怀”，她撒娇发嗲起来：你看我的绣鞋都跑掉了，我怎么走路呀，我要你抱！愣是挂在情郎怀里不下来。

欧阳修是文坛领袖，正人君子，他怎么会写这样的小儿女卿卿我我的词呢？词学史上曾经有过很长的争论。从北宋时代开始，就有人说“欧阳公一代文宗”，不会写这样的艳词的，那肯定是小人写的，嫁名欧阳修。这事吧，反映出一种文学观念的变化。欧阳修当时写这类词，是“以其馀力游戏”为之的，是本着词为“薄伎，聊佐清欢”的创作观念，俗词艳词自然汩汩于笔下了。可当词的地位提升后，人们就开始不太认可这类词了，进而怀疑这是不是欧阳公的手笔。我们现在对流行歌曲，虽然没有去鄙视它，但仅仅是把它当成一种娱乐行为或消遣行为，我们并没有把它当作是文学或是艺术。北宋时期对这类词，跟我们现在对流行歌曲的态度差不多，有一种悖谬的现象：人们都喜欢它，但是又不怎么看重它，以“小道”视之。翻开20世纪的中国文学史，很少有歌曲的位置。现在，我们每个人，特别是年轻人，每一天的生活似乎都离不开歌曲，走在路上也到处可以听见大分贝播放的流行歌曲，你不听都不行。或者某一句契合了你的心境，唱到你心坎里了，让你不喜欢也难，情不自禁地“歌咏之”了，然后就“手之舞之足之蹈之”了——但是即使如此，我们讲文学史的人，好像也没有人把它当作文学来进行研究。从唐五代以来，词已经成为社会文化消费的主导品种。在宋初也是这样，词是一种娱乐、一种消遣，对它没有什么严肃、崇高的要求。词之所以在宋代那么繁荣，就因为它非常流行、非常受大众的欢迎，从而激发了创作者的热情，他们因此大规模、大气力地从事词的写作，发展到后来，词甚至被认为是一代文学的代表。但当时写词的人，纯粹是抱一种娱乐的态度，随写随扔，就像是做游戏。正如胡寅《酒边集序》所说的：“随亦自扫其迹，曰谑浪游戏而已。”不过宋代人做的是高水平的游戏。我们现在到卡拉 OK 里娱乐唱歌，是点歌，点别人写的、歌手唱的歌；宋代的人比我们现代人玩得高雅，他们到宴席上要听歌或唱歌，就现场写一首给歌女来即席演唱——客人想听什么，词人就写什么，客人想听什么乐器，歌女立马就弹奏什么乐器。

北宋人对词曲的这种随意即兴的态度，反而促进了词的发展和繁荣。因为正统的诗文要“载道”“言志”，要符合传统的道德观念，有许多内容和题材的限制，日常性的、隐私性的情感不能公开表达。比如李商隐的《无题》诗，好多是写爱情的，因为爱情不便在诗里公开直接地抒写，他就只好写得遮遮掩掩、吞吞吐吐、朦朦胧胧。而词体，却可以随意写，人们最隐秘的情感经历、最真切的爱情体验都可以用词来坦率地表达、放声地歌唱。正因为词体这种随意性和开放性，一不小心就把长期被封闭的爱情角落给打开了，很多优秀的篇章便应运而生了。

除了受当时的词体观念影响，即词体不受任何伦理道德的束缚之外，欧阳修本人，他早年的生活也是非常浪漫的。他在《答孙正之书》中就说，自己通晓事理、接受"圣人之道"比较晚，30岁以前，"嗜酒歌呼，知以为乐，而不知其非也"。他年轻时是个"酒徒"，好喝酒。喝酒的时候写词听歌妓唱歌，是家常便饭。所以他在那种生活场景之下写出《南乡子》这样的作品，一点都不奇怪。这首词算是比较健康的，还有更有"颜色"的作品呢。宋代流传有欧阳修的两本词集，一本叫《醉翁琴趣外编》，还有一本词集叫《近体乐府》。按照正统的观念来评判，《近体乐府》收的词大多是比较健康的，《醉翁琴趣外编》里头收录了大量的俗词和艳词，有些作品几乎在"扫黄"之列。引起后世争论的作品，大多数是在《醉翁琴趣外编》里。到了明代，这两个词集合二为一，合编成了《六一词》。欧阳修词的真伪之争，一直延续到二十世纪八九十年代，还有人写文章来争论这些词是不是欧阳修写的。在我看来，要说《醉翁琴趣外编》里的艳词不是欧阳修写的，证据还嫌不足。了解了当时词的创作观念，欧阳修写香艳词，也完全是有可能的。

读了两首男性词人的约会词，我们再来看看出自女性词人笔下的约会词：

恼烟撩露。留我须臾住。携手藕花湖上路。一霎黄梅细雨。　　娇痴不怕人猜。和衣睡倒人怀。最是分携时候，归来懒傍妆台。

这首《清平乐》是南宋女词人朱淑真的作品。在宋代女词人当中，朱淑真的影响和地位应该是仅次于李清照的。不幸的是，朱淑真的生平事迹我们还弄不太清楚，只是从她的作品中感受到她的婚姻不太如意，所嫁非人。因此她的思想就开了岔，感情“走私”，一心追求理想的爱情。这首词就是她追求爱情的实况转播。从词里可以看出，宋代男女的交往还是比较宽松自由的，不是我们想象中的明清时代的那种男女授受不亲。

欣赏作品，要注意整体阅读，前面的词句要联系后面的词句来理解。这首词写清晨湖边约会。一大早，湖上烟雾弥漫，晨露未晞。大概见面一次不容易，“奴为出来难”，所以恼恨“留我须臾住”，俩人在一起只呆了一会儿。其实热恋的时候，时间过得飞快，“相看两不厌”，相处了一天也仿佛是一会儿。所以这“须臾”，是心理时间，不是自然时间。“携手藕花湖上路”，她跟心上人牵着手，在湖边漫步，欣赏着荷塘景色，湖里娇艳欲滴的荷花映衬着岸边丽人幸福的脸颊，该是一幅多么优美的图画！天公不作美，“一霎黄梅细雨”，突然一阵细雨飘来，淋湿了衣衫。不过，这意外的“打击”倒是给他们创造了一个两人单独相处的绝佳机会。“娇痴不怕人猜”，我们可以想象，她俩跑去躲雨，也可能躲到一个亭子里，或者是屋檐下，这时候火热的激情实在是“黄梅细雨”浇不熄的，也不管别人认不认得，也不怕别人猜疑，她就“和衣睡倒人怀”，躺在爱人身上。哎哟，那个激动，那份幸福，真是旁若无人、自在甜蜜也。“最是分携时候”，最难舍的是分手的时候，这么难得的机会，这么幸福的时光，哪里舍得离去呢。“归来懒傍妆台”，回到家以后，激动的心情还没有平复下来。“懒傍妆台”，大概发型都乱了，脸上的胭脂也模糊了，也无心再去整理补抹，只是痴痴地看着菱花镜中自己那如桃花般嫣然娇羞的脸，陶醉地回味着湖畔那浪漫的时光。她的心醉，她的喜悦，写得多么生动和形象！有场面的描绘，有细节的刻画，有心情的呈现。人、情、景，构成一幅生动明快的雨中湖畔约会图。

朱淑真为了她的这种勇敢的举动，付出了沉重的代价。她去世之后死无葬身之地，她的夫家和娘家都不容她，不让她入土安葬。我们中国古代对葬礼非常重视，有的穷人家没有钱安葬，灵柩一放就是几年，甚至十几年，等有钱以后再隆重下葬，入土为安。而朱淑真的遗体是火化的，她的诗词作品也被她的娘家人一把火烧光了。

朱淑真的作品又是怎样流传下来的呢？是杭州一个叫魏仲恭的人搜集整理的。一次偶然的机会，魏仲恭在杭州的旅店里听到有人唱朱淑真的词，朗诵朱淑真的诗，他觉得特别感人，于是成了朱淑真的 fans，开始留心搜集朱淑真的作品，最终把她的诗词编在一起，取名为《断肠集》。这就是朱淑真的作品得以流传下来的原因。朱淑真的生平事迹，也只有在魏仲恭写的序里透露出一点端倪。魏仲恭在序里说已有人给朱淑真写过传，他就不多说了。遗憾的是，那个人写的传记没有流传下来，魏仲恭也没有把它收录在朱淑真的诗词集里。他要是多说几句该多好啊！这也算是朱淑真的又一不幸了。朱淑真幸运的是，遇到这么一个铁杆 fans，让她的作品得以流传。如果没有魏仲恭的搜集整理，中国文学史上恐怕就会缺少一位杰出的女词人！

文学史上有很多很偶然、很有趣的现象。我有时候很为朱淑真打抱不平，她在宋代是一点名气也没有，而现在看来，她的作品跟李清照比起来最多差一个等级，或者差半个等级。如果说李清照是一流词人的话，朱淑真至少是二流或者一流半词人。李清照在宋代可以说是名满天下，而朱淑真呢，除了魏仲恭把她的作品搜集成书，写了一篇序外，在宋代的文士阶层，几乎没有留下一点痕迹和影响，现存的资料里很难看到人们对朱淑真的任何评论，哪怕是否定性的只言片语。

李清照与朱淑真的际遇如此不同，一个重要原因是李清照的家世非常显赫。她的丈夫赵明诚是著名学者，她的父亲李格非名列“苏门后四学士”之一，也是文坛大腕级的人物。“苏门前四学士”之中，晁补之和张耒都表扬过李清照。现在文艺界的人想出名，都要靠宣传，一经媒体炒作和包装，准保出名。宋代文士，有一种出名的途径，就是“名家印可”，有文坛的大腕或社会名流说某人好生了得，此人就会一夜成名。张耒和晁补之都说李格非的姑娘了不得，有才气，那李清照的名气自然也就提升了。李清照的公公赵挺之是宰相，宰相的儿媳妇，人家能不关注吗？李清照娘家和婆家的背景，让她想不出名都不行。所以李清照很幸运——这只就文学的影响力和知名度而言，她后半生的遭遇另当别论。李清照生前的文名比朱淑真不知要大多少倍，但在身后，李清照跟朱淑真比起来，又算不幸了。在宋代，李清照的作品有好几种版本传世，有一卷本、三卷本、五卷本、六卷本、七卷本和十二卷本，可谓畅销一时，倍受欢迎。但是到了元代以后，这些版本统统失传，以致明末毛晋刻李清照词集的时候，只搜罗到她的十几首词。我们现在读到的李清照诗词集，都是清代以来学者们相继整理的本子。目前李清照的作品集，最可靠的应是王国维的公子王仲闻先生编的《李清照集校注》，由人民文学出版社出版。李清照传世的词作，比较可靠的大约有 50 来首。不过，这些词作可都是精品，堪称“精品现象”。苏轼、辛稼轩等大词人流传下来的词作很多，苏轼有 362 首，辛弃疾有 629 首，但并不是篇篇精彩，有些词作质量很是一般。词史上有两位词人，一位是李清照，还有一位是李后主，他们传世的词作几乎都是精品。李后主传世的词作，可靠的也只有 30 多首，但每一首都相当精彩。

文学史上有很多现象，你要仔细去琢磨和思考，非常有趣味，有些也不大好解释。朱淑真的《清平乐》就讲到这里。

下面我们再看周邦彦的《少年游》：

并刀如水，吴盐胜雪，纤手破新橙。锦幄初温，兽烟不断，相对坐调笙。　　低声问向谁行宿，城上已三更。马滑霜浓，不如休去，直是少人行。

大家已学过宋代文学，应该对周邦彦有一定的了解。北宋词坛上，从流行的广度、受大众欢迎的热度而言，他是仅次于柳永的。如果按照现在时兴的排行榜来给北宋词坛上流行的词手排名，那么第一名应该是柳永，第二是周邦彦，第三是秦观。这三位在大众心目中可说是“天王级”的人物。柳永的歌词，一直到北宋末年还在传唱，流行了将近 100 年。北宋最后一位宰相何㮚就是柳永的狂热 fans，金兵攻陷汴京前夕，何㮚在宰相办公室里一边喝着美酒，一边还在哼着柳词。苏轼在后世地位很高，但在当时流行乐坛上影响并不大，他的很多词作都不好歌唱。比如名作《念奴娇·赤壁怀古》，人们喜欢读，但没有记载提到有人唱的。而周邦彦的歌词一问世，就大受追捧。到了南宋，周邦彦受欢迎的热度仍然没有“退烧”。强焕《片玉词序》说，在周邦彦任溧水县令 80 年后，强焕来溧水任职，闲暇时宴请嘉宾，歌者唱的词，仍是以清真词为首选，所谓“暇日从容式燕嘉宾，歌者在上，果以公之词为首唱”。陈郁《藏一话腴》外篇卷上也说：“周邦彦字美成，自号清真。二百年来，以乐府独步。贵人学士、市儇妓女，知美成词为可爱。”甚至南宋灭亡以后，在元大都也还有人唱清真词。现在歌坛的刘德华，当红了三四十年，已很难得，而宋代的周邦彦据守流行词坛 200

来年，实在是了不起！

我们再看他的这首《少年游》，写的是约会场景，非常有情调。环境是在夜间的室内。你可以想象两位主人公是一对恋人，也可以想象是狎客和妓女。“并刀如水，吴盐胜雪，纤手破新橙”，写的是一位温柔多情的靓妹，用锋利的“并刀”来切橙子，招待客人。并刀是山西太原产的刀，就像现在的王麻子剪刀、张小泉刀之类，是当时的名牌货。“吴盐胜雪”，很讲究、很精致的盐，吴地产的盐，像雪一样白。因为新橙加一点盐作佐料，就没有那么酸，变得比较甜了。“纤手”，鲜嫩雪白的小手，像水葱儿似的，白白嫩嫩的。切个刚上市的橙子，招待心上人，够多情的。下面是写环境。不同的词，表现手法是有差异的。有的是先写见面的环境，而这里是先写见面的动作、招待他的情景，然后写环境。用新橙招待，并用考究的刀来切开，还放上精致的盐作佐料，体现出女主人公的细致与多情，让男子有受宠若惊的感觉，十二分的感动，于是先写这个他印象最深的细节。就像晏几道《临江仙》词写与小蘋初见，对她的“两重心字罗衣”印象最深一样。“锦幄初温”，室内的锦绣帘幕垂挂，刚刚生起火炉。那时候没有空调，小火炉让人感觉很温暖。白居易《别毡帐火炉》诗说：“复此红火炉，雪中相暖热。”“兽烟不断”的“兽”是指什么？对，香炉。李清照《凤凰台上忆吹箫》词有“香冷金猊，被翻红浪，起来慵自梳头”，“金猊”是镀金的猊形的香炉。“兽烟不断”，你要想象这屋里很暖和，红烛高照，香炉上袅袅飘起了烟雾。拍 DV 让你做导演的话，你要拍香炉的烟在袅袅地缭绕，你还仿佛闻到了沁人的香味。这环境多优雅呀！“相对坐调笙”，两个人坐着弹琴吹笙，情调多么高雅呀！时间过了很长以后，女子多情而又关切地低声问道：“向谁行宿？”“谁行（háng）”是“哪里”的意思。这句话用武汉话来说就是：哪里去住吵？“城上已三更”，现在已经三更天了，你不走了吧？“马滑霜浓”，外面的路滑不好走，霜又厚又重，天气很冷，你还不如今天晚上就在我这歇宿吧。“不如休去”，不走了吧。“直是少人行”，你一个人出去，多孤单啊。理由一个接一个，既显关心，又委婉地表达了请男子留宿的深情。下面你可以作进一步的联想，男子也许被她的真情打动就留下了，也许不得不忍痛离去了。这首词写约会，情调虽然香暖，但纯洁高雅。通过简短的对话，凸现女子的多情、温柔和体贴，虽然亲昵，但很健康。

读了上面几首词以后，我们可以看出词的另一个特点。词本来是抒情的，是配合音乐歌唱的一种歌曲，词的抒情性应该比诗歌来得更纯粹、更强烈，但词在发展演变过程中，也逐渐增强了叙事性。以上这几首词，都可以说是具有比较鲜明的故事性。词体，特别是小令，更多的是用比兴的手法，用暗示、象征等手段来抒情，像这种讲故事的词，在唐宋词之中不是很多。而且唐宋词里的叙事性，也常常表现得不像这样直接，它是用一种含蓄的方式来潜在地叙事、隐性地讲述。我很早就注意到词的叙事性，想写一篇文章，结果被一个朋友抢了先机。他是中山大学的张海鸥教授，他写的《论词的叙事性》，发表在《中国社会科学》2004年第2期上。

过去我们更多地关注词的抒情性，而他这篇文章则主要谈词的叙事性及其特点。

我们作为本科生、研究生，看杂志时，不仅仅要看文学刊物，也要关心留意有关的理论刊物，比如《文学评论》《文学遗产》等。有的文章你不一定看得懂，但你要了解：现在的学术界关注哪些问题？提出了哪些新的问题？至少可以了解一些信息和动态。对古典文学有兴趣，特别是想考古典文学研究生的同学，应该去看看这些刊物。还有中国人民大学复印报刊资料（简称“人大复印资料”）的《中国古代近代文学研究》，它是在近期有关古代文学研究的论文中，选择质量比较高的、信息量比较大的论文复印汇编在一起。这也是我们从事古代文学研究的人经常要浏览的。当然，现在我们有期刊网，如果你不去看这些纸介刊物，到期刊网上去浏览一下也行。比如说我今天讲到朱淑真，你想了解有哪些论文谈到朱淑真，朱淑真研究到现在有哪些进展，你可以到期刊网上输入“朱淑真”这一关键词，有关论文就全部出来了。

词的这种潜在的叙事性，也就是用词来叙写故事，在词中隐含故事，对我们当代的歌曲创作也有一定的启发性。比如前些年流行的那首歌曲《小芳》：“村里有个姑娘叫小芳”，似乎讲的是“文革”期间知青下放的事。这歌词本身没有讲故事，只是描绘小芳姑娘长得漂亮，“辫子粗又长”，在那个特殊的年代，给了“我”一种什么样的安慰。似乎有故事，但它没有讲故事。如果它吸取借鉴唐宋词中这类约会词的特点，也许能把这个故事讲得更鲜明生动。虽然故事是潜在的，但又让人能想象得到，这会增强歌词的艺术魅力。

上面讲的这几首词，基本上都是用白描手法。在文人词里头，这种手法的开创者应该是韦庄。在唐五代文人词里，影响最大的，除韦庄之外是温庭筠。但温庭筠词更多的是用比兴、象征的手法，通过环境的烘托描写来抒情，而韦庄词注重白描。我们看看韦庄的一首《女冠子》：

> 四月十七。正是去年今日。别君时。忍泪佯低面，含羞半敛眉。　　不知魂已断，空有梦相随。除却天边月，没人知。

这不是约会词。我举这一首，只是想说明近似的表现手法。他把时间地点都写下来了，看起来很直白，但是让人刻骨铭心。“四月十七”，是他们离别的日子。明年这个时候，你们可以写“三月初一，正是去年今日，上课时”。词也有细节的描写：“忍泪佯低面”，是害羞，同时也是怕对方知道。分别的时候，忍着泪，低着头，皱着眉头，是怕对方伤心，眼泪搁在眼眶里不让它出来——词里用这些来表现对对方的多情与体贴。自从离别以后，魂断了，“只有梦相随。除却天边月，没人知”。韦庄出生在晚唐，唐朝灭亡以后，他到前蜀，即四川，当了宰相。他有一个爱姬，非常漂亮，被当时的小皇帝王建看中给抢走了。有人说他这首词就是怀念爱姬的。这表明韦庄的爱情词是有具体的对象的。

和韦庄的追忆去年今日不同，张先的《更漏子》却是现场实况直播，且看张先的《更漏子》：

锦筵红，罗幕翠。侍宴美人姝丽。十五六，解怜才。劝人深酒杯。　　黛眉长，檀口小。耳畔向人轻道。柳阴曲，是儿家。门前红杏花。

张先是北宋比较高寿的词人，活到80多岁。这首歌词是写宴会上发生的一个恋情故事。“锦筵红，罗幕翠”，写宴会环境的华美。“红”与“翠”，色彩鲜艳夺目，对比强烈。“侍宴美人姝丽”，侍宴的一位歌女，长得非常漂亮。词写美人，一般不出现“姝丽”这样评价性的语句，大多是通过形体装扮的描写让读者去体会她的美丽。张先的词，常常是有名句而无完篇，有的句子写得很好，但全篇不是很浑成。有时直接地评价美的程度，会缺乏一种动人的魅力。就像讲笑话，讲笑话的人如果先说这个笑话很好笑，结果讲出来后未必好笑。因为听者期望值很高，觉得肯定很好笑，等到听过后也不过如此。讲笑话，要出其不意。写词也是如此。与其说“侍宴美人姝丽”，还不如说她是怎样的美丽动人，就像汉乐府里《陌上桑》写秦罗敷的魅力一样。当然他下面也有描写。这位侍宴美人是怎样的一位可人儿呢？年仅十五六——宋代的女孩子都比较早熟——“十五六，解怜才”，解风情，她懂得爱才。也可能是词人自作多情，觉得美人爱才子。“劝人深酒杯”，咱俩“感情深，一口闷”，女孩子对他特别中意，劝他多喝几杯。她长得如何呢？“黛眉长”，

"黛"是画眉的颜料，眉毛画得细长。"檀口小"，樱桃小口红红的，搽了口红。她看上去秀气动人，直让人热血沸腾。"耳畔向人轻道"几句，富有戏剧性。女孩子向他劝酒的时候，偷偷地说："柳阴曲，是儿家。"在柳树旁边，就是我家。你别忘了啊，我家门前还有一个特别的标志，有一株红杏花呢，有空别忘了来看我啊。女孩子的主动、多情，寥寥数语就传神地表现了出来。才子听罢，一定是激动万分。当然，这需要我们去补充和想象。张先善于写歌筵中听众和歌女情感的交流，也擅长写歌女的才艺，给人一种强烈的现场感。

我们今天是把唐宋词当作一种纯粹的文本来阅读。而在唐宋时代，人们不是读词，而是听词，就像我们今天听流行歌曲一样。词在当时是一种综合的艺术，既有文学性，又有漂亮的歌女演唱，还有音乐伴奏。也就是说，词在当时是一种融合了歌舞表演、音乐、文学三位一体的综合艺术，所以当时听歌比我们现在读词更富有艺术感染力。而当时听歌常常不是一个人在屋里，像看书似的独自欣赏，而是众人在一起，这有一种氛围，所谓的"现场感"。我们现在看球赛或歌舞演唱会，在现场的感受跟一个人在家里看电视的感受截然不同。所以一个人在案前读词跟几个朋友在现场听歌的感受是不一样的，张先的词常常能把现场感表现出来。

第二讲

离别词

我们中国古代是农耕社会，人们安土重迁，加之交通不发达，通信也不方便，两地离别常常犹如生死相隔。

我们中国古代是农耕社会，人们安土重迁，加之交通不发达，通信也不方便，两地离别常常犹如生死相隔。所以古人对离别看得非常重，也可以说，离别是古人心头上永远无法回避的痛。屈原在《九歌·少司命》里有两句名言："悲莫悲兮生别离，乐莫乐兮新相知。"人生最大的痛苦莫过于生时作死别，人生最大的快乐莫过于找到一位惺惺相惜的知己。晚唐李商隐《离亭赋得折杨柳》诗更有极端的句子说："人世死前唯有别。"人生在去世以前最痛苦的只有离别。人们通常说"生离死别"，古人把生的分离和死的永别同等看待，因此离别也就成了中国古典诗歌中永恒的主题。大家如果有兴趣，可以检索一下《先秦汉魏晋南北朝诗》《全唐诗》《全宋词》，你只要输入"离别"，或者"别离"，或者"别"等关键词，如果再加上送行的"送"字，至少有上千首诗词。

我们可以用原型批评或者主题学的研究方法来考察中国古典诗歌中离别的主题模式或者离别主题的变迁。这个模式怎么去把握呢？我想提出这么几点，给大家思考，不一定正确，也不一定要去做。

第一，我们要考虑这些送别诗词离别的场所一般在什么地方，分离的地点有没有一个相对稳定的空间。

第二，离别的时间，它的季节大都安排在什么时候？一般说来，一年四季人生都会有离别，但作为艺术，它有时为了强调突出某一种情感，可能会有意地改变季节时令。大家可以想一想，古代离别诗词里写的是不是在春天和秋天里最多？因为这两个季节是令人感伤的季节。春天，古人好伤春和惜春，秋天，又总是悲秋。伤春和悲秋，是咱们中国古代诗人患的“两大季节性流行病”，就像患流行感冒一样。离别的季节和时令是不是大都安排在春秋两季？因为这两个季节，可以起到烘托情绪氛围的作用。

第三，除了离别的时地——时间和地点之外，还有离别双方的身份和关系。送别双方是友人、家人，还是恋人？或者夫妻？离别的双方关系不一样，他们的情感和心态是不是有区别？在古典诗歌里头，凡是友人的离别或恋人的离别，有没有什么共同的特征？夫妻的离别，跟恋人的离别、一般友人的离别有什么明显的差异？这些都可以思考。还有，在写法上，是单向地写还是双向地写？是不是只写“我”思念对方或者居者思念行人？所谓“居者”，是指在家的人，“行人”是指外出的人。一般是写居者思念行人，那有没有倒过来写的？有没有写双方相互思念的？这单向地写和双向互动地写，哪一种更多？

第四，也是最关键的一点，就是离别双方的心态和情感。离别一般是感伤的，除了感伤之外，还有哪些带有典型性的情绪和心态？据我初步的阅读经验，唐宋诗词里的送别诗不一定都是感伤的，也有鼓励的，也有安慰的。比如大家熟知的王勃的《送杜少府之任蜀川》，王勃在诗中安慰他的朋友说："无为在歧路，儿女共沾巾。"男子汉大丈夫，不要像小儿女一样，分别的时候哭哭啼啼。我们应该"大胆地往前走"，"潇洒走一回"。高适有一首《别董大》的诗歌说："莫愁前路无知己，天下谁人不识君。"那也是一种激励。类似这样的诗词还有很多。

我们从汉魏到唐宋的作品里，挑选出100首离别、送别的诗词来比较一下，找找其中的抒情模式。有没有模式、规律可寻？这些作品的主题，又有哪些发展变化？

下面我们来看唐宋词中的离别词。先看一首无名氏的《鹧鸪天》：

镇日无心扫黛眉。临行愁见理征衣。尊前只恐伤郎意，阁泪汪汪不敢垂。　　停宝马，捧瑶卮。相斟相劝忍分离。不如饮待奴先醉，图得不知郎去时。

也有的版本说这首词是北宋初夏竦所作。这首词没有什么景物的烘托描写，也没有用象征手法，但是我们读了之后却满心生怜，尤其女主人公的温柔与多情，特别让人感动。离别的双方应该是夫妻关系。从角色来讲，是妻子送她的夫君远行。"镇日无心扫黛眉"，离别之前，一天的心绪都不好，郁闷得很。"女为悦己者容"，今天夫君要离别了，她都没有心绪去画画眉毛，梳妆打扮一下。“黛”是画眉用的颜料，“扫”是画的意思，“无心扫黛眉”就是无心去画眉。离别之前，她已经是忧心忡忡，到临行的时候，她的情绪更加沉重。“愁见理征衣”，从“理征衣”的细节，我们可以想象这位女子含着眼泪为她的夫君慢腾腾地收拾整理行装的情形。这些衣服她都不忍心看了，“愁见”。因为见到这些征衣，就会提醒她即将的离别：整理完了，就是要分别了。古人送别，有饯行的习惯，“饯行”又叫“祖道”。饯行和祖道，有的是在家里，有的是在外面。柳永《雨霖铃》词里有“都门帐饮无绪”一句，这“帐饮”就是祖道，只不过是在路上用帐篷把它围起来。围起来有两个作用：一个是防尘，再一个是避免女眷被人看见，带有一种私密化的色彩——如果两个人哭哭啼啼的，路人见了也不太雅观啊。这个“祖道”的“祖”是祭祀的意思，“道”指路神，祭祀路神，是祈祷路神保佑远行的人一路平安！所以这词中的“尊前”，不仅仅是一种习惯，也是一种仪式，也就是：要远行了，喝下这杯酒，愿你一路平安啊。这位女子饯行的时候，生怕自己的眼泪流出来，使她的夫君心里难受，“只恐伤郎意”。“阁”通“搁”，她忍着眼泪，泪水在眼圈里打转转，不让它流出来，眼泪汪汪不敢流。我们想象一下这个神情。柳永《雨霖铃》写分离之际，是“执手相看泪眼，竟无语凝噎”，而这位女子是含着眼泪在眼里打转。她为了安慰她的夫君，还强带笑容。这种情景，比痛哭流涕或者号啕大哭更让人柔肠寸断。“停宝马”，因为不忍分离，出门以后还让它停下来。“捧瑶卮"，"瑶卮"相当于玉杯，珍贵的酒杯，让他再喝一杯。"不如饮待奴先醉"，如果按现在的语序，应该是"不如待奴先饮醉"，不如让我先喝醉，"图得不知郎去时"。我喝醉了以后，你浪迹天涯，走向何方，我都不知道了。这位痴心的女子竟然作这样的想法：让我醉去吧！她的分别之苦，只有酒醉时才能承受得起——这好像是一句气恼的话，又好像是一个解脱的办法，但她心底那解不开的沉痛也全在这一句话中呈现出来。

这首词，妙在写出了女子离别时的心理过程，或者说一种心绪的变化：离别之前，她的苦闷，她的忧愁；离别之际，她的温柔多情——她生怕对方伤心，而自己含着眼泪，把这份离别的痛苦独自吞咽。这里没有表现别后的痛苦，但是我们从"相斟相劝忍分离"，不忍离别，自可想象别后的思念又是何等强烈了。清代有一位词学理论家，叫陈廷焯，他有一本词选叫《闲情集》，书中对这首词有两句评语："语不深而情深，千古离别之词，以此为最。"千古离别之词，以这一首为最好。这当然是他个人的看法。千古离别之词，虽然这一首不一定是第一，但也确实是非常优秀的一首。可惜作者是无名氏。一位无名氏，却写出了一首绝妙好词！

我们再讲一首，以便比较两首词的抒情视角。南宋后期有位词人叫陈逢辰，名字很陌生吧？他有一首《乌夜啼》：

月痕未到朱扉。送郎时。暗里一汪儿泪、没人知。　揾不住。收不聚。被风吹。吹作一天愁雨，损花枝。

没有太多刻意的描写，语言也非常朴素和简单，但是韵味十分悠长。“月痕未到朱扉”，是写景，也可以看作交代时间和地点。从“朱扉”——红色窗户或门户，可以看出是在小楼里头。“月痕未到”，月亮还没有上来，也可能是天刚刚黑。同时还暗示着：月亮没上来，屋里是昏暗的，可能连灯都没点上。这就为下文写她的眼泪作了铺垫。“送郎时”，这里没有场面的描写，只是点明月亮还没上来的时候，她和她的情郎离别。同样是写眼泪，这位女子的眼泪和上一首《鹧鸪天》里抒情女主人公的不太一样。那位是有泪而不敢垂下来，怕她的夫君为此伤心。而这位呢，也许她的情郎对离别看得很轻，不太在意，这是一种理解；或者情郎挥手告别了以后，她一个人在屋里暗自垂泪，“没人知”。前一首有一种心心相印的相互理解，而这一首是单向的相思，离别了以后她在独自伤心。下片由眼泪生发开去。一汪眼泪，离别之后，止不住，擦不干，眼泪纵横，收不尽，停不下。“被风吹”，我们可以想象，此时女主人公已由室内走到了室外，才会被风吹。最后一句想象非常奇特：“吹作一天愁雨，损花枝。”这堪称名句。唐宋词里，有人把愁比作水，如李后主有“一江春水向东流”，欧阳修《踏莎行》词有“迢迢不断如春水”。而这里把眼泪想象成“雨”，眼泪被风一吹，化作了一天的愁雨，而且折损了花枝。“花枝”，是写实，也可以说是象征，象征着她的容颜，她的青春。在情郎离去之后，她再也没有了欢乐，再也没有了喜悦，她的面容会一天一天地消瘦。“吹作一天愁雨，损花枝”和李清照的“帘卷西风，人比黄花瘦”有异曲同工之妙。

大家看看这两首词，写法上有什么异同？我们可以归纳一下抒情模式。一是送别的场所。女性的离别，基本都在闺房绣户之内。二是时间。这一首是在月上黄昏之时，在夜里。而上一首词呢，时间不太清楚。一般写送别，季节和时令都有所交代，或者像这一首通过景物的描写来暗示，或者直接交代。三是角色身份，这两首词都比较接近，都是夫妻，至少是恋人，而且都是女送男。四是抒情视角。在叙事文学里，有所谓叙事视角；在抒情词里，同样也有抒情视角。这首词的抒情视角，是站在女性的角度来抒情呢，还是站在男性的角度来抒情？是站在行者的角度来抒情呢，还是站在居者的角度来表达他们的情感？这两首离别词，都是采用女性和居者的视角。

请注意，词中的“抒情主人公”和“抒情者”不同。这两首词的抒情主人公，都是女性。抒情者，是作者，但也不能完全等同于作者。抒情主人公，是词里出现的人物，而抒情者是来叙述这个主人公思想感情的。就像小说里头，有主人公，也有一个讲故事的叙述者。我们过去常常把抒情者和抒情主人公等同。实际上，抒情主人公、抒情者和作者，有时是有差异的。这两首词，很明显是站在女性的视角，来抒发女性抒情主人公的离别愁苦。很明显，陈逢辰是一位男性。他的生平事迹，我们虽然不清楚，但是他的字和号是清楚的。作为男性作者的陈逢辰，既不是词中的主人公，也不能完全等同于词中的抒情者。以前这个问题说得不太清楚，《文艺报》2005 年 2 月 24 日发表有朱迪光《古代诗人与诗作中的抒情者》，专门探讨这个问题。过去我们把诗词中的抒情主人公等同于诗人，这在理论上是有缺陷的。现在有人意识到这个问题，要把抒情者和抒情主人公分离开来。这对于我们研究、探讨、总结词的抒情模式具有启发性。

写法上，这两首词是双向地写还是单向地写呢？基本上是单向的。虽然前一首写到“伤郎意”，但它是站在女性的角度单向地表达对远行情郎的思念，还没有写到情郎对居者是一种什么样的态度、有什么样的情感。两首词表现的心态也不一样，《鹧鸪天》主要写女子在离别之际的不忍分离，《乌夜啼》主要写女子离别后的相思。

如果我们要学着写离别诗词的话，从这里也可以得到启发。构思时，可以侧重表现离别之前的心理活动，也可以着重表现离别之后的心绪涟漪。虽然我们今天通信和交通都很发达、方便，对离别已经看得不那么重了，但是朋友之间的分离，还是常常会引起心灵的颤动、情绪的变化。虽说不像古人那么感伤、那么悲哀、那么肠断，但总会在心里引起波澜。你可以把这种心灵的波澜用词的形式表现出来。

下面我们再读一读秦观的《临江仙》词：

髻子偎人娇不整，眼儿失睡微重。寻思模样早心忪。断肠携手，何事太匆匆。　　不忍残红犹在臂，翻疑梦里相逢。遥怜南埭上孤篷。夕阳流水，红满泪痕中。

据考证，这是秦观和他的妻子离别以后写的。“南埭”的“埭”，是水坝。“南埭”在秦观的家乡高邮；根据这个地名，有学者认为这首词写的是秦观在故乡跟妻子离别的情事。这首词在秦观词中不算最好的，但跟前面两首词具有相同的韵味，所以我把它选出来比较。秦观这首词开头用了一个细节来描写离别时的情态：“髻子偎人”，也就是妻子偎在他的怀里。“髻子”是种发型。夫妻离别，自然有一种特别的亲昵。妻子躺在他的怀里头，耳鬓厮磨，发型已经零乱了，来不及整理、梳好。“娇”是娇滴滴的，临走时撒娇，抱着他不让走。“眼儿失睡微重”，是说一晚上没睡好，要离别了，她舍不得丈夫远离。这里通过早上的“眼儿失睡微重”来写她晚上辗转反侧、寤寐思服的心情，用外貌神态来表现内心的感伤。

此词的抒情视角，是站在行者、站在丈夫的角度来观察妻子的神态。看她的神情是“早心忪”，一副难舍难分的模样。“心忪”是心动的意思。这是写离别之前。即将离别时候，两人携手难分，柔肠寸断。“断肠携手”，是双向描写，这既是妻子的感受，也是丈夫的感受。这“携手”的情景，可以联想到柳永的“执手相看泪眼，竟无语凝噎”。在中国古典诗词里，尤其是唐宋词里，写到离别，就常用“断肠”来表达内心的极度痛苦。“何事太匆匆”，干吗离别这么快呢，你不能在家多待一会儿吗？这是妻子的询问，语气中充满着期盼；也可理解为丈夫的自白，语气中流露着无奈。人生，原本就有许多人在江湖身不由己的无奈啊！

词的下片，有跳跃和起伏。相对而言，前面的《乌夜啼》的思绪是一以贯之，是单向的描写，连着离别后的相思一直往下写，情绪缺少跌宕和变化。这首词呢，先不说怎么想你——“如果没有你，我的生活就没有意义”，而是说“不忍残红犹在臂”。因为是“髻子偎人”啊，所以她脸上的胭脂和她唇上的口红还残留在他的手臂上，夫妻间的温馨更驻满心头。离开了，上路了，他还在想着离别前温馨的情景，想着妻子那娇滴滴的神态。“翻疑梦里相逢”，就出现了跳跃，又回复到分离前的厮守，好像没有离别似的，梦里两个人又重新相聚在一起了。这个“翻”，相当于“反”。唐代诗人、“大历十才子”之一的司空曙有首诗，叫《云阳馆与韩绅宿别》：“乍见翻疑梦，相悲各问年。”安史之乱后，两人好长时间没有见面，突然相见，简直不敢相信这是真的，怀疑是不是在梦里。两人情绪稳定下来以后，互相探询一番，彼此问候对方：这几年你是怎么过来的啊？两句诗把见面时的惊喜表现得非常真切传神。秦观这首词，情感的跳跃性更强。离别之后又把思绪拉回到离别之前的温馨幸福，不说相思而相思自在其中，路上的孤寂也自在言外。这比直接说“我真的好想你”要有兴味得多。“遥怜南埭上孤篷”，是写远行人，我们可以把他想象成是秦观——词人自己，在这里我们姑且把抒情者当作是词人本人了。分别了好久他还念想着上船分手的情形。这一句，既可以想象为秦观上孤篷船的时候，他的妻子伫立岸边挥手告别的神态，也可以想象成是他想象妻子在家里回忆南埭上船分别时的情形。那情景，让人联想到白居易《琵琶行》里写江头夜送客的情景。

结拍“夕阳流水，红满泪痕中”，是文人词的典型写法。不直接说离别以后是何等感伤，而用一个空镜头，用景物来写满腹的愁恨。白居易《琵琶行》就使用了空镜头：“曲终收拨当心画，四弦一声如裂帛。东船西舫悄无言，唯见江心秋月白。”一个空镜头给读者留下了涵泳回味的广阔空间。“夕阳”“流水”两个意象，都具有象征意义。夕阳残照，让我们联想到白居易的“一道残阳铺水中，半江瑟瑟半江红”。温庭筠的《望江南》词说：“梳洗罢，独倚望江楼。过尽千帆皆不是，斜晖脉脉水悠悠。肠断白蘋洲。”秦观这四个字，我们可以把它放大成“斜晖脉脉水悠悠”。“南埭上孤篷”，孤帆在河水上寂寞前行，空空荡荡的江面，在夕阳映衬之下荡漾着粼粼波光。“红”本是夕阳之红，是水面映照的夕阳之红，但在离人的眼中，竟幻化成了相思的泪水，好像河水里飘荡着离别双方的泪花。于是，“红”可以说是红泪，或者说是血泪。这个“红”字，让人联想无穷，韵味隽永。这个红色，你可以想象是夕阳照耀下的流水，也可以想象是离人双方的眼泪。中国古典诗歌的结尾，要求“言有尽而意无穷”，这首词就有这样的审美效果。

最后补充一点，词中“残红犹在臂”，暗含着一个典故。唐代元稹的传奇小说《莺莺传》，写张生和崔莺莺第一次约会后，张生仿佛还在梦中，莺莺的“残红”仿佛依然在臂。

《会真诗》说："衣香犹染麝，枕腻尚残红。"小说原文是："张生辨色而兴，自疑曰：'岂其梦邪？'及明，睹妆在臂，香在衣，泪光荧荧然，犹莹于茵席而已。"秦观词的残红在臂，暗用的就是这个典故。如果不是偶然的巧合而是自觉地用这个典故，那么这首词还可以作另外一种理解：不是夫妻的离别，而是秦少游和他另一位相好女子的离别。当然，也许词中所写不是纪实性的，而是虚构的故事，离别双方的身份，我们有时不一定要特别当真。词中只是暗示了一种身份，不一定是纪实。

从表现方法看，这三首词的共同特点是都着重在写人和写情，离别的场面和过程写得多一些，而不注重环境、氛围、景物的描写。秦观这首词稍微有一点细节和场面的描写。

我们再看周邦彦的《蝶恋花》，他用一首很短的词来讲一个离别的故事：

> 月皎惊乌栖不定。更漏将残，轳辘牵金井。唤起两眸清炯炯。泪花落枕红绵冷。　　执手霜风吹鬓影。去意徊徨，别语愁难听。楼上阑干横斗柄。露寒人远鸡相应。

周邦彦很善于讲故事，在长调里讲故事，在小令里也能够讲故事。离别之情，大体上说有两种写法，一种是借景托情，通过景物烘托离情，这种方式我们等会儿要说到。另一种是因事衍情，借故事来推演、抒发情感，情感的历程是变化的。借景托情，往往写的是片刻、瞬间性的情绪，或者说是情绪的片断。它通过系列性的、片段性的画面组接，表现片时性的情感和瞬间性的思绪。而因事衍情，是借助一个故事来表达一种情感流程和情感变化，也就是说，这种情绪有延续性、变化性和跳跃性。

周邦彦用词讲故事，最早是由吴世昌先生发现并提出来的。吴世昌先生是中国社会科学院文学研究所著名的学者、红学家，在词学研究方面也很有成就。他有一本书，叫《词林新话》，里面有他读词的很多独特体会。他这本书还有一个特点，就是经常挑词人词作的毛病。现在我们做古代文学研究，都是说好的，这个作品多么优美、多么绝妙，很少有说毛病的。钱钟书先生也好挑古人的毛病，他的《宋诗选注》小传里，就说到王安石的诗有什么毛病，苏轼诗有什么不足，陆游诗歌有什么缺点。吴世昌先生也经常挑词人的毛病：哪个典故用反了，哪句词的意思表达得不好，他都要指出来。这需要独到的眼光。说好话容易，说不好的就不太容易，你说不到位，说得不准确，人家会说你胡说八道。而吴世昌先生呢，他的词写得好，眼光也非常独到，所以能发现古代词人的一些败笔——当然，这是他个人的看法。

我们再来看这首词。前三句为一个层次，是写环境。如果拍 MV 的话，让你来展现这个画面，可以选择用蒙太奇镜头。先是室内，床上躺着一位女子，这位女子是什么样子，用不着表现，可以用远镜头把她晃过去，也可以用帷帐把她隔开。然后接着另外一个镜头：窗外，一轮皓月当空。

“惊乌”，可以视为乌啼。唐人张继有诗句说“月落乌啼霜满天”，辛稼轩词有“明月别枝惊鹊，清风半夜鸣蝉”，月亮初升或从云层钻出，光线由暗转亮，会让树上的鸟儿不安定。“栖不定”，鸟在树上来回翻飞。因为鸟的叫声，吵醒了室内似睡非睡的女子。这两句，先呈现听觉形象，然后再展现视觉形象。镜头先推出鸟儿的叫声，然后再是一轮明月，当然也有“惊乌栖不定”的动态画面。应该还有树，你可以把它想象成是一个树林，或者窗外的参天大树。“更漏将残”，是交代时间，又是听觉形象的呈现，好像听到铜壶更漏的滴滴答答的声响。由更漏，她感觉到天快亮了。“轳辘牵金井”的“轳辘”，是井边用于汲水的辘轳，“金井”是井的美称。这句是说凌晨时分，井边已经有人在打水了。鸟鸣、滴漏、轳辘三种声响，像交响曲，使得这位女子醒来了。“唤起两眸清炯炯”，按理说，刚刚睡醒，应该是“失睡微重”，睡眼蒙胧，眼睛肿肿的。怎么一醒来就两眼炯炯有神呢？当然，“清炯炯”也可以想象是泪花闪闪。她肯定有心理准备，心里惦念着要与情人离别，所以一晚上都没睡，也许刚刚睡着就醒了。古代有人很欣赏这两句，说是形容睡起的神态很传神。三个户外镜头过后，再转向室内。先用特写镜头展现女子眼泪汪汪的神态。然后镜头挪移，移到枕头上，展现“泪落红绵冷”。红绵枕头睡得冷，什么原因啊？枕头都被泪水湿透了。流了一夜的眼泪，还不“清炯炯”吗？失眠，没睡着啊。上阕是铺垫。铺垫，是环境的铺垫和情绪神态的铺垫。这里没有离别，但是离别的味道已经出来了。

下阕写她起身到门外送行。又是一个镜头："执手霜风吹鬓影"，两人在门外握手话别，"霜风"吹拂着双方的鬓发，也许她同样是"髻子偎人娇不整"呢。霜风是秋风，这不仅是写她的触觉感受，还暗示着季节是深秋，送别的时令是在深秋的清晨。"多情自古伤离别，更那堪、冷落清秋节"。"去意徊徨"，好像写的是行人，其实是写双方，居者舍不得行人离去，行人也舍不得离居者而去。唉，算了，我不走了吧——本来准备赶车离开的，可又不想动身了。"去意徊徨"，也可以说是行动上的徘徊。出了门，再握手，再拥抱一下。"别语愁难听"，说了很多听了让人难受的话，也许是安慰与叮咛，也许是埋怨与责备：怎么老是出门远行呢？正像吕本中词说的那样："恨君不似江楼月，南北东西。南北东西。只有相随无别离。"其实要离别了，即使安慰的别语，听起来也让人难受。这个细节可以让演员去充分发挥，表演出丰富的表情。

这首词确实很有故事性，像独幕剧一样。柳永的《雨霖铃》也有故事性。别前、别时、别后怎么样，都写得很清楚，也有环境的渲染。离别的时候是"执手相看泪眼，竟无语凝噎"，分别后是"杨柳岸、晓风残月"。周邦彦这首词，写离别了以后怎么样呢？他这里情绪比较冷静，没有过多的抒情。"楼上阑干"，请注意，这个"阑干"，既可理解为"栏杆"，也可理解为纵横的样子，即作形容词用。"斗柄"指什么？北斗星。北斗星像个勺子似的，第五到第七颗被认为是斗柄。"横斗柄"，是说天快亮了，斗柄是横着的。"露寒人远鸡相应"，说行人终于远去。离别以后的情形怎么样，自在不言中，言有尽而意无穷也。"霜重"而人越来越远。通过这个"人远"，我们还可以想象，"执手霜风"以后，这位女子回到屋里没有呢？没有，还站在门口一直目送行人远去，看着行人的背影渐渐地消失，就像李白《黄鹤楼送孟浩然之广陵》"孤帆远影碧空尽，唯见长江天际流"的写法一样。李白在黄鹤楼上，一直目送孟浩然的船沿着长江二桥往下的方向远去，直到船影不见了，他还没有离开，在黄鹤楼头站了半天，表现出他的恋恋不舍。写景当中，已经暗含着抒情主体的动作和情感。在这首词里，"露寒人远"，然后还有鸡声相应，这不仅暗示时间到了黎明时分，还透露出女子那落寞凄清的心绪。

古典诗歌里，写羁旅行役，写流浪漂泊的时候，经常写到"鸡声"。最有名的两句，是温庭筠的"鸡声茅店月，人迹板桥霜"。欧阳修《六一诗话》记载说，梅尧臣特别欣赏温庭筠这两句。还有贾岛的一句："怪禽啼旷野，落日恐行人。"温庭筠和贾岛的这两句诗，写流浪，写漂泊——古人不叫流浪，叫"羁旅"——是意在言外，就是不正面、不直接地说流浪的人在外我好想念你啊、我好孤单呀，而是通过景物的描写来表现。"怪禽啼旷野"，落日时分，一个人在空旷、荒凉的原野上独自行走，怪异的鸟在啼叫，让人感到恐怖，毛骨悚然，这更让行人思念那温暖的家园。马致远的《天净沙》"枯藤老树昏鸦。小桥流水人家。古道西风瘦马。夕阳西下。断肠人在天涯"也是写漂泊。古代写这种漂泊羁旅的诗词很多，而唯独马致远这首被人誉为“秋思之祖”，正得益于它一系列的景物展示。这些景物由于富有典型性，从而成为韵味深厚的意象。那枯藤、老树、昏鸦、古道、瘦马、断肠人等意象，都为传递作者的羁旅愁思服务。于是一幅弥漫着阴冷气氛和灰暗色彩的秋郊夕阳图就呈现在目前，烘托出浪迹天涯的游子那思念故土的彷徨悲苦的情怀。这里，我们再说一下，鉴赏古典诗词，要注意理解诗歌中的意象。因为诗人对意象的选取与描绘，正是作者主观情感的流露。意象往往蕴含着丰富的意旨，寄托着复杂的情感，暗示着深刻的哲理，承载着诗人强烈的主观色彩。意象是指诗歌中熔铸了作者主观感情的客观物象，是作者内在的思想情感与外在的客观物象的统一。外在的客观物象也就是“借景抒情”中的“景”或“托物言志”中的“物”，其客观之“象”与主观之“意”共同构成了富于美感的形象。我们理解诗歌，总是从感受意象开始，捕捉“意”、“象”的能力，是一种重要的艺术感受能力。

说到鸡声，还可以举几个例子来看看。晚唐的许浑，他的诗有个特点，叫作“许浑千首湿”，因为他的诗歌里总有水。他和李商隐是同时代人。许浑有一句诗叫“鸡声荒戍晓，雁过古城秋”。2005 年是鸡年，如果你们做游戏，行酒令，或者要背一句诗中含“鸡”的句子，这就是例子。还有梅尧臣《鲁山山行》的“人家在何许，云外一声鸡”，也非常有韵味。“鸡声荒戍晓”，一个人行走在荒凉的边塞上，到了凌晨，听到一阵鸡叫，是什么感受？哇，前面有村庄有人家了，是感到亲切，还是觉得天快亮了，打起精神加快步伐？可以自由想象。“雁过古城秋”，古城和荒戍是对应的，秋天，一群大雁向南飞去，而行人却向北走，这是对比，既写人孤单，又写人不像大雁那样能如期归去。看来，不仅是夕阳下行人断肠，而且，清晓中也是旅人伤悲啊！“寒树鸟初动，霜桥人未行”，也是宋代魏庆之《诗人玉屑》里头列举的写凌晨出门、羁旅远行的唐诗名句。

宋代有三本著名的诗话著作：一是《苕溪渔隐丛话》，二是阮阅的《诗话总龟》，三是魏庆之的《诗人玉屑》。这三本诗话著作都是把唐宋时期有名的一些诗话分门别类地汇编在一起。我们要找宋代人的诗歌理论，以及宋代人对宋以前及宋代人的评论，可以到这三本书里头去找。

再回到这首词上来。词把离别的几个场面、细节、过程一个层次一个层次地往下写，不仅有画面感，有故事情节，还充满着声响效果。你看看，前面是乌啼、漏响、牵井、打水的声音，以声音起，以声音作结，露寒人远，鸡声相应。整首词就像是一首交响曲，慢慢地品味，确实非常优美。北宋初中期的人写词，都还带有一些随意性或者游戏性。以一种游戏的态度来写词，当然有些词也写得很好，可有些词就写得比较随意，连苏轼也不例外。而周邦彦写词，是非常认真的，从某种意义上讲，周邦彦是用他的生命来写词，把词当作他生命的一种寄托，所以精心结撰，词的结构非常严谨，艺术非常高超。周邦彦本人又是个音乐家，他的词讲究音律，非常动听好唱。前面说到，柳永和周邦彦的词在宋代最受大众欢迎，如果是现在卖专辑光碟的话，柳永和周邦彦的唱片销售量肯定会高居排行榜的榜首。但周邦彦和柳永又不一样，柳永的词虽受大众欢迎，但是文人士大夫多少有些鄙薄，说他的词太俗，李清照就说他“词语尘下”，老是迎合民众的口味，格调不高。而周邦彦的歌词，既动听、好唱，格调又比较高雅，即使是写恋情，也写得含蓄有味，所以文人士大夫也很认同。

刚才说到送别词有两种写法，一种是因事衍情的，一种是借景托情的。下面我们就来看看借景托情的词。先看五代牛希济的《生查子》。牛希济是花间词人。《花间集》是谁编的？赵崇祚编的。书中一共收录了18位词人，牛希济是其中之一。他的《生查子》很有名：

> 春山烟欲收，天淡稀星小。残月脸边明，别泪临清晓。　　语已多，情未了。回首犹重道。记得绿罗裙，处处怜芳草。

最后两句是名句。送别时间是春天的清晨，前面《蝶恋花》是秋日凌晨。日本有一位学者，曾经专门研究《花间词》里的离别送行时间，通过对《花间集》词的统计，发现离别词绝大多数是在清晨。为什么是在清晨呢？多半是狎妓的人，晚上住一宿，第二天清晨就走了，因此他说这类送行词都是狎妓词。这种说法，多少有一点意思。

词一开始是写景，也是描写送别的场面、氛围。“春山烟欲收”，早上朦胧的烟雾正在逐渐消退。如果让我们用MV捕捉这样一个镜头，会非常的优美。青山当中，一缕薄薄的烟雾，正在慢慢消退。一个“欲”字，表明是一种动态，不是静止的景象。我们读词的时候，要善于想象，把具体的文字变成一种场景、一种形象，就会品出味道来。“天淡稀星小”，天边有几颗稀稀落落的星，因为到了清晨，星星已经暗淡无光，模糊微小了。这两句建立起一个立体的时空环境。如果我们用镜头来拍摄的话，上句是一个平视的远景，下句是向天空仰拍的镜头。这两句既写了季节、时令，又写明了具体的送别时间。“残月脸边明，别泪临清晓”，按照日常的句式，应该是“别泪脸边明，残月临清晓”，这样读起来不是更顺一些吗？作者故意打乱日常的语序，写成“残月脸边明”，就产生出陌生化的效果，让你生发出无限的想象。为什么一轮月亮在脸边明呢？是眼泪映着月亮吗？“别泪临清晓”，看着这残月，知道已经到了清晨。其实“稀星小”和“残月”都写的是清晨的时光，这个时候已经不是满天星斗了。写景的时候，跟时间、季节要吻合，要有真实感。如果到了清晨，还写“皓月当空，繁星满天”，就是瞎编了。初学写作时，只要语言很美，也不管合不合适，照原样搬过来，那是不行的。

下片写分离时的情景：“语已多，情未了”，两个人互相祝福，说了很多的体己话，话已经说了不少了，仍然感觉还没有说完。“回首犹重道”，是说行人离开走了一段路后，女主人公喊道：“哎，等一等，我还有一句话要嘱咐你呢。”这有点像唐代张籍的《秋思》诗："洛阳城里见秋风，欲作归书意万重。复恐匆匆说不尽，行人临发又开封。"不过张籍诗是说写信，总觉得信中话没说完。这首词是女子别后又喊住远行人，说："记得绿罗裙，处处怜芳草。"我今天穿的绿裙子你要记住哦，你走到哪，哪儿都有芳草，你看到了芳草的绿色，就应该想起我。她的语气轻柔多情，充满着爱意和憨态。现代人多半会大方得多，"很爱很爱你，所以愿意，舍得让你往更多幸福的地方飞去"。这就是观念的变化。在唐诗里，"芳草"总是和相思、爱情联系在一起。我曾经检索过，唐诗里最开始把芳草跟相思、爱情联系在一起的，可能是盛唐张九龄的诗句："岁晏无芳草，将何寄所思。"年岁晚了，到年底深冬了，没有芳草了，用什么东西寄托我的相思呢？这好像是第一次把芳草和相思联系起来的句子。

我们可以用原型批评的方法，追溯一个个审美意象的源头及其演变历程，追问芳草跟爱情、相思是什么时候联系在一起的，谁赋予芳草这种自然物象以爱恋之情或其他情感，以后在审美内涵上又有哪些变化。又比如"流水"的意象，流水常常跟时光联系在一起，有时跟生命意识联系在一起，那为什么流水会跟时光联系在一起呢？联系的因由是什么？是同形同构，还是同质同构？或异形同质？是谁最先创造了这个审美意象？这个意象，我们在先秦的典籍里头可以找到渊源。《论语》不是有"子在川上曰：'逝者如斯夫"'吗？流水之所以和时光联系在一起，是因为二者有着异质同构的关系。它们都是流动的，变化的，不可逆转的。唐宋诗词里头有很多意象，我们可以一个个地去追寻。

再回到芳草意象上来。中唐的白居易，写过一首著名的《赋得古原草送别》，他在这首诗里也是把相思和芳草联系在一起："又送王孙去，萋萋满别情。"他不仅仅写草的茂盛——"野火烧不尽，春风吹又生"，还把草跟送别联系在一起。王维的《送沈子福归江东》，虽然没有芳草，但也隐含着这样一层意思。诗的最后两句是："唯有相思似春色，江南江北送君归。"春色是怎么体现的？主要是通过芳草来体现。古人曾说绘画是"春之精神写不出，以草树写之"。春是抽象的时间概念，绘画语言无法直接表达，但可以通过芳草树木等具体形象来表现。诗歌也一样。相思是一种相对抽象的情感，我们可以体验得到，但看不见，摸不着。诗人可以用一种形象的方式把它具象化，让你看得见，摸得着。李后主就直接用芳草比喻相思愁苦，比如他的《清平乐》词说："离恨恰如春草，更行更远还生。"这是一种化抽象为具象的方法。到了秦观，他又变化了，说是"恨如芳草，萋萋刬尽还生"，芳草今年被铲掉了，明年又照样生长出来，这么写是糅合了白居易的"萋萋满别情"。从这里可以体会古代诗人词人进行文学创作时的借鉴与创新。秦观词写的是动态：刚刚把愁恨忘却，愁恨又顽强地冒出来。

唐宋人将相思、忧愁具象化的方式是很多的。愁可以有体积，秦观《踏莎行》词就说"砌成此恨无重数"。愁还可以有重量，比如李清照的"只恐双溪舴艋舟，载不动、许多愁"，这愁有重量，小船儿载不动。到了《西厢记》里头，是马儿车儿载不起。如果有兴趣，你们可以写一篇文章，专门谈唐宋词写相思愁恨的方法。

借景托情，不止是牛希济的这首《生查子》，冯延巳的一首词也比较典型。这类作品，强调的是画面感和情绪的象征性、暗示性，它往往没有送别过程和细节的描写，只有不同画面和镜头的组接。它不像独幕剧，更像电影的几个蒙太奇镜头。且看冯延巳的《临江仙》：

秣陵江上多离别，雨晴芳草烟深。路遥人去马嘶沉。青帘斜挂，新柳万枝金。　　隔江何处吹横笛，沙头惊起双禽。徘徊一晌几般心。天长烟远，凝恨独沾襟。

这首词是以第三人称的抒情视角描述一个送别的场面，而不是以第一人称的视角来展示抒情主人公的内心世界。既然是第三人称，他一开始就要有个画外音一样的提示：秣陵江上，这里经常有送别的场面，或者说上演着送别的悲喜剧。秣陵是现在的南京，冯延巳是南唐人，南唐的都城在南京，所以用本地秣陵江点明送别的地点。“雨晴芳草烟深”，通过具体的画面，既展现离别的氛围，同时也点明送别的季节和时令。从“雨晴芳草”，我们可以体会到这应该是春季。再结合后面的“新柳万枝金”来看，应该是仲春。读这一句的时候，展现在我们眼前的，不仅仅是大江两岸的满眼绿色，而且天气是刚刚雨过天晴，有点像后来柳永《雨霖铃》里头“骤雨初歇”的意味，不过柳永《雨霖铃》写的是秋雨过后的晴天，这里是春雨。一场春雨过后，空气非常清新，心情也非常清爽。从表现手法来说，有一点以乐景写哀情的意味。这里烘托的不是沉重悲凉的氛围，而是春光明媚、风和日丽的景色。晴日、芳草和雨烟三个意象，构成了一幅生动的画面。“路遥人去马嘶沉”，写的不是分离时的情景，而是离别之后的情景。“路遥”写人去得很远，有点像《古诗十九首》里的“行行重行行，与君生别离”。通过“路遥人去”，点明行人已经远去。如果我们拍摄镜头的话，这是一个拉得很远很远的长镜头，行人走得很远的一个背影。先从视觉来写，然后是听觉：“马嘶沉。”人去了，马儿仿佛舍不得走，在那里嘶鸣，马嘶鸣的声音随着人的远去也逐渐消失。“沉”字，是消沉、消失的意思。“青帘斜挂，新柳万枝金”，写居者环顾四周，不见行人，只看到青帘——树林上，或者路边斜挂着的一面青色酒旗，还有让阳光镶了金边的嫩柳枝儿在和风中招摇。用酒旗暗示酒家，用柳枝儿谐音“留”，既有画面质感，又有情绪流露。

宋代画院考试，常常用一句诗句当题目来考画画的人。有个画题叫“竹锁桥边卖酒家”，大家听说过这个故事没有？竹林、桥边和酒家，对于绘画来讲，并不难。关键是什么呢？是“锁”字。诗歌是时间的艺术，可以多视点去透视它，而绘画是空间的艺术，“锁”字，表明竹林把桥边的酒家给遮住了，那绘画怎么来表现这个酒家呢？考了第一名的那位画家叫李唐，他画的是在桥头竹林中伸出一面青旗，旗上写一个“酒”字，通过酒旗来暗示竹林中的酒家。这个构思比较巧妙。与此相关的是以“乱山藏古寺”为题作画。考第一名的是画荒山满幅，“上出幡竿以见藏意”，也是在荒山中伸出一面旗帜，上写“佛”字，就体现出了这个“藏”字。有的人则是画庙里的塔尖露出山头，“藏”字就没有体现出来，跟我们现在高考写作文一样，审题审错了。还有一个试题，是以“万绿丛中一点红”作画。这个题目表面上好做，但要出新却不容易。多数考生是画杨柳楼台站立一美人，有的画桑园一女子，有的画万松一鹤。只有一位叫刘松年的最厉害，他画“万派海水”“海中一轮红日”。这个构思别出心裁，而且气魄极大，皇上“喜其规模阔大，立意超绝”，就钦定他为第一名。这几个故事，记载在明人唐志契写的《绘事微言》这本书里。古人从侧面着笔的构思，对我们很有启发意义。

冯延巳词里的“青帘”酒家，也许隐含着一个故事——他们是在酒家握手离别，这需要点想象，也许是像柳永《雨霖铃》里写的那样，“执手相看泪眼，竟无语凝噎”，或者是像牛希济的《生查子》那样，“语已多，情未了”，举起酒杯，叮咛嘱咐：出门要小心呀，路边的野花不要采呀！也可能还有很多吩咐，有很多体己的话，但是这些细节他都省略掉了，也许原本就没有，有待我们的想象和补充。“新柳万枝金”，又展现出一个画面——成行的柳树冒出绿芽，生机勃勃。大好的春天，应该是两人携手重逢聚会的日子，他们却这样分离了。词人没有直接地、正面地抒发离情别绪，而是通过景物，让你去体会离情。还有呢，柳和“留”是谐音，送别诗词常常写到柳树，因为它暗示着留恋不舍之意。

“隔江何处吹横笛”，写的是声响。上面是通过视觉的形象，这里是通过隔江远处的笛声来表现。大家想一想这个画面有什么样的意味？我们可以这样来设想：抒情女主人公，也就是居者，在行人离别了以后，她还没有离开江边。“隔江”，前面有“株陵江上”，所以这个“隔江”就不显得突兀。行人已经走了以后，她还伫立江头，翘首远望。路遥人去，已经不见了人影，但仿佛可以听到江对面有吹笛子的声音。是行人在马上吹着横笛，表达对居者的思念呢，还是别人吹笛子而勾起了居者对行人的忆念呢？这两种理解都可以。这既是画面形象，又有一种声响的效果。“沙头惊起双禽”，笛声又惊飞了在沙洲上双栖并宿的鸟儿，也许是鸳鸯，或许是其他的鸟类。“双禽”是写景，又用来反衬人的孤独。两个镜头先后承接，画面摇动变化，先表现居者听远处的笛声，接着把镜头一摇，摇到了沙洲边上受惊飞起的双禽。通过这个来反衬抒情主人公的离情别绪——在远行人离去以后内心的孤寂和无聊。“徘徊一晌几般心”，这里更进一步了，她还没有离开，还在江边徘徊。这种心情，“怎一个愁字了得”！“天长烟远，凝恨独沾襟”的“天长”，可以说是时间长，也可以说是路长。我们可以想象，她在江边上徘徊，不是“一晌”，而是流连徘徊了好长时间。这时候天空中，也许像《岳阳楼记》里写的“而或长烟一空”，天高云淡，意境非常辽阔。如果用电影镜头来表现，那么这是一个非常遥远的镜头，一望无际。在这遥远空旷的天地之间，含容的都是居者的离愁别恨，所以“凝恨独沾襟”。由“凝恨”，我们还可以想象这位女子在江边徘徊着，向远方翘首远望而有所期待的形象。

这首词，给我们感受最深的，不仅仅是一种画面感。虽然是片断性的，但是我们仿佛能够想象出抒情主人公的形象。它妙就妙在字面上没有一处写人，没有出现一个“人”，没有人的外貌、神态的描写，但是，我们能感受到一位女子在江边徘徊、凝望远方的情态，韵味非常深厚。

下面讲一首欧阳修的词。一般认为，欧阳修在词的创作上深受冯延巳的影响，我们可以从他这首著名的离别词里头看出继承的痕迹。欧阳修《踏莎行》词：

> 候馆梅残，溪桥柳细。草熏风暖摇征辔。离愁渐远渐无穷，迢迢不断如春水。　　寸寸柔肠，盈盈粉泪。楼高莫近危阑倚。平芜尽处是春山，行人更在春山外。

大家能背诵，我就不板书了。欧阳修这首词的写法，和冯延巳那首词一样，注重画面的呈现，却跟前面讲的几首送别词截然不同，它不是描述整个送别的场面和过程，而是用象征性的画面、象征性的语言来烘托离情。“候馆梅残”，画面感非常强烈，首先展现出的是旷野上有一个旅店，旅店旁边，有几枝快要凋零的梅花。这也暗示着季节，既是环境的描写，又像一个舞台背景。“溪桥柳细”，旅馆旁有小溪，溪边是成行的柳树，溪上还有一座小桥。“溪”，我们想到的不仅仅是一条抽象概念的小溪，还应仿佛看到溪上的潺潺流水，仿佛听着溪水流动的声响，这样读来才有味道。“柳细”的“柳”，也不能仅仅看作抽象的柳树，而是刚刚冒出绿叶的、在春风中摇摆着身姿的柳条，有色彩、有姿态，这样才能把词的味道读出来。“候馆梅残，溪桥柳细”八个字，构成了一幅和谐的画面，这个画面点明了送别的时间、地点和环境。“草熏风暖摇征辔”，作者用字很经济，七个字既有环境氛围的描写，又表现了行人渐渐远去。七字之中，实际上只有“摇征辔”三个字在点明送别。“辔”是马缰绳，摇动着马缰绳，行人就远去了，就像“路遥人去马嘶沉”一样。“草熏风暖”四个字，还在写景，“熏”是青草散发出的清香，是嗅觉感受；“风暖”，是身体触觉的感受。开篇三句，既有视觉形象又有声响，同时还有触觉、嗅觉的感受，是多角度展现离别的氛围。“离愁渐远渐无穷，迢迢不断如春水”，就近取譬，“譬”就是比喻。这一句很明显是从李后主《虞美人》的“问君能有几多愁，恰似一江春水向东流”变化而来的，但欧阳修可谓推陈出新。李后主的词句纯粹是一个比喻，当然这个比喻非常新鲜，非常有创造性。欧阳修也是用春水来比愁，但它更加贴切，因为前面有溪桥、溪水，用越走越远的溪水来比喻愁苦的源源不断，融情于景，而这个景正好是身边之景、眼见之景——这个“眼见”，当然是抒情主人公所见，画面构图非常浑成完整。

上片写行人，下片写居者，是双向地写离情。跟冯延巳上首词比较的话，冯词还是单向地写，他只是从居者这个角度来表现对行者远去的思念、怀想；欧阳修则是行人、居者双向互动地描写。“寸寸柔肠，盈盈粉泪”，通过内心的痛苦、神态，来表现居者刻骨铭心的思念。“寸寸柔肠”还有个典故。《世说新语》里记载，一个士兵在三峡抓了只小猿，母猿在岸上一直跟着船走，走了百余里，突然跳上船，大叫一声哀绝而死，人们把母猿肚子剖开，发现它的肠子都“寸寸断”了。我们上节课曾经说到，唐宋词里经常用“断肠”这个词，这里不仅仅是“断肠”，而且是“寸寸柔肠”，恨不得马上要送到医院里急救了，真是痛苦到了极点。内心是柔肠寸断，脸上是泪珠纵横，这应该说是一个特写镜头。因为特别伤心，眼泪带着脸庞上的胭脂滚落，就出现了“盈盈粉泪”的形象。这种写法比较别致。

近代有位著名的学者叫俞陛云，他是著名红学家俞平伯的父亲。俞平伯是著名的古典文学研究家、红学家，也是诗人、作家。俞陛云有一本书叫《唐五代两宋词选释》，是比较有特色的词选，选词数量比较大，没有注释，只有比较简短的一些赏析评论，这些赏析评论往往很精到。大家有兴趣可以找来看一看。他评论这首词有这么几句话：“唐宋人诗词中，送别怀人者，或从居者着想，或从行者着想”，也就是说都是单向地写。“能言情婉挚，便称佳构”，无论是从居者着想还是从行者着想，只要言情婉转深挚，就称为名篇佳作了。而欧阳修这首词呢，“则两面兼写，前半首言征人驻马回头，愈行愈远，如春水迢迢，却望长亭，已隔万重云树。后半首为送行者设想，倚栏凝睇，心倒肠回，望青山无际，遥想斜日鞭丝，当已出青山之外”。从送行者的角度来想象，这叫对面着笔。对面着笔这句话，不是俞陛云说的，是我说的了。

这种写法呢，《诗经》里早就有了，有的把它叫作“悬想”，就是设想对方在想念自己。《卷耳》篇说：“采采卷耳，不盈倾筐。嗟我怀人，寘彼周行。陟彼崔嵬，我马虺隤。我姑酌彼金罍，维以不永怀。陟彼高冈，我马玄黄。我姑酌彼兕觥，维以不永伤。陟彼砠矣，我马瘏矣。我仆痡矣，云何吁矣。”后面的两三段就是设想丈夫在外的相思伤悲。后来的诗歌也常用这种手法，杜甫的《月夜》就使用过。“今夜鄜州月，闺中只独看。遥怜小儿女，未解忆长安。香雾云鬟湿，清辉玉臂寒。何时倚虚幌，双照泪痕干。”《月夜》是安史之乱期间杜甫在长安写的，当时他很想念远在鄜州的妻子。他本来是要说：亲爱的太太，我真的好想你呐。但是他不说他想太太，而是说这个时候太太在想他。今夜的鄜州，深闺中只有太太一个人在看月亮，多想两个人一起欣赏月亮啊。李清照有“十五年前花月底，相从曾赋赏花诗”的诗句。今夜鄜州的月亮，如果是和平时期，那夫妻俩也该是“相从曾赋赏月诗”了，可战乱造成了夫妻分离，无法相见，今天晚上只有太太一个人独自望月了。“遥怜小儿女”，我那几个可爱的小儿女啊，还小，不懂事，也不晓得思念他们的老爸。他不说他想儿女，而说儿女不晓得想他。“香雾云鬟湿”的“香雾”，是想象他太太夜里上过晚妆，搽了香水，站在月下，露水把她的头发打湿了。露水怎么会把头发打湿呢？

因为太太在月底下站的时间很长很久哇。如果只站一会，露水是不会打湿头发的。“清辉玉臂寒”的“玉臂”，雪白的手臂。也许太太还穿着短袖，夜露中站长了，会感到寒冷。他想：太太，你快回屋子里去，别感冒了呀！你瞧，老杜对他太太多体贴呀！老杜也是狡猾的，不说他想太太，而偏说太太在想他。男人说自己想太太，会被别人嘲笑没出息。自己有了思念，才会想到太太的心情。这就叫从对面着笔，从深层写出双方深刻的思念。李清照不也有“一种相思，两处闲愁”吗？那也是双向写相思。这首词看起来跟杜甫那首诗是没什么关联，但构思上有相近之处。

“楼高莫近危阑倚”，是行者对居者的思念与劝告：楼上的栏杆，你别靠近啊。什么意思？不是担心她会出危险，怕她摔下来了。这个“危”是高的意思，李太白《蜀道难》里“危乎高哉”的“危”也没有危险的意思。行人说：太太，亲爱的，高楼上你千万别上去呀！——我们把居者想象成是行人的妻子了。为什么呢？因为他设想太太这个时候在家里会很伤心，伤心的时候又会到高楼上去望一望自己啊。不是登高可以望远吗？《诗经·氓》里不是有“乘彼垝垣，以望复关。不见复关，泣涕涟涟。既见复关，载笑载言”吗？《氓》里面的女子，也是登高望远。她男朋友没来的时候，泪流满面，“泣涕涟涟”。一看到她男朋友来了，好高兴啊，手舞足蹈的，“载笑载言”。这里说“楼高莫近危阑倚”，意思是说你别到楼上去望我，因为你想看也看不着我，我已经走得很远很远了。“平芜尽处是春山，行人更在春山外”，可以画一个图来展现：比如说这是高楼，这是栏杆，下面是平芜草地，草地的尽头是春山。那个时候可没有望远镜，睁大眼睛看得再远，也只看到春山的脚下，而我呢？已经到了春山的那一边了。你本来想登上高楼看见我，减轻一点思念，而你登上高楼看不见我，不就更痛苦了吗？所以你千万别上高楼去，你看不到我的。

这首词，妙就妙在从行者的角度去设想居者，从对方着笔，又为对方着想，而且心里在祈祷、在劝慰她应该怎么样。这就把内心非常深沉曲折的情思很巧妙地表现了出来，而且富有画面感。“离愁渐远渐无穷”，虽然用的是比喻，但“迢迢不断如春水”可以说视线随着远镜头不断向前延伸，春水的不断也暗示着情丝的不断。下片“平芜尽处是春山，行人更在春山外”，视野也非常开阔，也是一个长镜头、一个画面。这里用的是“透一层”，又叫“进一层”的笔法。简单地说就是，这样都不行，何况那样呢。类似的句子有晏几道的《阮郎归》：“梦魂纵有也成虚。那堪和梦无。”即使有梦也是徒然的，虚幻的，何况现在连虚幻的梦都没有了呢！李商隐也善于用推进一层的写法。他的咏《柳》七绝说：“柳映江潭底有情，望中频遣客心惊。巴雷隐隐千山外，更作章台走马声。”巴山重叠，柳映江潭，足以让漂泊在外的人伤心了，而雷声隐隐，又想起从前走马章台时的情景，客中思别，更加痛苦。《赠白道者》云：“十二楼前再拜辞，灵风正满碧桃枝。壶中若是有天地，又向壶中伤别离。”最后两句构思相同。

有离别就会有重逢，我们再来看一首久别重逢之作。这首词大家应该读过，就是晏几道的《鹧鸪天》：

彩袖殷勤捧玉钟。当年拚却醉颜红。舞低杨柳楼心月，歌尽桃花扇底风。　　从别后，忆相逢。几回魂梦与君同。今宵剩把银釭照，犹恐相逢是梦中。

这里写久别重逢，开始不是写重逢的场面，而是用追叙的手法写对过去的深情回忆。离别之前相聚的情景，他还记得非常清楚。跟这个歌女见面的时候，歌女很多情，她穿着一件漂亮的衣服，捧着酒杯，格外殷勤地来劝酒。她也不害羞，不紧张，拿着酒，一口干了，喝醉了脸红，也在所不辞。晏几道是个多情种，黄庭坚曾说他有“四痴”，非常痴情。他喜欢人家，也觉得人家一定喜欢自己。晏几道词中的女性，大多数都有固定的对象，也就是他朋友家的叫莲、鸿、蘋、云的四位歌女。歌女劝完酒又跳舞。他觉得歌女已经对他一见钟情了，因此她跳舞的时候非常尽力。“舞低杨柳楼心月”，从月亮升起来的时候跳起，一直跳到月亮西下，跳了好几个小时，也许是从七点跳起，跳到晚上十一二点了。“舞低杨柳楼心月”这七个字，不仅仅是句法比较奇特，而且意蕴深厚。如果让你来绘出画面，或者拍个 DV 镜头的话，你该怎么表现？怎么剪辑？这是个典型的蒙太奇镜头：室内是人在跳舞，尽情地狂欢。既有跳舞的人，又有晏几道，就是抒情者和朋友们在欣赏，并且摇头晃脑地说：

"Very good！ Very good！"这是一个画面。也可能还有音乐在伴奏。同时有另外一个画面，你可以用蒙太奇的手法将两个镜头叠映在一起。这另一个画面是，窗外有杨柳和月亮，月亮上升到柳梢头以后再慢慢地往下滑落、下沉。月亮的升降，又表明时间的推移。这七个字，构思实在是太巧妙了！所以写词需要锤炼词句啊。如果我们换几个字，要把室内的人物活动和室外的景物如此鲜活地表现出来，真是不容易。"歌尽桃花扇底风"的"风"字，有几种解释。一种解释是扇子摇的风，歌女一边跳舞，一边摇扇子，摇了一晚上，手都软了，自然就没有风了。这种解释有点想当然，不太准确。另一种说法是，"风"就是《诗经·国风》里的那个"风"，指的是歌曲。那时歌女用的桃花扇子，既是一种道具，上面还写着歌单子或歌词。下面有听众点歌啊，听众点唱，把扇子上写的歌都点唱完了，唱了好几十首。所以说是"歌尽桃花扇底风"。这个晚上是歌尽兴，舞也尽兴。"舞低杨柳楼心月，歌尽桃花扇底风"，不仅仅是对仗非常工整，关键是写出了一种境界、一种画面、一种心情。我们经常说"情景交融"，这四个字说烂了以后就觉得很平淡了，这两句真正是情和景、人和物融合得浑然一体，越咀嚼，就越有味道。时间的变化、狂欢的场面，跳舞者和听歌看舞者双方热烈的情绪，全在里头。这上片是写过去。

下片"从别后，忆相逢"，才写相逢。唐五代北宋词有一个特点，时间的进程提示得清清楚楚，过去、现在和未来，都有文字过渡提示。南宋以后，写法就变了，特别是吴文英的词，过去、现在和未来的转换，没有提示。吴文英经常把过去、现在和未来杂糅在一起，让你弄不清楚词中的场面哪是写过去，哪是写现在，哪是写未来，像意识流，所以有的词很晦涩难懂。他强调构思的精致巧妙，但他的词读起来比较困难。而读这类唐五代北宋词呢，我们就比较好理解。上片写过去，下片用“从别后”提示时间和场景的转折。自从那一次激动人心的彻夜狂欢，那情景到现在还清晰地留存在记忆中，总希望有见面重逢的日子：“几回魂梦与君同。”这就是晏几道的可爱之处——他说我在梦里梦见你，你肯定在梦里头也梦见我。他自己喜欢别人，以为别人也一样喜欢他、想念他。今天晚上突然见面，简直令人难以置信，“犹恐相逢是梦中”，他怀疑是假的，莫非是在梦中？痴想苦等，没想到今天真的能够见面。见面了还不相信，“剩把银釭照”，拿着银灯来照，照一照对方，真的是你啊！这个细节很是传神。他大喜，也许在高呼：是真的！不是假的！我终于见到了朝思暮想的你啊！见面时的惊喜疑似，刻骨相思的情怀，写得非常的真切。从语言的继承性来说，这两句明显是从老杜“何时倚虚幌，双照泪痕干”的诗句变化脱胎而来，但改变得更加曲折，更富有动作性和戏剧性。老杜诗是将来时态，小晏词是现在进行时态；老杜诗是对未来的想象与期待，小晏词是现实的过程与行为，更具有动作感和造型感。

第三讲 相思词

相思词。离别之后，自然是相思。
其实离别与相思很难绝对分开，离别词中也含有相思。

下面我们讲第三类：相思词。离别之后，自然是相思。其实离别与相思很难绝对分开，离别词中也含有相思。为了分类的方便，才将相思与离别分开来讲。

相思的主题，在唐诗里，已有很多名作予以表现。《诗经》里头，有没有非常典型的诗句？大家可以查一查，回想回想。汉乐府里有一首《有所思》，不知道大家是否记得？“有所思。乃在大海南，何用问遗君。双珠玳瑁簪，用玉绍缭之”，我有一位亲爱的“网友”，在大海南——大海南不是现在的海南岛。我用什么宝贝送给他，来表达我的心情、我的爱意呢？就用双珠的簪子吧，还要用宝玉把它缠起来。下面是“闻君有他心，拉杂摧烧之”，听说他改变主意了，不觉怒从心头起，顿时把定情物给砸碎了，丢到火里头烧掉，表示决绝。“摧烧之，当风扬其灰”，烧得灰都不留，迎风洒掉，洒向天边，让她的爱情随风而逝吧！“从今以往，勿复相思。相思与君绝”，从今以后，再不想他这个没良心的家伙了。由此我想起一首傣族民歌，决绝的态度跟这差不多，爱憎分明。这首民歌是：

爱你爱你爱死你，找个画家画下你。
把你绣在枕头上，日日夜夜抱着你。

恨你恨你恨死你，找个画家画下你。

把你放在砧板上，日日夜夜剁死你。

爱的时候像火一样热烈，恨的时候咬牙切齿，好狠心啊。现在恋爱也不至于这样，成不了恋人也可以成朋友嘛。汉代这位女子的性情啊，跟这首傣族情歌表达的有一点接近。当然，像这样恨得咬牙切齿的，在古典诗歌里头毕竟是少数，甚至非常罕见。汉代以后，魏晋南北朝期间，也有很多写相思的作品，有的写得非常好。比如有个不出名的诗人叫张率，不是大帅哥的“帅”，是率领的“率”。他有一首诗叫《长相思》：

长相思，久离别，美人之远如雨绝。独延伫，心中结。望云云去远，望鸟鸟飞灭。空望终若斯，珠泪不能雪。

诗中的“美人”，可能是一种象征。诗中的抒情主人公也许是一个男子，当然也可以想象为一个女子。美人远去之后，就像雨断了没有音信，他一个人独自徘徊，心中郁闷得很。遥望远空，看到云彩，云彩飘荡而去，看见鸟儿，鸟儿也飞绝，杳无踪影。这是象征的手法。这意境，有点像柳宗元的“千山鸟飞绝，万径人踪灭”。“空望终若斯”，一天到晚就这样“珠泪不能雪”，泪水成河，还是洗雪不了心中的郁闷愁恨。这里创造了一个审美意象“云”，后来的离别诗词，就经常用云作比喻，或者用月，用水，待会儿我们就会讲到。

白居易有一首《浪淘沙》词，其中两句说："借问江潮与海水，何似君情与妾心。"记得这首词么？借问江潮和海水，哪一个像你的情，哪一个像我的心？"妾"是女子自称。"相恨不如潮有信，相思始觉海非深。"你这人，我好恨你呐！为什么呀？恨你不像潮水一样守信用，有规律。潮水按时，说来就来，而你这个没良心的，跟我约好了也不来见面，没有诚信，不守诺言。"相思始觉海非深"，我的思念就像海一样深沉，不，比起来，大海都没有我的相思深。我的思念，我的相思，我的情感，比海还要深。"相恨""相思"，从江潮、海水两个方面来取譬，江潮守时守信，海水深广浩渺。

宋代吕本中有一首《采桑子》词，借月亮来起兴，构思跟白居易这首词有点接近。吕本中，知道吗？对，江西诗派的。他的《采桑子》，很好记的：

恨君不似江楼月，南北东西。南北东西。只有相随无别离。　　恨君却似江楼月，暂满还亏。暂满还亏。待得团团是几时。

上片说我恨你这家伙，不像江楼上的月亮，一天到晚跟着我转。女孩子总是希望她的男朋友一天到晚跟着她转，"南北东西。南北东西。只有相随无别离"。下一片说，我恨你又像这江楼的月亮，刚刚团圆，过不了多久就亏缺，就分离。月亮一个月就只有十五、十六是圆的，你一个月也就只跟我见一两次面，太难熬了，所以“恨君却似江楼月”。这构思非常巧妙。与此相近的，还有晏几道的《少年游》：

离多最是，东西流水，终解两相逢。浅情终似，行云无定，犹到梦魂中。　　可怜人意，薄于云水，佳会更难重。细想从来，断肠多处，不与者番同。

这个“者”通“这”，“不与这番同”。相思词经常会用到三个意象：一个是月亮，一个是水，一个是云。这首词就用水和云作比喻。自然界里，离别最多的是流水，一个向东一个向西。但是流水呢，它还懂得终会有一天要见面。涓涓细流，终归大海，总有见面碰头的时候。可这薄情的人啊，像天上的行云，飘浮不定的，一时这个样子，一时那个样子，没个定准。这个行云，也是象征。虽然他薄情，但是我还在梦里头梦见——不说梦见他，是他主动地来到我的梦中，“犹到梦魂中”。他还有多情的一面，他还托梦给我，表示对我的思念。“可怜人意”，这个“可怜”，带有可叹可恨的意思。“薄于云水”，比云、水都差多了，我是“从别后，忆相逢”，可是永远难再相逢。想想我这一辈子也经历了很多离别，受了很多相思之苦，但都没有像今天这样，这么伤心，这么痛苦。这首词你可以理解成一首爱情词，也可以理解成是写友情，写人情世态。也许这首词里头，真的是打上了小晏心灵的烙印。上节课说到，小晏是个痴情人物，“已信人，终不疑其欺己”，他自己相信了别人，就不会怀疑对方会欺骗自己。晏几道这个时候好像长大了，醒悟过来，有种受骗的感觉。这可能是一种爱情的感受，也可能是一种人生的体验。我们可以作多方面的联想。

上面我们从意象的角度讲读了几首词。下面再看几首相思词是怎样描绘心理活动的。先看柳永的《凤栖梧》：

伫倚危楼风细细。望极春愁，黯黯生天际。草色烟光残照里。无言谁会凭阑意。　　拟把疏狂图一醉。对酒当歌，强乐还无味。衣带渐宽终不悔。为伊消得人憔悴。

这是一首名作。“衣带渐宽终不悔”，被王国维当作人生的第二种境界以后，已经成了一种流行语了。大家看看这首词与上一首词，写法上有什么差异？《少年游》主要是用比喻象征的手法，写他有着怎样的一种相思。而这首《凤栖梧》呢，则着重描写起伏跌宕的心理过程，说他的离恨相思有什么变化。《凤栖梧》中的抒情主人公，大家想想，是男性还是女性？判断不出来？确实比较模糊。就说喝酒吧，“拟把疏狂图一醉”，好像是男生的举动，但古代的女生也喝酒的。李清照就差不多每首词都有酒。“当年拚却醉颜红”，也是写女歌手喝酒。“拟把疏狂图一醉”，男女都有可能。这种性别的模糊，更有艺术的张力，你可以把主人公想象成是一个男性，也可以想象成是一个女性，因为这是一种共性的情感。“伫倚危楼风细细”，首先是登高望远。这里的抒情主人公，我们不妨把他想象成一位戴着面具的人，不知道是男的还是女的。他站在高楼上，微风吹拂。婉约词读起来感觉就是不一样，同样站在高楼上，豪放词是“怒发冲冠，凭栏处，潇潇雨歇”。这里“风细细”就是典型的婉约词味道。他一个人“望极春愁”，望着远方。王维诗有“唯有相思似春色，江南江北送君归”。这里是“望极春愁”，春草无边，无边的春色就像人的愁苦一样，绵绵不断。下面是“伫倚危楼”时的所见所感。“草色烟光残照里”，是什么时候？傍晚时分。夕阳残照、淡烟笼罩之下，青草泛着绿光，忽闪忽闪的。然而春天的勃勃生机引发出的不是喜悦，而是“无言谁会凭阑意”。这时候他一个人郁郁寡欢，谁能理解自己此时此刻倚栏远望的心情呢？

由这个“凭栏意”，我想起了辛稼轩的《水龙吟·登建康赏心亭》：“江南游子，把吴钩看了，栏杆拍遍，无人会，登临意。”“凭阑意”与“登临意”意思相近，但英雄豪杰的“登临意”就大不相同。登高，在古代是一种习惯，也是诗词中的一大主题。宋末元初的方回，编选过一本大型唐宋律诗选《瀛奎律髓》，分类编排，第一类就是登高。要更远地追溯诗歌中的登高主题，《诗经》里就有了。《诗经》中的《陟岵》篇说：“陟彼岵兮，瞻望父兮。父曰：嗟！予子行役，夙夜无已。上慎旃哉，犹来！无止！”然后是说“陟彼屺兮，瞻望母兮”，“陟彼冈兮，瞻望兄兮”，表达的也是思亲主题。孔子也曾登高呢，所谓“登东山而小鲁，登泰山而小天下”。

汉末王粲的《登楼赋》，也表达了一种浓浓的乡情："虽信美而非吾土兮，曾何足以少留。"赋写湖北当阳城楼，作者说：这个地方的景色真是优美，但可惜不是我的故乡，所以很难在这里淹留，长期在这里待下去。

柳永词里的"凭栏意"呢？乡情、相思往往是因为离别，离开故乡而引发的，所以这里的"凭栏"，也可能包含了这层意思。当然，是不是这样，词人没有明说，留待我们去思考和揣摩。"拟把疏狂图一醉"，我真想放纵轻狂一把，虽然我是个深闺中的女子——如果把主人公想象成女子的话——喝个痛快，喝得烂醉如泥也不妨，反正也没有人看见。这是写他或者她的心理活动。可是独自勉强作乐，毕竟不是滋味，还是快乐不起来。李白早就说过"举杯消愁愁更愁"。这种离别的痛苦、离别的相思真是难以忍受。心情至此，一起一伏，一高一低，刚想疏狂潇洒一把，又觉得无味。下面情绪再度变得激昂："衣带渐宽终不悔"，虽然我们不能见面，但是有人值得我爱，也是很幸福的事情哦，所以即使我消瘦了一大圈，衣带渐宽，我的腰带又往前移了几个眼，我也不后悔。请问"衣带渐宽"一句是从哪里变化来的？《古诗十九首》里头，就是《行行重行行》那一首："衣带日以缓"，诗人不直白地说我消瘦了，而是说衣带慢慢地变宽了。人变瘦了，腰带自然就会觉得宽松。李清照的"帘卷西风，人比黄花瘦"，也是这个意思，但是李清照说得更高雅。要是直接地说"老公啊，我想你都想瘦了，瘦了好几圈了"，那就没有诗的味道了，不含蓄。她不说我想你，而是说"人比黄花瘦”，写得生动形象、含蓄有味，让她老公赵明诚想去。这里虽然比较直白，但是很执著——虽然我消瘦，但是不后悔！他/她值得我爱，值得我去追求！值得人憔悴！“消得”是值得的意思。王国维把它作为人生的第二种境界，视为对事业不悔追求的决心，确实也可以作这样的一种联想。

这首词，给我们留下了很大的想象空间，可以把它读作一首爱情词，也可以把它解读成一种对人生事业或者理想目标的追求，为了这种理想，我们孜孜不倦地追求，为此付出沉重的代价和巨大的努力也在所不惜。这也就是叶嘉莹先生所说的，词有“兴发感动”的功能、作用。大家读过叶嘉莹先生的书没有？可以读读她的《迦陵论词丛稿》和《唐宋词十七讲》等著作。她用西方的文学理论来阐释我国的古典诗歌，很有见解。因为她长期在加拿大生活，对西方文化和文学理论有非常深入的了解，她早年是北京辅仁大学的高材生，对中国传统文化有非常精深的造诣。她用中西结合的方式诠释中国古代诗词，有水乳交融的感觉。如果你们有兴趣，还可以登陆她的网站，上面有她的讲课录音，去听听她讲词。20世纪90年代她曾经来武汉讲过学，在武大也讲过。她特别会讲课，地道的、带一种异国情调的普通话，一听就会让你着迷，真的！她已经91岁了，还是那么风度优雅，像当年的英国首相撒切尔夫人似的。2004年冬天我还去南开大学参加过她的八十华诞庆典。

柳永这首词的抒情主人公性别不清楚，那我们来看一首抒情主人公比较明白的、从女性角度写守望者的相思之歌。

还是柳永的，词牌是《定风波》：

自春来、惨绿愁红，芳心是事可可。日上花梢，莺穿柳带，犹压香衾卧。暖酥消，腻云亸。终日厌厌倦梳裹。无那。恨薄情一去，音书无个。　　早知恁么。悔当初、不把雕鞍锁。向鸡窗、只与蛮笺象管，拘束教吟课。镇相随，莫抛躲。针线闲拈伴伊坐。和我。免使年少，光阴虚过。

这首词非常注重表现相思心态的变化。从抒情角度来说，它既有第三人称的描述，又时而化身第一人称，来自我呈现内心的活动。“自春来、惨绿愁红”，一开始就烘托出一种情绪的氛围——春天来了，见到绿叶和红花，都倍感凄惨和愁闷。这“绿”“红”，是用色彩来指代绿叶和红花，李清照的“绿肥红瘦”，用法相近。按理说，她见了春花，心情应该是“其喜洋洋者矣”，而她却是满腔的凄惨和郁闷。“可可”，其实是不可可，一片芳心无法宁静，没有哪一件事情感到称心如意。为什么呢？暂不说明。“日上花梢，莺穿柳带”，太阳上了花梢，时间已是上午，户外的自然界处在活跃、浪漫的气氛之中，黄莺在柳树之间穿行。但明媚的春光，生机勃勃的大自然，仍然解除不了女抒情主人公心中的无奈，没能激发起她青春的活力。她还没起床，压着香衾，一个人睡闷觉呢。这里写的不是辗转反侧的情态，而是压着薄被子睡觉不起来。“暖酥”，有两种解释：一说是面部搽的脂粉，一说是指丰腴的体态。两种都可通。如果作脂粉解释，“暖酥消”是说脸上的脂粉已经变淡消失；如果作体态理解，“暖酥消”是说身体慢慢地消瘦，也就是“衣带渐宽”的意思。“腻云亸”，乌黑的头发也是乱蓬蓬的，“亸”本来是垂下的意思，这里可以解释成散乱，因为她在床上翻来覆去，所以“腻云”也就乱了。“腻云”，可以指头发乌黑发亮，可以指头发很浓密，形容头发非常好。“终日厌厌倦梳裹”，写起床以后，她还是“厌厌”，没有情绪，懒得梳妆打扮，有点像温庭筠《菩萨蛮》词里写到的“懒起画蛾眉，弄妆梳洗迟”。“无那”，即无奈，不知道该怎么办。“恨薄情一去，音书无个”，非常可恶的是，薄情郎远别之后，就没有书信回来。这里依然是自我呈现，但仍然有意境。这里由几个镜头组成：先是室外之景，绿叶红花，日上花梢，莺穿柳带；然后是室内这位娇柔无力、深感郁闷的女郎。如果我们来设置这个场景的话，可以把室内室外两组镜头叠印，也可以把镜头不断地切换。总之，上片有境界，有景物。景物当中，熔铸了抒情主人公一种寂寞慵懒的情绪。

唐宋词在写相思的时候，经常会以“音书”来表现。比如说，有一位姓陶的女子写过一首《苏幕遮》词，也是写到音书：

与君别，情易许。执手相将，永远成鸳侣。一去音书千万里；望断阳关，泪滴如秋雨。　到如今，成间阻。等候郎来，细把相思诉。看着梅花花不语。花已成梅，结就心中苦。

“执手相将，永远成鸳侣”，这是离别之前，两人在叮嘱、发誓：希望我们两个人永远成双成对。可是“一去音书千万里”，人去了以后，远隔千万里，没有书信来往。全词把别前别后的相思写得非常细腻。

还有一首陈达叟的《菩萨蛮》：

举头忽见衡阳雁。千声万字情何限。叵耐薄情夫。一行书也无。　　泣归香阁恨。和泪掩红粉。待雁却回时。也无书寄伊。

陈达叟是南宋的词人。这首词也是围绕书信来构思的。“举头忽见衡阳雁。千声万字情何限”，大雁传书，早已是熟典，是心理积淀，见到大雁立马就想到自己的情郎应该给自己寄回书信。看着大雁在空中叫，有“声”，为什么又有“字”呢？成群的大雁飞翔时，排成一行，有时排成“一”字，有时排成“人”字，千声万字都充满了柔情。“叵耐薄情夫”，大雁那么有情，可恨我那个薄情郎，那个没良心的，“一行书也无”。人家大雁是送情送书信，而这薄情郎却是一个字也不来。“待雁却回时。也无书寄伊”，最后这两句十分精彩，她不光是哭诉，还有反抗精神——大雁来了，你不寄书信给我，等到大雁回去，妹子也不寄书给你，气死你！让你记挂记挂，让你尝一尝等待书信是什么滋味。别出心裁的结尾，读来很是痛快，让人觉得这女子温柔之中挺有骨气！

我们再回过头来看柳永这首词。上片写她的薄情郎久别之后，音信杳然。用的是第三人称的手法，有一个抒情者在讲述。下片用第一人称，采取女子内心独白的方式来写她的心理活动。“早知恁么”，早知薄情郎去了之后情书不写一封，短信不发一条，真不该让他出去。她有点后悔：“悔当初、不把雕鞍锁。”由“悔”字，可以联想到王昌龄的“闺中少妇不知愁，春日凝妆上翠楼。忽见陌头杨柳色，悔教夫婿觅封侯”，这也是后悔当初没有把马鞍锁住，让他出去求官求爵，追名逐利。“向鸡窗、只与蛮笺象管”的“鸡窗”，是指书房，这里有一个典故：南朝刘义庆的《幽明录》说，晋朝宋处宗买到一只长鸣鸡，养在窗下，时间一长竟学了人语，能与宋交谈不休，而且有智巧，宋的口才因此大有长进。后来就以“鸡窗”当作书房的代名词。晚唐罗隐有诗说：“鸡窗衣静开书卷，鱼栏春深展钓丝。”这女子心里想，早就该让他老老实实地呆在书房里头，给他一支笔、一张纸，好好做作业，好好读书，陪着我，那该有多幸福！“镇相随，莫抛躲”的“镇”读上声，一天到晚，整日跟我在一起，永不分离。情郎在书房里读书，她呢，是“针线闲拈伴伊坐”，拿着针线，在旁边绣绣花，陪着他读书，多么温馨，正是“红袖添香夜读书”。“免使年少，光阴虚过”，免得使少年青春在孤独的时光中虚度。她既有后悔，也有期待和未来的打算。想着当初，应该不让他走，来陪着我读书，今后他回来了，一定不让他再出门了。这女子挺有心计的呢。

关于“针线闲拈伴伊坐”，还有一则逸事。北宋张舜民，是位诗人，写了一本笔记叫《画墁录》，书中第一卷里说，柳永写《鹤冲天》词，得罪了宋仁宗，很长时间吏部——相当于现在的中组部——不让他升迁。柳永沉不住气了，就去公关，跑到宰相办公室里去找宰相晏殊，希望同是词人的晏殊能够拉兄弟一把。晏殊一见到他，就没有好口气：“贤俊作曲子么？”意思是：柳公子啊，你写词吧？柳永也挺聪明的，知道来者不善，话里有话，就回答说：我“只如相公亦作曲子”，我跟宰相大人您一样，也写词。晏殊的意思是，你写那些俗词艳词，品格不高。柳永说，我跟你一样写词——这话说得很策略。晏殊心想，你小子还敢顶撞我宰相大人，于是很不耐烦地说：“殊虽作曲子，不曾道‘彩线慵拈伴伊坐’。”我虽然也写词，但都是很高雅的，从来没写过“彩线慵拈伴伊坐”这么庸俗的句子。柳永一听，完了，后面谈不成，就退出来了。这个故事可不可信？不一定真实。但从故事当中，我们可以看出柳永词的通俗性为文人雅士所不满。柳永写普通人的生活理想和生活情态，晏殊却嫌他写得庸俗，从这里也可看出宋代两种审美观念的冲突。

我们武大中文系已故的一级教授、著名学者刘永济先生，有一本词选，叫《唐五代两宋词简析》，这本词选很有特色，有兴趣的同学可以找来看一看。一般的词选，都是按照词人来排列的，而这个选本是按照词派来排列的。北宋时期，有一个幽默词派——写滑稽词的词派，一般文学史著作都很少提及，他这个词选特地选了一些幽默词，我们以后会讲到的。刘永济先生在词选里说柳永这首词是代妓女抒写离情，抒情主人公是妓女。可我读了以后，看不出是妓女。我觉得是写普通民众、一般女子的生活理想和愿望，不像是歌妓。当然，各人的理解不一样。柳永这首词不像是写萍水相逢，应该是有着固定的恋爱关系的女子，很可能是已经成家的少妇。我把它看成是表达普通人的愿望，这也比较符合当时市民的生活趣味，尤其是下层女子的生活愿望。此词把女子心态的变化过程写得很细腻。柳永很善于写心理过程，他一般不用象征性的手法表现瞬间性的情绪，而是写心路历程，女主人公的形象比较完整。

我们再看一首比较简短的，同样是写女性相思的词，作者叫陈成之，词牌是《小重山》：

> 恨入眉尖熨不开。日高犹未肯，傍妆台。玉郎嘶骑不归来。梁间燕，犹自及时回。　　粉泪污香腮。纤腰成瘦损，有人猜。一春那识下香阶。春又去，花落满苍苔。

这首词表现的情绪和上面柳永那首词有些接近，但表现手法不同。开头的“熨”字，用得非常新奇。“恨入眉尖”，有了郁闷，往往是皱着眉头。范仲淹有《御街行》词说：“残灯明灭枕头攲。谙尽孤眠滋味。都来此事，眉间心上，无计相回避。”也是通过眉头的紧皱来写忧愁、郁闷。深夜独眠，失眠了。“都来”，算来，想想相思这事啊，眉头和心上都无法回避。心里不痛快，眉头就皱起来了。李清照由这两句又予以变化，写出了名句“此情无计可消除，才下眉头，却上心头”。不过范仲淹写的是单向相思，而李清照呢，写的是双向思念。虽然爱情相思有一些苦涩，却又带有甜蜜的幸福感，有心心相印、互相惦念的欣慰，这是李清照词的特点。她经常写双向的思念，因为她对丈夫有绝对的信任。她思念赵明诚，也想到赵明诚一定正在想念自己。“此情无计可消除”，相思逃避不了，虽然接到了丈夫从远方寄来的书信，内心感到幸福和快乐，但毕竟离别已久，对丈夫的浓重思念，还是化解不了。“才下眉头”，接到信时，眉头刚刚舒展一点，可不一会儿相思的情绪又袭上心头。这“才下眉头，却上心头”八个字，把接到信以后复杂微妙的心态表现得具体可感。用“眉头”写愁，范仲淹和李清照两人已经写得非常精彩了，而陈成之在这基础上加一个“熨”字，就非常的新奇。一般的布帛皱了以后，用熨斗就可以熨开熨平，而眉心皱了以后，连熨斗都熨不开，因为心情太沉重了。这个“熨”字，用得多新奇啊！“日高犹未肯，傍妆台”，太阳很高了，还是不肯上妆台。这跟前面讲的柳永词“日上花梢，莺穿柳带，犹压香衾卧”差不多。“未肯”的“肯”字，用得比较强烈，写内心主观的情态，几次想起来，还是不愿意起来。未肯“傍妆台”，不愿意梳妆打扮，这与“终日厌厌倦梳裹”意思差不多。“玉郎嘶骑不归来”，意思是说玉郎人影不归来，为什么用“嘶骑”呢？这里有一种期待，有一个潜台词：她总是盼望着“玉郎”骑着马，早点归来，因为马快到家的时候就要嘶叫。她躺在床上，始终在期待，希望听到马蹄声。等了好长时间，也没听到马的嘶鸣，本来满怀着希望，又陷入了失望。“恨入眉尖”，是一个放大的特写镜头。整个脸部没出来，只写她的眉头熨不开。“日高”既写时间，又表示有阳光照射进来。“玉郎嘶骑不归来”，本是她的想象与期待，但我们可以通过蒙太奇的镜头，来表现她的玉郎骑着马，在遥远的他乡往家里赶路。也许她的先生在远游，你可以多角度联想。镜头一转，“梁间燕，犹自及时回”，到了春天，燕子还会及时回来团聚。同时，燕子是成双成对的，用双燕反衬人的孤独。这句有双重含意：一是燕子守信用，能及时回来，人却无情，不像燕子那样按时回来。二是燕子多么幸福，总是出双入对的，而闺中人却非常孤独。不过，这层孤独的意思没有直接说出来，需要我们去体会和补充。

下片继续写她的神态。“粉泪污香腮”，为什么是“粉泪”？是泪水加胭脂。这跟欧阳修《踏莎行》的“盈盈粉泪”意思差不多。脸上搽了粉，流着泪，用手巾一擦，满脸都是眼泪，变得泪脸模糊。本来夜里睡前曾上过晚妆，精心打扮，希望在梦里头能见到她的情郎，给他一个意外的惊喜，谁知道醒来以后却是这副模样。“纤腰成瘦损”，一把纤细的腰啊，只怕是更加瘦小了。“有人猜”，其实是怕人猜。“哎呀，你怎么这么瘦了啊？有啥心事吧？”也许问这话的人是她的丫环，或者是闺中女友。“一春那识下香阶”，自春来，一直是把自己封闭在屋里，连门前的台阶都没下过，庭院都没有去过。从这里可以体会词人构思的精致，意境的开阔。如果说一夜或几天不下香阶，意思也很好了，但词人却说“一春那识下香阶”。通过一个晚上来表现整个春天的情绪，说她自从春天以来情绪都不好，并暗示昨晚的苦闷，不只是漫长春天的一个夜晚而已，而是整个春天都像昨夜一般。“春又去，花落满苍苔”，这个结尾比柳永那首词更有韵味。柳永的词意有时比较直露，一看就明白，但余味就少了一点。这里说春天“又”去了。我们读词的时候，要注意虚字的运用，善于体会虚字的妙处。“春又去”的“又”字，表示时间或过程的重复，表明前年的春天是这样，去年的春天也如此，今年的春天又是如此，说不定明年的春天还是这样。这个“又”字，含义非常丰富。一个十分简单的字，在特定的语境里，时常具有丰富的意义。春天的离去，象征什么呢？“春”，往往不单纯指季节、时光，还象征着年华、人的容貌，包含着时间意识和生命意识。“春又去”其实是写人又老去一年。“花落满苍苔”，开头写人，结尾写景。

由这两句，我们又可以联想到晏几道词的名句：“落花人独立，微雨燕双飞。”如果我们要用镜头来表现的话，该怎样营造这个场景呢？女子始终在闺房里头，没有下过香阶，没有到过院子。我们可以想象她一个人倚窗而望，看着外面春光又去，百花又逐渐地凋零。“花落”，描述的不仅仅是一种结果，还可以想象成是一种状态、一个过程——她正看着花在春风春雨的摧残之下飘零，路上长满苍苔。由此可以联想到林黛玉葬花时的情景。苍苔，更进一步印证“一春那识下香阶”，台阶上没有人走过，所以台阶上和院子里都长满了青苔。这又暗示了什么？暗示平时根本没有人来往，进一步表现她的孤独，独守空闺。

下面我们再看一首男性流浪者的相思之歌。如果说前两首是守望者在家里守候的话，那么，柳永的《忆帝京》就是一位远行者的怀恋之歌：

> 薄衾小枕凉天气。乍觉别离滋味。展转数寒更，起了还重睡。毕竟不成眠，一夜长如岁。　　也拟待、却回征辔。又争奈、已成行计。万种思量，多方开解，只恁寂寞厌厌地。系我一生心，负你千行泪。

词写一位在外飘零流浪的羁旅行役之人，住在一个简陋的旅馆里头。秋夜里，天气有点凉，身上盖着一层薄薄的被子，枕着一个小枕头。“小枕”暗示孤枕，不是同床共枕，而是一个人。身上感觉冷冷的，就像李清照的“玉枕纱橱，半夜凉初透”一样。这里的“薄衾”，并不仅仅是说被子太薄，身体觉得冷，更是说一种心理的孤独和凄凉。“乍觉别离滋味”，突然体会到离别的滋味，原来是这般难受。我们可以想象，这位男主人公开始是睡着了的，也许是晚上冻醒了，醒了以后睡不着，就想起了和家人团聚的温馨，这个时候才觉得这种别离滋味特别难熬。梦醒后，再也睡不着，“展转数寒更”，从一更、二更、三更、四更一直到五更，都在床上翻来覆去，心里正烦着呢。睡不着，干脆起来走走，但长夜难熬，又无可奈何地再去睡，还是睡不着。

“起了还重睡”的细节描写，非常传神地写出了男子心事的沉重、别离的痛苦。唐代诗人元稹《闻乐天授江州司马》的“垂死病中惊坐起，暗风吹雨入寒窗”，是让我震撼的诗句。他在“垂死病中”突然听到老友白居易无端被贬到九江，惊恐得坐了起来。这个细节的描写，比用多少语言来表现他的惊讶、担心、怨恨不平都要有力量，都要传神。柳词的“起了还重睡”，有异曲同工之妙。“毕竟不成眠，一夜长如岁”，是始终没有睡着，觉得一夜比一年还长。

这首词，很能体现柳永词的特点：通俗、直白，意思说尽说透，但少点余味。“展转数更寒，起了还重睡”，已经说明一晚上没有睡着，还要说“毕竟不成眠，一夜长如岁”，词意就有些重复，当然也可能作者是有意强化。柳永的词有时候来得太快，没有经过仔细的推敲和锤炼。词意说白说透，听众一听就能够理解，所以柳永的词在当时很流行，“有井水处皆能歌柳词”，“不知书者犹好之”，文化水平不高的人特别喜欢柳永这样的词。我们从文学艺术的角度看，就觉得“毕竟不成眠，一夜长如岁”有些太露了，意思重复。但从他的创作动机看，他是为大众而创作，这又是可以理解的，不能指责他。如果写得像南宋吴文英的词那样高雅而晦涩，市民大众就无法理解，也无法流行了。我们既要看到柳词的不足，也要理解他这样写的目的和动机。对古人，需要“同情之理解”。

下片写他的心理活动。“也拟待却回征辔”，也打算勒马回家。“也拟”，是准备、计划的意思。后来的李清照词也用过："闻说双溪春尚好，也拟泛轻舟。只恐双溪蚱蜢舟，载不动，许多愁。""又争奈已成行计"，本来想赶着马回去与佳人团聚，但转念一想，好男儿既然出门，没挣到钱，没求到官，一无所获地回去多不光彩！大家应该熟悉《战国策》里苏秦的故事。苏秦先是游说秦王，一无所成，"形容枯槁，面目黧黑"地回到家里，家人都不理他，"妻不下纴，嫂不为炊，父母不与言"。柳永这时也许就想到了苏秦，于是决心不回去。或者这时他又想起了孟子的话："天将降大任于斯人也，必先苦其心志，劳其筋骨，饿其体肤，空乏其身。"所以是"万种思量，多方开解，只恁寂寞厌厌地"。写心理活动很细致。想来想去，想去想来，时而安慰自己，时而说服自己，可还是提不起情绪，打不起精神。"厌厌"，读平声，这是当时的习语，和我们现在流行的"郁闷"差不多。柳永非常喜欢用"厌厌"这两个字，比如"厌厌病绪""春困厌厌""厌厌夜饮"等。"系我一生心，负你千行泪"，是心中的自白，又是对佳人的思念：亲爱的，我心中有你，你一辈子都在我心中，只是不能跟你团聚，"负你千行泪"，让你在家泪水不干。这两句写的是双向的思念，他想着他的心上人，同时猜想心上人这时也一定在家里为他流泪。李清照的"一种相思，两处闲愁"，写的就是这种双向思念。

柳永的相思词特别善于心理刻画，通过心理的刻画来展示人物的生命和形象，虽然没有什么外貌的描写，但我们仿佛可以见到一个活灵活现、有血有肉的抒情主人公在词世界里的活动。这很奇妙，像上面这首词，没有太多景物的描写，却建构了一个比较完整的艺术世界，在这个艺术世界里头，呈现出抒情主人公的活动场景，又很逼真地传达出他的内心世界，而且他的内心世界是比较复杂微妙的，富于变化的。这是柳永的高超之处。

再来看看秦观的一首词。秦观写起来就不一样了，他的词是“情韵兼胜”，充满着柔情，又非常有韵味。宋代有人评价说，苏轼的词是韵味厚而情感不足，柳永的词是情有余而韵不足，而情韵兼胜的，只有秦观的词。下面这首《江城子》就能体现这个特点：

> 西城杨柳弄春柔。动离忧。泪难收。犹记多情，曾为系归舟。碧野朱桥当日事，人不见，水空流。　　韶华不为少年留。恨悠悠。几时休。飞絮落花时候、一登楼。便做春江都是泪，流不尽，许多愁。

晚清的词学理论家冯煦，曾经在他的《蒿庵论词》里说：“淮海、小山，古之伤心人也。”淮海是秦观，小山是晏几道，他俩都是伤心人。又说：“他人之词，词才也；少游之词，词心也。”别人的词是用才气写出来的，少游的词是用心写出来的。用心，就是用真心，用真情，不搞花架子。和柳永比起来，秦观的词更带有一种普泛的意义。他不仅仅是抒发一种爱情的相思，还包含着一种人生的感慨，所以清人周济说秦观词“将身世之感打并入艳情，又是一法”。秦观的艳情词、离别词，往往熔铸了他的身世之感，凝聚了他人生、政治上的失意。

“西城杨柳弄春柔”的城指汴京。汴京城西门外，杨柳成行，杨柳枝在风中摇曳，舞弄着春天的温柔，展现着春天的和美。在这大好的春光当中，这些柔媚的杨柳引发的是什么呢？是离愁幽恨。离愁一起，又是“泪难收”啊！秦观词就是泪多，有人是首首不离酒，他是篇篇少不了泪！“犹记多情，曾为系归舟”，“多情”是谁呢？是谁多情？我们与其把“多情”想象成人，不如想象成杨柳，西城的杨柳多情，曾经在这里系住我在外面飘荡回来的归舟。这是送别以后又回到这里来再写送别。“碧野朱桥当日事”，暗含着一个故事，点到为止。有人说，秦少游的词善于用“点染之法”。点染本来是绘画的一种技巧，词中的点染之法，我们可以这样理解：点，就是点到为止，不说破；染，用景物来烘托，用空镜头来表现。碧绿的原野，红色的桥梁，色彩非常鲜明。“当日事”，也许在碧野朱桥上面，他曾经跟他的所爱之人握手言别，也许是跟他的朋友、政治上的同道握手告别。这首词是绍圣元年（1094），也就是秦观遭贬谪的那一年写的。“人不见，水空流”，有象征的意味，不仅仅是表现男女间的恋爱情事、儿女私情，也可能象征着某种政治性事件。这里好像是叙事，其实是绘景。“碧野朱桥”，是一幅画。碧绿的原野上有一条河，河上有一座红色的桥，我们可以想象到桥上有两个人。这两句当中，包含着过去和现在的情事——当时朱桥上两人握手告别，而现在，此时此地，却是人不见，水空空荡荡地向远方流去。这包含着今昔的对比。可以用今昔两个镜头来叠映这幅画面、这个场景。其中给我们留下想象的空间、创造的余地非常大。

下片"韶华不为少年留"，通过送别，转过一层来写人生。人生苦短，生命有限，大好的时光很快就溜走了，多留一分时光就多留住一份青春的面影。转眼之间，却由少年步入了中年，恨是悠悠地绵长，就像流水一样，无休无止。"飞絮落花时候、一登楼"，愁难解，于是就登楼。登楼是为了什么？"聊假日以销忧"！王粲的《登楼赋》说，登高是为了销忧。在中国古代文学中，登高是常见的主题。登高常常是为抒发乡情，怀念故乡，再就是表达怀才不遇的苦闷，借登高来解除郁闷。正因为"恨悠悠，几时休"，所以他才登上高楼。登上高楼见到什么景象呢？漫天飞絮，满树落花。由这两句我们可以联想到贺铸《青玉案》的"试问闲愁都几许？一川烟草，满城风絮，梅子黄时雨"。贺铸把抽象的愁思熔铸在具象的烟草、风絮、梅雨当中。"一川烟草"迷漫，这是写愁思的广度；"满城风絮"，是写它的密度，风絮是风中的杨花，到处飘荡，飘忽不定；"梅子黄时雨"是写它的长度，因为梅雨是连绵不断的，延续的时间又长又久。从修辞手法来说，它是一种博喻，用三种不同的意象，从不同的角度来写他的闲愁。秦观这几句，表面上不是比喻，但是"飞絮落花"，一看就感受到一种感伤的氛围。飞絮是飘零的，落花是飘零的，他用这两种一去不复返的意象，暗喻的不仅仅是一种时光的流逝、季节的流转，也是一种生命年华的消逝——可以说是"登高消愁愁更愁"。因此顺势推出后面两句“便做春江都是泪，流不尽，许多愁”，就极其自然。秦观的很多词都是受后主词的影响，他读后主词读得非常熟，运用也是出神入化。我们也说过他的那句“恨如芳草，萋萋刬尽还生”就是从李后主的“离恨恰如春草，更行更远还生”变化过来的。这两句大家一眼就可以看出来，是从“问君能有几多愁，恰似一江春水向东流”变化来的。推陈出新，于斯可见一斑。李后主只是一个新鲜的比喻，而秦观呢，把它倒过来说，变被动为主动，把春江做成眼泪，也流不尽我许多的忧愁，我的愁苦真是太重了。他还有“飞红万点愁如海”的名句，是《千秋岁》里面的。秦观有个朋友说，读了少游这首词，“少游已矣”，快要不久于人世了，这是谶语。人家问：你怎么知道少游活不长了呢？他说，这么满腹的愁苦还活得长吗？秦观写愁，跟他的老师苏轼不一样：东坡写愁苦的时候，往往要另求超脱，要从愁苦当中摆脱出来；秦观的词、周邦彦的词，写痛苦的时候，是把你拉向痛苦的深渊，不让你超越。他俩是用泪水把你浸泡在缸里头，用泪水去净化你的灵魂，洗刷你的心灵。我把这个概括为“沉入型”。而苏轼呢，是先把你拉进痛苦的深渊，然后迅速地把你提升出来，让你超越出来。我把这个叫作“超越型”。同样是写痛苦，但对待痛苦的态度和方式是不一样的。

读秦观的词真是非常沉重，这与秦观的个性有关。他这个人，心理承受能力比较差，遇到一点痛苦就抬不起头来。所以他贬到岭南，还没有像东坡那样贬到海南岛，就已经对人生失去了信念，觉得这辈子完了，肯定死在这南荒蛮瘴之地，于是赶忙给自己写挽词。苏轼贬到海南岛，到了真正的天涯海角，仍然非常乐观，回来的时候说“九死南荒吾不恨，兹游奇绝冠平生”，这一次贬到海南岛，就像是一次旅游，而且是我一辈子当中最奇特绝妙的一次旅游。我的政敌们，你们想到海南岛来玩还来不了呢，而我是“公费”旅游，多开心啊！苏轼这人非常想得开，洒脱、超然。秦观就是想不开，所以五十出头就去世了。秦观这首词由离别相思，引发出深沉的人生感慨。读秦观的相思词，应该注意这种变化。

第四讲

悼亡词

悼亡诗，有广义与狭义的两种理解。

广义的理解，是所有对死者悼念的诗歌，都称为悼亡诗。

今天讲悼亡词。悼亡诗，有广义与狭义的两种理解。广义的理解，是所有对死者悼念的诗歌，都称为悼亡诗。这类悼亡诗，又称挽诗或挽歌。狭义的理解，是指丈夫对亡妻悼念的诗歌。按理说，悼亡诗也应包含妻子对亡夫的悼念的诗，可能因为在中国古代诗歌史上女性的作者很少，所以悼亡诗就专指丈夫对亡妻的悼念的诗。因此有一种称呼，把丈夫死了妻子叫作“赋悼亡”。我认为，“夫悼妻”和“妻悼夫”的诗都应该算在悼亡诗里，也就是把“悼亡诗”视为夫妻间的悼念的诗。武汉大学尚永亮教授曾经编写过一本书，叫《十年生死两茫茫——古代悼亡诗百首译析》，书里就选录了妻子对亡夫悼念的诗篇。在这个问题上，我们俩的看法相同。

悼亡诗，可以看作爱情诗的一个独特的类型，不过写的是生死恋，是生者对死者的忆恋与怀念。作为一种类型，大家可以做一点研究，追溯它的源流与演变，分析它的特点与价值。中国古典诗歌里，悼亡诗发展过程如何？它的抒情模式有什么特点？悼亡诗一般会写哪些情思或由哪些要素组成？有没有一定的共性？不仅是中国古典诗歌中的悼亡诗，还可以去找一些西方的悼亡诗歌来进行比较，看看中西悼亡诗中，诗人对待死亡的态度有什么差异，又有什么共同之处。还可以从死亡哲学的角度去分析阐释这些悼亡诗。当然我们也可以以悼亡诗为视点，继而扩展到所有关于死亡的诗歌，看看我们中国古人对待死亡的态度是怎样的。是恐惧，还是坦然地面对？是平静，还是焦虑？现在死亡哲学已成为引人瞩目的一门学科。武汉大学哲学学院就有研究死亡哲学的老师。20 世纪 90 年代，我的一位朋友、华中师范大学文学院的张三夕教授，写过一本书叫《死亡之思与死亡之诗》，专门探讨死亡哲学和死亡文学。我们年轻的同学来研究这个题目也许太沉重，但我们可以把它作为一种学问来看待。

下面我先简略介绍一下悼亡诗的发展过程。一般认为，在中国古典诗歌里头，最早表现悼亡的诗歌是《诗经》里的《绿衣》，这是一首悼念亡妻的诗。诗人由身上所穿的衣裳想起了缝制这衣裳的妻子，物在人亡，黯然神伤。这首诗被称为“悼亡诗之祖”，其睹物思亡人的手法，为后世所普遍继承。原诗是：

> 绿兮衣兮，绿衣黄里。心之忧矣，曷维其已！
> 绿兮衣兮，绿衣黄裳。心之忧矣，曷维其亡！
> 绿兮丝兮，女所治兮。我思古人，俾无訧兮。
> 絺兮绤兮，凄其以风。我思古人，实获我心。

《诗经》另有一首《葛生》，也有悼亡的意思。其中“百岁之后，归于其居；百岁之后，归于其室”，表达的是“夫妇死同穴”的理念，死了之后还希望葬在一处。古人为什么会有这种理念？可以从文化的角度去思考，跟古代的殉葬制度联系起来思考。

后来汉武帝写了一首《李夫人歌》，只有三句。诗歌的背景是：汉武帝的妃子李夫人去世较早，武帝思念不已，当时的方士齐人少翁说，可以把她的魂灵请回来。于是晚上点上蜡烛，设一个帷帐，让汉武帝待在帷帐里头，远远望去，一位漂亮的女子好像是李夫人的样子，但只能远看不能近视。望到了她的音容笑貌后，汉武帝更加思念，于是就写下了下面这首诗："是邪，非邪？立而望之。偏何姗姗其来迟。"是她吗？真不敢相信。伫目遥望，为什么偏偏来得这么晚，不早一点来安慰我渴望的心灵呢！《汉书》说这是乐府诗，曾经让人配乐歌唱。

最早以悼亡为题的诗，或者说开创了悼亡诗这种主题类型的，应该是西晋的潘岳。潘岳是个美男子，大帅哥，就像当今的男性大明星似的，走到哪儿，都深受女性的追捧。传说他经常出门回来，车里总是满载水果点心，因为女性喜欢他，就给他投送水果。后来左思学他驾车出门，带回的却是一车石头，因为女人们嫌他长得丑，就拿小石子打他。

悼亡诗有一个特点，作者一般是亡妻去世得比较早，大多是青年或中年丧妻，亡妻还没有到正常死亡的年龄，所以作者特别痛苦，心理上没有丝毫的准备。如果亡妻是正常的死亡，作者心里也许好受些。夫妻感情很深的，有一方死亡，另一方自然会特别的痛苦。潘岳的悼亡诗一共有三首，下面是第一首：

荏苒冬春谢，寒暑忽流易。之于归穷泉，重壤永幽隔。私怀谁克从，淹留亦何益？僶俛恭朝命，回心反初役。望庐思其人，入室想所历。帷屏无仿佛，翰墨有余迹。流芳未及歇，遗挂犹在壁。怅恍如或存，周遑忡惊惕。如彼翰林鸟，双栖一朝只。如彼游川鱼，比目中路析。春风缘隙来，晨溜承檐滴。寝息何时忘，沉忧日盈积。庶几有时衰，庄缶犹可击。

诗的开篇说，时光流逝得特别快，不知不觉已经过了一年。一般来说，越是痛苦越觉得时间难熬，而潘岳这时候觉得时间过得特别快。为什么呢？这反映出抒情主人公神情恍惚甚至是麻木。自从亡妻去世以来，一直沉浸在痛苦之中，忘记了时间的流逝，现在突然想起来时间已经过去一年了。反常的心理，更深一层地表现出精神的极度痛苦。“之子归穷泉，重壤永幽隔”，亲爱的她，已经走向了九泉，生死永相隔。最感人的是“望庐思其人”四句，其中“帷屏无仿佛”，运用了前面讲的汉武帝招李夫人魂的故事。回到房间里头，就想起妻子生前的音容笑貌，看到房子思其人，走到房间里头又想起妻子平时的言谈举止。夫妻俩在房里温馨的言笑，如在眼前。看到她的字，也想起她写字的模样。她写的字，墨迹似乎还没干呢。这种睹物思人，是《绿衣》创造的抒情方式，潘岳把这一方式强化了，增加了对生活细节的回忆，为后来的悼亡诗建立起一种抒情范式。后来的悼亡诗，都常常会写到亡妻生前的音容笑貌和生活细节。

唐代最感人的悼亡诗，要数元稹的《遣悲怀》。元稹的妻子韦氏，20 岁嫁给他，夫妻俩共同生活了 7 年，27 岁就病逝了。元稹很长时间抹不去对妻子的思念，于是就写了《遣悲怀》（三首）等悼亡诗。对一般读者而言，元稹的这三首诗，比潘岳的更熟悉，也更感人。西方写死亡的诗歌，常常是对人生的反思，表现一种人生的智慧，面对死亡，有一种超然洒脱的态度。而元稹的悼亡诗，是用真情去感动人，用真情来感动历史，感动读者。我们来看看《遣悲怀》第一首：

谢公最小偏怜女，自嫁黔娄百事乖。
顾我无衣搜荩箧，泥他沽酒拔金钗。
野蔬充膳甘长藿，落叶添薪仰古槐。
今日俸钱过十万，与君营奠复营斋。

谢公，指东晋大政治家谢安，他特别喜爱侄女谢道韫，谢道韫是左将军王凝之妻，有名的才女。黔娄是战国时的寒士，诗人用以自比。首联说妻子出阁前家世显赫，无忧无虑，很受宠爱，自从嫁了我之后，生活没一样是顺心的，也就是说，做姑娘时是掌上明珠，出嫁后就没过上一天好日子。她温柔、体贴，看到我没有衣服换，就把她压在箱子底下的布拿来给我做衣服。我想喝酒了没钱，就缠着她，她没法子，只好把金钗拔掉去换酒。第三联进一步写生活的艰难。没饭吃了，去挖野菜；没柴烧了，就从古槐树上打些叶子下来。这对穷困生活的具体描绘，比仅仅是说我们好穷啊，要生动感人得多。今天我有钱了，年薪已经过了十万，可她又无福消受，去世了。结句说，生前没有让她过上快乐的日子，身后就只好多给她烧些纸钱。想到这里，诗人心里格外的伤痛。另外的两首是：

昔日戏言身后意，今朝皆到眼前来。
衣裳已施行看尽，针线犹存未忍开。
尚想旧情怜婢仆，也曾因梦送钱财。
诚知此恨人人有，贫贱夫妻百事哀。

闲坐悲君亦自悲，百年都是几多时。
邓攸无子寻知命，潘岳悼亡犹费词。
同穴窅冥何所望，他生缘会更难期。
唯将终夜长开眼，报答平生未展眉。

夫妻俩当时曾戏言死后该怎样怎样，戏言如今真的变成了现实。妻子死后，衣服都送给了别人，或者给了佣人，他不想看到这些衣服，看到这些就会引起对亡妻深沉的怀念。可是生前缝衣服的针线还在，那些针线包都不忍心打开。他得把感情转移呀，爱她已经不可能，于是就把对亡妻的爱转移给亡妻的仆人侍女，对使女多一层怜爱多一层关怀，仿佛可以弥补一点对亡妻的歉疚。“贫贱夫妻百事哀”，已成为一个熟语、成语。闲坐的时候倍感孤独，又想起了亡妻生前种种情景。人的一生原本很短暂，迟早总是要死的，自己在安慰，在开解，似乎想开了，但真正面临死亡，面临亡妻的永诀，还是抹不去心头的创伤。邓攸是西晋人，在战乱中为了保住侄子舍弃了儿子，从此就没有了后人。“潘岳悼亡犹费词”，这种感伤，无法表达，即使写出了潘岳那样的悼亡诗句，也是多余的。死后同穴埋葬，是几十年以后的事，难以等待；来生有缘相会，下辈子再结为夫妇，也难得实现，现在唯一能做到的，是用整晚的不睡觉来报答妻子一生的不顺心。“唯将终夜长开眼，报答平生未展眉”两句，把生者死者结合起来写，确实非常感人，亏得元稹想得出来，写得这么朴实，这么深情。

白居易也有一首《为薛台悼亡》诗，是为友人悼亡：

半死梧桐老病身，重泉一念一伤神。
手携稚子夜归院，月冷空房不见人。

半死梧桐，象征妻子的去世，也可理解为丈夫伤心得“半死”，后面贺铸的词就用了这个意象。下面写丈夫的孤独，他回到庭院，平时都有妻子相迎，而这时候是他一个人牵着小孩的手，望着屋里黑洞洞的一片。平时回家时是热茶热饭的送上来，而这时候是冷火熄烟，睹物思人，心里好生凄凉！月亮的清冷，是屋子的冰冷，也是心里的凄冷。

晚唐诗人赵嘏，也有《悼亡》诗：

明月萧萧海上风，君归泉路我飘蓬。
门前虽有如花貌，争奈如花心不同。

这与元稹诗形成一种对照，元稹是说，亡妻生前日子过得不好，我今天刚刚过上好日子，可她没能与我共同走到今天，无法享受刚刚到来的清福。而赵嘏是说，亡妻只身归九泉，孤单寂寞，我也在外漂泊流浪，逝者和生者都处在痛苦之中。在飘零的路上多么希望有一个完整的家，找到精神的安慰。门前来来去去的女孩，虽然个个长得如花似玉，但新人的性情气质哪如故人，终是无心去顾盼。汉乐府有一首《上山采蘼芜》诗，也是说虽然新人长得好，但性格、勤快不如原配的妻子。原诗是："上山采蘼芜，下山逢故夫。长跪问故夫，新人复何如。新人虽言好，未若故人姝。颜色类相似，手爪不相如。新人从门入，故人从阁去。新人工织缣，故人工织素。织缣日一匹，织素五丈余。将缣来比素，新人不如故。"赵嘏这两句，既侧面写出了他妻子的如花貌，又表现出妻子的体贴多情，以致他觉得再没有比亡妻更好的伴侣了，更深一层地写出了他对亡妻的一往情深。

跟这种心情相近的，有北宋梅尧臣的《悼亡三首》：

结发为夫妇，于今十七年。
相看犹不足，何况是长捐。
我鬓已多白，此身宁久全。
终当与同穴，未死泪涟涟。

每出身如梦，逢人强意多。
归来仍寂寞，欲语向谁何。
窗冷孤萤入，宵长一雁过。
世间无最苦，精爽此销磨。

从来有修短，岂敢问苍天。
见尽人间妇，无如美且贤。
譬令愚者寿，何不假其年。
忍此连城宝，沉埋向九泉。

梅尧臣这三首悼亡诗，是在平淡中见深情，平和中显热烈。“结发为夫妇，于今十七年。相看犹不足，何况是长捐”，生前一天到晚地看都看不够，何况是永别呢！虽然自身也老了，不久于人世，最终虽可以同穴埋葬，但毕竟现在是天人永隔啊，想到这里不觉眼泪汪汪。这种同穴的观念，从《诗经》时代到宋代，一直到现在，仍没有改变，现在还有夫妻合葬的风俗。《孔雀东南飞》里头也表现了这种观念。“每出身如梦，逢人强意多”，为解除心中的寂寞和孤独，出门后看到人就拉着人说话，来排遣心中的痛苦。可回到家来，再也找不着人说话了。平时“相看两不厌”，这时孤独地守着空房，无人交流，也无法诉说心中的痛！“窗冷孤萤入，宵长一雁过”，写一只萤火虫孤零零地从窗户飞进，创造出一种非常孤独冷清的境界。窗冷，显现心灵的凄凉寂寞，暗示室内人的孤独，同时写出了他一夜失眠，因为通宵没睡着，才能看见萤火虫飞进来，感受到孤雁飞过。萤是实写，雁是虚写，是想象之词。两句诗，室内室外，人、景、情都有了，用笔多简练，构思多巧妙！“世间无最苦，精爽此销磨”，死别是最痛苦的，再也没有比这更痛苦的了！为了这份爱，为了这份难以忘却的痛，人都失魂落魄了。

第三首说人的寿命有长有短，本来很正常，不敢责问苍天。“见尽人间妇，无如美且贤”，情人眼里出西施，丈夫眼里也出西施呢！想想这人间的妻子，哪一个有我妻子那么漂亮，哪一位有我妻子那样贤惠！毕竟他找到了这位“美且贤”之妇，痛苦中含着一份自豪、一份幸福！我说平淡中见热烈，这种热烈由此可见。“譬令愚者寿，何不假其年”，老天爷，你真是不公平！你让那些愚笨的人长寿，为何不让我的妻子多活几年呢，何不借她一些年寿呢？老天爷，你也真忍心呀！“忍此连城宝，沉埋向九泉”，我妻子可是连城璧呀，你过早地让她埋在九泉之下，不公平呀！我们仿佛看到梅尧臣在对天呼号。梅尧臣的诗歌一向追求平淡之美，语言也很平淡，但平淡之中体现出一种深沉，体现出一种热烈。

从上面这些悼亡诗，我们大致了解到，悼亡诗既要写对亡者的思念、缅怀，也会写到生者的现实处境，抒发人生的感慨，也就是把对亡者的思念和生者的人生失意结合起来写。

下面我们来看悼亡词：

十年生死两茫茫。不思量。自难忘。千里孤坟，无处话凄凉。纵使相逢应不识，尘满面，鬓如霜。　夜来幽梦忽还乡。小轩窗。正梳妆。相顾无言，唯有泪千行。料得年年肠断处，明月夜，短松冈。

苏轼的这首《江城子》，是一首名作，大家应该都读过吧？苏轼的原配妻子叫王弗，这首词就是悼念她的。与元稹巧合的是，他俩的妻子都是27岁去世的，不过王弗是16岁跟苏轼结婚，他们共同生活了11年。东坡这首词写于公元1075年，他的妻子逝世于公元1065年。“十年生死两茫茫。不思量。自难忘”，首先从时间的角度，写对亡妻的思念，自从妻子去世10年来，他没有一天能够忘怀的。“不思量，自难忘”，思念和伤心完全是自然而然从心底涌出的。自然而然，正见真心、真痛、真念。更何况是有思量呢！这种痛苦就更加深沉，让人心如刀绞。下面从空间着笔。“千里孤坟，无处话凄凉。”家庭是一个温暖的港湾，男子在外遇到挫折，遇到了痛苦，就希望向亲人倾诉。这时的苏轼，在山东的密州，现在的诸城市，妻子王弗是安葬在故乡眉州彭山县的祖坟地里，空间相隔十分遥远。且不说生死永隔，如果不是相隔得这么遥远，哪怕到坟头上去向她诉说一下眼前的凄凉，也是一种安慰，而这样一种可怜的愿望都无法实现。王弗虽为女性，但通晓世事，人情练达，特别有知人之明。苏轼在《亡妻王氏墓志铭》中曾说：“轼与客言于外，君立屏间听之，退必反复其言曰：‘某人也，言辄持两端，惟子意之所向。子何用与是人言。’有来求与轼亲厚甚者，君曰：‘恐不能久。其与人锐，其去人必速。’已而果然。将死之岁，其言多可听，类有识者。”苏轼在政治上受到挫折，多么希望能与这样一位通晓人情世故的爱妻倾诉一下胸中的委屈啊！“纵使相逢应不识，尘满面，鬓如霜”，“纵使”两个字用得特别好，含意曲折。希望两人能够超越生死的界限再见一面，这是第一层意思。第二层意思是，即使相逢见了面，也不一定认识了，现在自己是满面灰尘，两鬓如霜，今天的苏轼已经不是当年意气风发的苏轼了，而是在仕途上摸爬滚打遭受挫折的苏轼。苏轼此时因为反对王安石变法，而从京城流放外任，先在杭州做通判，又到山东密州做知州。这两句写苏轼自己。这首悼亡词，有分有合，一句写亡者，一句写生者。“十年生死两茫茫”是合写，下面是分写，写自己。

过片“夜来幽梦忽还乡”，通过梦很自然地过渡到写思念。“小轩窗”，是写梦景。“小轩窗，正梳妆”，仿佛看见了她，词意暗承上片的“相逢”。潘岳《悼亡诗》里是“帷屏无仿佛”，这里是在梦里头仿佛看到妻子在梳妆打扮。两人在梦中见面，应该是非常激动、非常喜悦的，而他们却是“相顾无言，唯有泪千行”，含义就非常深沉，既表现了亡妻在阴间的痛苦，又暗含了未亡人在人间的种种感慨。从字面上看，与柳永的“执手相看泪眼，竟无语凝噎”相似，但柳词是写生离，这是死别。“相顾无言”，可谓“此时无声胜有声”。确实，这死别10年以来，苏轼体验到了种种人生的愁苦，人生的失意，岂是三言两语能够说清楚的？“料得年年肠断处，明月夜，短松冈”，站在自己的角度想对方，不仅仅是我想对方，九泉之下的亡妻，在孤零零的月夜，在松树底下也在思念我。苏轼这首词的感人之处在于，不仅表现了生者对亡者的思念，同时也包含了自己人生的失意。这为后来的悼亡词建立了另一种范式，把死别的痛苦跟生者的人生失意结合着写。不过，此词与很多悼亡诗一样，只表现了一种思念、一种缅怀，而缺乏理性的思考。

贺铸有一首《鹧鸪天》，又名《半死桐》。贺铸词有一个特点，就是按照词作的内容重新给词调起一个名字。这首词，原调名是《鹧鸪天》，他却名之为《半死桐》。贺铸还有一首著名的词叫《青玉案》（凌波不过横塘路），他起的调名叫《横塘路》。下面欣赏他的《半死桐》：

> 重过阊门万事非。同来何事不同归。梧桐半死清霜后，头白鸳鸯失伴飞。　原上草，露初晞。旧栖新垅两依依。空床卧听南窗雨，谁复挑灯夜补衣。

贺铸的夫人姓赵，是皇室之女，出身名门，但非常温柔贤惠。贺铸曾在一首诗里写过他的妻子，记叙他出远门时，妻子冒着酷暑给他缝补衣服的情景。据近人的考证，贺铸这首词是 50 多岁时在苏州阊门写的。贺铸曾在苏州住过一段时间，这次重到苏州，已是物是人非。当年一起来，如今为何不能一同归去呢。“梧桐半死清霜后，头白鸳鸯失伴飞”

的梧桐意象，字面上跟前面说的白居易那首诗近似，其实用的是一个更早的典故。枚乘的《七发》里头说，龙门有一棵梧桐树，其根半死半生，把树砍下来做琴，它的声音是天下之至悲。梧桐做琴，比喻夫妻琴瑟和鸣。半死桐，含义是非常丰厚的，你要不知道有这么个典故，从字面上我们也就能体会到，两棵并生的梧桐死了一半，暗喻着半道分离。知道了这个典故，会觉得含义更深，含有失去知音知己的意思。“清霜后”，暗示时间是秋天。“自古逢秋悲寂寥”啊！在秋天悼亡，心情岂不是更加沉重？“头白鸳鸯失伴飞”，中年丧妻，有中年丧妻的痛苦；晚年丧妻，也有晚年丧妻的痛苦。古人成熟得早，老得也早，40 岁就自称老翁，苏轼自称“老夫聊发少年狂”时，只有 39 岁。我们现在 45 岁还算是青年呢，45 岁以上才是中年。欧阳修在《醉翁亭记》里写的那醉翁、老头，其实也才40岁。贺铸这年50岁了，老年丧妻呀，“头白鸳鸯失伴飞”，格外的沉痛。

下面写对亡妻的思念。“原上草”，是写景，但也有象征性，象征着相思。“露初晞”呢，也有象征性，露水，象征着生命的短暂，汉乐府里有丧歌《薤露》说：“薤上露，何易晞。”露刚刚干，露水干了又意味着生命的消逝。“旧栖新垅两依依”，旧居和新坟两两相对，写双向的思念，生者思念亡妻，亡妻在九泉之下也在思念着他。“空床卧听南窗雨，谁复挑灯夜补衣”，躺在床上听到雨声滴答，却再也看不到妻子挑灯夜补衣的情景，虽然是两情相应，但是生者孤独的痛苦还是无法排遣。他这里也用了细节表现法。挑灯夜补衣写出了对亡妻的忆念，同时也写出了亡妻的贤惠与多情，她经常晚上挑灯补衣。通过这个具体细节，来描写他的刻骨相思。

这种情景，在我老师唐圭璋先生的悼亡词里也能看到。唐老师不仅悼亡词写得情深意切，而且以实际行动来表达对师母的深深怀念。老师 36 岁丧偶后一生鳏居，一直到 90 岁去世。古人用文字来表达自己深深的情意，而老师是用他整整 54 年的鳏居生活来表达对师母深深的爱。而且特别感人的是，师母去世后，老师每年清明节要到师母的坟上坐着吹箫，吹一天的箫，来表达对师母的怀念。那回响在天空的悲凄箫声，饱含着老师多少哀思、多少忆恋啊！可惜我无缘听到。现在我想起来，都会感动得热泪盈眶，要是听到了，不知是怎样的一种情景！下面四首《忆江南》悼亡词，是他老人家在 1939 年抗战期间只身逃难到四川途中写的。

人声悄，夜读每忘疲。多恐过劳偏息烛，为防寒袭替添衣。催道莫眠迟。

写他晚上读书读到很晚，万籁俱寂，夫人怕他过度劳累，故意“息烛”，拉灯（不知那时有没有电灯）。“为防寒袭替添衣”，夫人又怕他冷，给他披上衣服，并且不断地催他早点睡，别睡得太晚。通过细节表现夫人的温柔、贤惠、关心和体贴。想想他写此词时是在逃难途中，只身睡在破庙里，想起往日的温馨，这时该是何等的痛苦！老师对他夫人非常有感情，在他去世之前卧病期间，我每天陪护他一个小时，他经常给我回忆师母生前的情景。其中也说到李清照，我们知道历史记载李清照曾经改嫁过，老师坚决反对“改嫁说”，他认为一个老太婆了，再嫁干什么呢？我不认同老师的观点，但我理解老师的感受，老师的这个观点融入了他自己的人生经历和感悟。老师在夫人去世后，曾经有人劝他再娶，可他忘不了夫人的身影。60 多岁后，他说再也没有必要了，所以他大半辈子鳏居。

再看第二首：

游丝细，人静碧纱窗。问字有时妨午绣，插花常聚一帘香。晴昼不知长。

这是写他家庭生活的温馨，他读书，夫人绣花。

第三首：

炉烟袅，讳病最深沉。匀粉图遮憔悴色，强欢聊慰老人心。暗里自沾巾。

夫人卧病不起一年，当时老师正在编《全宋词》，他不仅要照顾病人，而且写出两三百万字的论著。“匀粉图遮憔悴色，强欢聊慰老人心”，她怕老人看见自己的病貌，所以早起化妆，此时的化妆不是“女为悦己者容”。脂粉搽得厚，是为了遮蔽自己的病态。为了安慰老人的心，她强颜欢笑。

“暗里自沾巾”，一个人独自垂泪。细心的老师发现了，我想他是看在眼里痛在心头。

第四首：

绵绵恨，受尽病魔缠。百计不邀天眷念，千金难觅返生丹。负疚亦多端。

她在病床上躺了一年多，受尽病魔的折磨，再多的钱也买不来返生丹。他想到这一切，“负疚亦多端”。这体现了老师的一种情怀，就是宽于待人而严于律己。在前面讲的古人的悼亡诗词里，从来没有人表现过负疚与自责，而我的老师觉得没有尽心挽救师母的生命，他感到很负疚，很后悔，很自责。可以说，老师的词从情感上赋予了悼亡词一种新境界。他的悼亡词，真可谓是用心写出的，用血泪凝成的。

上面讲的是普通人的悼亡词，再看一首皇帝的悼亡词，是宋徽宗赵佶的《醉落魄·预赏景龙门追悼明节皇后》。明节皇后就是刘贵妃，刘贵妃死后追封为皇后。龙门是汴京的一个门。所谓“预赏”，是当时一种风俗，元宵节前，张灯结彩，相当于现在的花灯彩车之类，皇帝要提前观赏。皇帝也是人，也有正常的情感，当他从神圣的皇帝宝座走下来的时候，也跟普通人一样，有爱有恨，更何况宋徽宗，是一个艺术家，多情种呢！且看原词：

无言哽噎。看灯记得年时节。行行指月行行说。愿月常圆，休要暂时缺。　今年华市灯罗列。好灯争奈人心别。人前不敢分明说。不忍抬头，羞见旧时月。

这个“说”，在普通话里念平声。用湖北的黄陂话来读，是另一种效果，这里读作入声。全词押入声韵。赏灯时分，他想起去年这个时候和刘贵妃一起赏灯的情景，就无言哽咽。这份思念，这份痛苦，又不便在人前显露出来，做皇帝，有皇帝的尊严，这份痛苦要掩藏在心中。“愿月常圆，休要暂时缺”，这几个字看起来很普通，但我想，在他的内心当中应有一段美好的回忆，两人一同赏灯，一边走一边指着月亮，相互表达着一种愿望：愿人像月一样常圆，不要片刻暂时的离缺。这种情景又让我们想起白居易《长恨歌》里的诗句：“七月七日长生殿，夜半无人私语时。在天愿作比翼鸟，在地愿为连理枝。”徽宗、刘贵妃月下赏灯跟唐玄宗、杨贵妃七夕拜月的情景很相似，只是白居易的长篇叙事诗写得更具体更细致，而这里“愿月常圆，休要暂时缺”，只表现他希望刘贵妃永远陪伴在他身边，享受荣华富贵。如果说享受荣华富贵太俗，那么，他们俩人也应该有真情与真爱。而今年呢，“今年华市灯罗列。好灯争奈人心别”，灯是一样的美好，但人的心情却两样。“人前不敢分明说”，宋徽宗是一个很有才的人，一般写词是不重复的，上面用了一个“说”字，下面又用了一个“说”字，故意不回避。“不忍抬头，羞见旧时月”，“羞见”可以说是怕见，怕抬头看见月亮，因为这使他想起去年的欢乐时光，昔日的欢乐只会加深眼前的痛苦。

再看南宋词人吴文英的《风入松》：

> 听风听雨过清明。愁草瘗花铭。楼前绿暗分携路，一丝柳、一寸柔情。料峭春寒中酒，交加晓梦啼莺。　　西园日日扫林亭。依旧赏新晴。黄蜂频扑秋千索，有当时、纤手香凝。惆怅双鸳不到，幽阶一夜苔生。

此词是悼亡姬，悼念他的一个侍妾。这首词很能体现吴文英词的特点：化实为虚，把实有的东西化成虚幻的，把虚幻的又化成实有；同时又是时空错综叠映，把想象中的情事跟现实中的场景结合起来，让你分不清楚是过去的还是眼前的。所以吴文英的词有时不好理解。他的词有点像意识流。对他的词有两种评价，宋末张炎的《词源》评价他的词是“如七宝楼台，眩人眼目，碎拆下来，不成片段”，看起来非常漂亮，但拆开来，就成了不连续的片段。前些年著名学者叶嘉莹先生对吴文英词作了现代阐释，说这是一种意识的流动，读者要善于把握他情感的流程。“听风听雨过清明”，听着风听着雨，正值清明。清明节，是人们上坟、祭奠亡人的时候，因而到了清明时节，又引起他对亡姬的怀念。“瘗花铭”，相当于《葬花词》，林黛玉不是有《葬花吟》吗？花，象征亡姬。“楼前绿暗分携路”的“楼前”，指眼前。当年跟亡姬分别时，绿荫浓郁，这里既写眼前景，又暗喻时间的流逝。“一丝柳、一寸柔情”，眼前的杨柳在风雨中摇曳，又回想起当年在杨柳依依之中漫步的情景，所以说杨柳枝枝含情。“分携路”，这楼前绿荫下的分别路，好像是现实，又好像是在梦中。“料峭”是指春风的寒冷。料峭春寒，写词人的感受，“中酒”，指酒喝多了一点。“晓梦啼莺”，暗用唐人金昌绪《春怨》诗意：“打起黄莺儿，莫教枝上啼。啼时惊妾梦，不得到辽西。”他在梦中刚刚梦见亡姬，却被清晨黄莺的啼鸣给吵醒了。

上片写雨景，下片写新晴，究竟是眼前的情景，还是梦中的情景，虚虚实实，可作两种理解。下面“依旧”二字，连接过去和现在。当时在柳荫覆盖的亭子里曾经共赏新晴，现在景依旧，而其人已非。不再是共赏新晴，而是独赏，明媚的春光引发的却是无边的惆怅与思念。最巧妙的是“黄蜂频扑秋千索”两句。几只黄蜂，在秋千上追逐，他意念中仿佛又看到亡姬当年荡秋千的身影，她手上留下的余香还在呢，所以招惹来黄蜂。这原本是幻觉，他却把幻觉写得煞有介事。他不说自己仿佛闻到了她身上的香味，而说黄蜂闻到香味以后到秋千上寻找她的体香。这种构思和表现手法，是吴文英所独擅的。“惆怅双鸳不到，幽阶一夜苔生”，这时也许他在聆听。“双鸳”是什么呢？是鞋子，绣有鸳鸯图案的鞋子。等了一个晚上，始终听不到她鞋子的声响。人迹不至，静幽幽的台阶上长满了青苔。这首词表现的时间进程，很长，富于变化。全词写的不是一个时刻点的情绪，而是一个春天的情怀，而且把眼前之景和梦中之景、过去的情事和现在的情事叠印浓缩在一起，所以初读时不太好理解。

第五讲

亲情词

亲情，包含母子情、父子情、兄弟姐妹的手足情以及夫妻之间的情感。

今天讲亲情词。亲情，包含母子情、父子情、兄弟姐妹的手足情以及夫妻之间的情感。我查阅了《全宋词》以后，发现很难找到写母子、父子、手足情深的词，写得好的更少。《全唐诗》里面还有一首歌颂母爱的名作《游子吟》，《全宋词》里头呢，一天到晚光是谈情说爱，想到的是情人、爱人，却没有人想到母亲。也许不是没有，可能是我没发现，但至少没有特别好的歌颂母爱的作品。有一些写到了兄弟姐妹，但也写得一般化。有的虽然也写到母亲，比如说为母亲做寿，但大多是套话，母爱的无私和伟大、平凡和崇高、亲切和温馨，没能表现出来。写得好的，还是那些写夫妻恩爱的作品。所以我们主要来看几首表现夫妻之情的作品。前面讲的悼亡词，虽然也是表现夫妇情怀，但那是生者对死者的悼念。

先看欧阳修的两首词。这两首词非常有生活气息，前一首写夫妻恩爱，后一首写夫妻吵架，但都表现出夫妻间的亲昵。《南歌子》词唱道：

凤髻金泥带，龙纹玉掌梳。走来窗下笑相扶。爱道画眉深浅、入时无。　　弄笔偎人久，描花试手初。等闲妨了绣功夫。笑问双鸳鸯字、怎生书。

我们可以想象这是一对新婚夫妇相互调笑的生活情景，也许是洞房花烛之夜不久，也许就是新婚的第二天早上。新嫁娘起来以后，经过精心打扮，准备去见公婆。丑媳妇怕见公婆，俊媳妇则想在公婆面前露一番脸。“凤髻”，梳着凤形的发髻，非常时髦的，往上翘着，上面系着泥金的带子，灯光下一闪一闪的。没准这个发型是到发廊里做的呢。“龙纹玉掌梳”，头发上还插着一把梳子，梳子是玉制的，上面刻着龙纹图案。开头两句写女子头上的装束非常时髦、非常靓丽，像是特写的镜头。“走来窗下笑相扶”，像独幕剧，可以想象新郎正在窗下看书学习，新娘子走到跟前，嗲声嗲气地说：My dear，你看我的眉毛画得好不好呀？这是从唐代朱庆馀《近试上张籍水部》诗化来的：“洞房昨夜停红烛，待晓堂前拜舅姑。妆罢低声问夫婿，画眉深浅入时无？”写此诗的朱庆馀，有点像我们现在考研的青年学子，考进士前要找前辈名流辅导、推荐。唐代考进士，不像宋代，考试试卷不糊名，试卷上的名字不密封，名次在考试之前就基本确定了，所以唐代的士子考前要“行卷”。行卷是准备考进士的青年，把自己写的传奇、诗歌、散文等编成卷子，送给在政坛上、文坛上的名流显要，由这些名流显要向主考官推荐，谁的面子大，谁推荐的就当状元。朱庆馀写这首诗，是送给著名诗人张籍的，也就是与王建并称为“张王乐府”的张籍。诗意本来是想说，我写的这些诗歌不知道合不合乎当今的口味，合不合乎您的要求和标准。但他很策略，不直说，而是把自己比成新嫁娘，早上起来梳妆打扮，问老公：你看我这眉毛摩不摩登，时不时髦，符不符合现在的潮流？他借着新嫁娘，表现考生那种战战兢兢，就像媳妇怕见公婆的那种心理。古代媳妇见公婆，常常受到婆婆的挑剔。他言下之意是说，您是诗坛的名流大腕，您看我这些诗合不合乎当今的审美理想？欧阳修这一句用的是“画眉深浅入时无”字面的意思——我的眉毛式样画得时尚不时尚？

“弄笔偎人久，描花试手初”，这两句写夫妻的亲昵。新娘子躺在新郎的怀里头，一边聊天，一边拿着笔玩儿。本来打算绣花，绣花先要描出花样，结果小两口闲聊去了，耽误了绣花的工夫，没有完成预定的绣花任务。她画着画着就问道：“亲爱的，鸳鸯两个字怎么写啊？”她不是不会写，是故意问的，意思是说咱俩成了鸳鸯，你高不高兴啊？夫妇间的调情、问答，很生动传神。虽然这位男主人公比较被动，好像没有什么动作，但他跟这位女主人公配合得很好，我们可以把这首词想象成一个独幕剧。

下面这首《玉楼春》词是写吵架的，也蛮有趣味：

夜来枕上争闲事。推倒屏山褰绣被。尽人求守不应人，走向碧纱窗下睡。　　直到起来犹自殢[1]。向道夜来真个醉。大家恶发大家休，毕竟到头谁不是。

1 “殢”，读 tì，这里指生气，发倔。

头天晚上夫妻俩在枕头上吵起架来了，一生气，推倒了床前的屏风，掀翻了床上的绣被，“老娘不理你了！”妻子一气之下翻身起床走了。丈夫说：“哎呀，你来吧！算我不对好不好？你快来睡嘛！”怎么求她，她也不答应。“走向碧纱窗下睡”，一个人独自倒在窗前的沙发上睡去了，她不理他了。上片写两人晚上吵架的举动。下片写第二天起来，妻子还在生闷气呢，仍然不搭理丈夫。最终还是丈夫大度一些，于是赶快赔小心，现在恋人吵架了，也多半是男朋友赔礼道歉吧？“对不起啦！昨天晚上喝醉了，得罪了娘子。抱歉抱歉！宽恕则个！一时脾气不好，你就算了罢！”记得电影《李双双》里曾说：“天上下雨地上流，小夫妻吵架不记仇。”夫妻在磨合过程中，总是难免要吵架的。这样的作品，在唐诗里找不到吧？蛮有生活气息的。如果配上音乐，由歌妓绘声绘色地演唱，准保乐翻天！

下面我们来看一位妻子写的对丈夫的思念。宋代女词人，除了李清照、朱淑真这样著名的词人以外，还有一些传下零星作品的业余作者，如郑文妻，是太学生郑文的妻子，她的名字没有传下来，不知道叫什么。郑文是秀州人，秀州是现在的浙江嘉兴。他在太学读书时[1]太太给他寄了一首《忆秦娥》，他把这首词拿出来给大家看，整个太学立马传开了，“一时传播，酒楼妓馆皆歌之”。想当年郑文妻的《忆秦娥》，也是这么流行：

1　宋代太学生，年纪都不小，大多是结婚以后去读书的。

花深深。一钩罗袜行花阴。行花阴。闲将柳带，细结同心。　　日边消息空沉沉。画眉楼上愁登临。愁登临。海棠开后，望到如今。

词写妻子对丈夫的深情。“花深深”，她在自家花团锦簇的庭院里，一个人独自徘徊，像晏殊《浣溪沙》词所写的“小园香径独徘徊”。“一钩”，写她裹脚，宋人以三寸金莲的小脚为美。她一边在花丛里散步，一边无聊地把柳带挽成同心结，准备寄给远在京城临安读书的先生。她心里想：“你这没良心的，我一天到晚在想你，可你不想我！”“日边”，指帝都、皇都。“日边消息空沉沉”，到了京城读书后就杳无音信，明显带有责备的意思。“画眉楼上愁登临”，我一个人在家里也懒得画眉毛，更怕登楼望远方。这好像《诗经·氓》里“不见复关，泣涕涟涟”，又像是王昌龄的《闺怨》：“闺中少妇不知愁，春日凝妆上翠楼。忽见陌头杨柳色，悔教夫婿觅封侯。”我想着你就心烦。我不想上楼去，因为看着往日携手处，想起从前的温馨，就让我郁闷。“画眉楼上”，还可作另外的理解，当年你在家里帮我画眉，现在我一个人在楼上，你不能帮我画眉了，有什么意思呢，所以说“愁登临”。“海棠开后，望到如今”，也许当时有约，海棠花开了丈夫就回来。我读过一本《宋代官学教育与科举》，此书由台湾联经出版公司出版，书的作者叫李弘祺。读了这本书，我增加了一些对宋代太学的了解。宋代的太学，相当于我们大学的预科班，进了太学以后，可以不参加地方的考试而直接参加礼部考试。如果不在太学学习呢，必须参加在地方州郡的考试才能获得赴京考试的资格。地方州郡考试不及格，就不能进京参加礼部考试。宋代的太学，非常自由，住个把月，点个卯就可以回去了，一般是不上课的。不像我们现在读大学，必须在规定的时间内修完多少课程，拿到多少学分。郑文本来是与妻子约好，海棠开后就回家探亲，结果让他的妻子从海棠开后一直守望到如今。守望到了什么时候呢？也许到了春末啊。时间可能不长，但在情人看来，“一日不见，如三秋兮”。“望到如今”，翘首远望，长久期待。我想郑文看了以后肯定是“心有戚戚焉”，竟然忘了给太太发个短信，赶快回一个吧。

还有一位赵秋官妻，写有一首《武陵春》词，构思很别致：

> 人道有情须有梦，无梦岂无情。夜夜相思直到明。有梦怎生成。　　伊若忽然来梦里，邻笛又还惊。笛里声声不忍听。浑是断肠声。

赵秋官是何许人，不太清楚，他妻子的芳名也无从知晓了，不妨以无名氏视之。这首词紧紧围绕梦来构思，很有特色。人们都说有情的人肯定有梦，日有所思夜有所梦么！话是这么说，有情就有梦，反过来说，无梦难道就无情么？“无梦岂无情”是提起下文，“夜夜相思直到明”，我天天晚上睡不着觉，因相思而失眠，“有梦怎生成”？先退一步再进一步，话语是非常直白的，但直白之中有回环曲折，非常有韵味。“伊若忽然来梦里”，假如我偶然睡着了，在梦里梦见他了，梦见心上人了，或者是他忽然来到我梦里，却又被“邻笛”惊醒，照样见不着。这里是一箭双雕，暗示“夜夜相思直到明”的并不是我一人呢。“邻笛”，非常巧妙，由己推人，由己及人，通过“邻笛”之声，巧妙地把隔壁的相思者融会进来。如果我们拍 DV 的话，主场景可拍这位女子翻来覆去地睡不着，她内心在独白；其次叠映另一场景，邻人吹笛诉相思。至于邻人是男子，还是女子，大家可以自由地想象。这里表面上全是叙述性的语言，实则有画面，也有声响。“笛里声声不忍听”的“不忍听”，我们可以理解，笛声本来很平常，但离人听起来，却是非常哀怨，非常凄凉。也许这笛声本来就哀怨，也在诉说着相思、诉说着苦闷。“浑是断肠声”，原来全是断肠声，吹笛的人跟听者的感觉是一样的，就像白居易《琵琶行》写的“同是天涯沦落人”一样，同是离别相思人，所以听起来极易引起情感的共鸣。词的意境富于变化，上片特别宁静，下片邻笛的断肠声，更使境界愈加宁静，所谓“鸟鸣山更幽”，意境变化又前后统一。

古典诗词中，写梦的非常多。唐宋词里写了哪些梦？它又是怎样写梦的？为什么要通过梦境来表现，有什么艺术效果？我们可以举两个例子。宋代词人中，有两位很善于写梦，一位是北宋的晏几道，一位是南宋的吴文英。给大家推荐两篇文章，一篇是陶尔夫先生的《晏几道梦词的理性思考》，发表在《文学评论》1992 年第 2 期。陶尔夫先生原来是黑龙江大学的教授，可惜已经去世了。他六七十岁写的文章，还非常有灵气，人越老，文笔越鲜活，越有锐气。他的文章，有才情，也有思想，可以参考。第二篇也是他写的《梦窗词——梦幻的窗口》，发表在《文学遗产》1997 年第 1 期。这两篇文章分析了小晏词和梦窗词写梦的特点，也可以在人大复印资料《中国古代近代文学研究》里面查到。另外他还有一本书叫《说诗说稗》，黑龙江教育出版社出版，是他和他夫人两人的论文集。他的夫人刘敬圻先生也非常有才情，是研究小说的。《说诗说稗》也收录了这两篇论文。

晏几道词写了很多“梦”，几乎每首词都有“梦”。晏几道的梦境有的受到了岑参《春梦》诗的影响：“洞房昨夜春风起，故人尚隔湘江水。枕上片时春梦中，行尽江南数千里。”岑参这首诗一般唐诗选本都选过，不知道你们读过没有？枕上一时做梦，就行尽了江南数千里，追赶他所思所想之人。晏几道化用了后两句，写成：“梦入江南烟水路。行尽江南，不与离人遇。”从这里我们又可以看出诗和词的区别。词写情，往往更加曲折，更富有变化。诗歌因为受到句式的限制，往往陈述的是一种状态，而词凸现的是一个过程。晏几道还有写梦的名句：“春悄悄，夜迢迢。碧云天共楚宫遥。梦魂惯得无拘检，又踏杨花过谢桥。”梦魂已经习惯了没有拘束，又踏着杨花过了谢桥，去会心上人。程颐很欣赏这两句词，说是“鬼语”。这构思也是非常巧妙的。大白天不好闯入民宅，闯入绣房，否则把你当作非礼之人抓起来，但梦魂已经无拘检约束，在梦里面任意逍遥，肆无忌惮。另外一首《南乡子》也写道："意欲梦佳期，梦里关山路不知。"本想到梦中能跟她见面，但又不知道路径，不知道往哪走可以会到她。《阮郎归》又说："衾凤冷，枕鸳孤。愁肠待酒舒。梦魂纵有也成虚。那堪和梦无。"即使是有梦，那也是假的，也解除不了相思的寂寞，何况连虚假的梦都没有呢？深一层地写出了相思的痛苦。这种艺术手法叫作"层深"，层层推进，步步深入，上次课我们已经说过了的。

第六讲

性情词

性情，是指人格个性和人生态度。不同的人格个性，在词中会展现出不同的艺术风貌。

唐宋词作为一种抒情文学，抒发的不仅仅是爱情、儿女私情，也经常表现词人丰富多彩的性情。性情，是指人格个性和人生态度。不同的人格个性，在词中会展现出不同的艺术风貌。从共时性的角度来看，词表现出了各式各样的性情。共时性，就是我们通常说的横向地看，是把唐宋词放在同一时间进行整体观照。但从历时性的角度看——历时性就是纵向地考察，唐宋词表现爱情和性情，又有一个变化过程。唐五代和宋初的词，主要是表现爱情、儿女私情、私密化的情感。到苏轼以后，才注重表现创作主体的个性、怀抱，由歌唱比较单一、狭窄的爱情转变为表现更丰富阔大的精神世界。词中的艺术世界和心灵世界，到苏轼手中才变得日益丰富、日益复杂。我们这里不是讲词史，所以只能简单地提示一下。当然，在苏轼之前，词表现性情的也有，柳永就有词作张扬自己的个性。

那我们就来看柳永著名的《鹤冲天》。《鹤冲天》这个词牌，字面上很有气势，给人一种冲击力和震撼力。刘禹锡有诗说："晴空一鹤排云上，便引诗情到碧霄。"《鹤冲天》的词牌名，未必与刘禹锡这首诗有关系，但我们可以作类似的联想。柳永原词是：

黄金榜上。偶失龙头望。明代暂遗贤，如何向。未遂风云便，争不恣狂荡。何须论得丧。才子词人，自是白衣卿相。　　烟花巷陌，依约丹青屏障。幸有意中人，堪寻访。且恁偎红翠，风流事、平生畅。青春都一饷。忍把浮名，换了浅斟低唱。

这首词是柳永考试落第后所作。柳永是福建崇安人，崇安即现在的武夷山市。他出身于知识分子家庭，年轻时对自己的才华非常自信，在家苦读数年，到了 18 岁去汴京赶考。谁知道一到汴京，他就被京城中的花花世界吸引住了眼球，一头扎入红灯区，一天到晚地潇洒，忘记了高考复习。他以为凭他的才华考取进士，是轻而易举的事，功名唾手可得，没想到放榜时名落孙山，这让他大失所望，于是写下了这首词。

对这首词，有不同的解读方式，从中可以看到或领会到柳永不同的性格侧面。有人说读了这首词，觉得柳永是个很前卫、很叛逆的人。所谓叛逆，指反叛传统的价值观，鄙视功名利禄，“忍把浮名，换了浅斟低唱”，可见他把政治上的名利视为身外之物。于是把柳永说成反封建，差点加上一个“反封建斗士”的头衔——说斗士倒谈不上，至少认为他有反封建的意识。而我却没有读出他的反封建意识。换个角度看，可以说柳永这人政治上不成熟，没有城府，一失望后就大发牢骚。从这首词，也可看出宋代知识分子的共相，及第的人毕竟是少数，落第的人是多数，从中看出理想与现实的冲突，或理想与现实的矛盾。当理想失落以后，有些人很平静，能坦然地面对；有的则经受不住打击，要发发牢骚。

“黄金榜上，偶失龙头望”，可看出柳永的自信，他觉得金榜题名是理所当然的，“偶失”，表明他并没有绝望，虽然本来是要做龙头、当第一的。“龙头”是指状元，北宋初梁灏82岁状元及第，有《谢恩》诗说：“也知年少登科好，争奈龙头属老成。”意思是，少年登科固然是好，但龙头状元被我这年长老成的人夺取了，也让人羡慕呢。顺便说明一下，《全宋诗》说这首《谢恩》诗不是梁灏本人写的，而是后人依托的伪作。但不管这句诗的作者是谁，“龙头”总归是指状元。“明代”，指开明的时代，唯才是举的时代。“暂遗贤”，一时糊涂，把我这等贤才给抛弃了。孟浩然有一首《岁暮归南山》诗曾说：“不才明主弃，多病故人疏。”《唐才子传》记载，孟浩然一次到王维府上玩，遇到唐玄宗临幸，孟浩然惊愕不已，匆忙之中躲到床下。王维不敢隐瞒，告知玄宗孟浩然在此。玄宗也知道孟浩然有些名气，就请孟浩然出来相见，并问他最近写了什么诗，孟浩然吟诵了这首诗，玄宗一听“不才明主弃”，龙颜不悦，说：“卿不求仕，朕何尝弃卿，奈何诬我！”下令把孟浩然放还南山。这是一个传说，未必属实。柳永词暗用了这个故事，说在这开明的时代，竟然把我柳大才子给抛弃了，实在是郁闷得很！“如何向”，用北方话讲就是“咋整啊”。“未遂风云便”的“风云”，指政治上的远大志向，君臣际会，贤臣大得圣君的重用。“争”，读作“怎”，既然我的政治理想无法实现，那就不如追求眼前的快乐，满足感官的享受。人生苦短，那就抓住现在，好好享受一番，政治上、功名上的事，抛到九霄云外去，何况“才子词人，自是白衣卿相”！在词坛上做个天王，当一个偶像，也不比你当宰相的名气差多少。白衣卿相，是指平民宰相，宰相可以在政坛上呼风唤雨，我当一个大腕明星，照样可以在歌迷面前呼风唤雨。

“烟花巷陌”的“烟花”，指歌妓。“依约丹青屏障”，花花世界，动人心魄，找个可人儿，足以安慰！古代的男子，一失意，就用酒色麻醉自己。辛稼轩在登建康赏心亭时不是说过“倩何人、唤取红巾翠袖，揾英雄泪”吗？英雄失意了，就想找美人来擦眼泪。柳永不是英雄，没有稼轩那种豪气，只是到秦楼楚馆中找个意中人安慰一下。“且恁偎红翠”，偎红倚翠，是指亲狎女色，狎妓的意思。这里用了李后主的典故，一般的注本都没有注意到。宋初陶穀的《清异录》记载，李煜在南唐的时候，有一次到妓院里去，遇到一个和尚。一个国君跟一个和尚在妓院里见面，非常具有戏剧性。和尚又喝酒又行酒令，吹拉弹唱都是行家里手，见到李煜这样的白面书生，长得非常英俊，大帅哥一个，一看就很喜欢，两人一见如故，于是开怀畅饮。李煜借着酒兴，在墙壁上题了两句嘲讽和尚：“浅斟低唱偎红倚翠大师，鸳鸯寺主传持风流教法。”李煜出去后，和尚和妓女还不知道李煜是谁。柳永心想，当年李后主都这样，我柳永为何不学他一学呢，这样的风流事，多爽啊！青春短暂，就把浮名，换了浅酌低唱，来它一个“一曲新词酒一杯”。

有人说这首词是柳永反封建的宣言，你看得出来吗？最多只是失意者的牢骚话。但从这首词，也可多角度地透视柳永的个性，他确实是一个有理想的人，只是行为不检点，一旦遇到挫折，又沉不住气。他的可爱之处在于，他敢说，敢于把胸中的牢骚毫无顾虑地宣泄出来。他并非真的看不起功名，他对功名其实是很热衷的，只是吃不到葡萄说葡萄酸而已。如果大家有兴趣，可以读读柳永的词集，再写一篇读后感。如果要研究柳永的词，可以读一本研究著作，我的硕士同门学兄、广州大学曾大兴教授写的《柳永和他的词》，中山大学出版社出版。柳永词集，可读中华书局出版的笺注本《乐章集》。最近，我和博士后姚蓉合作，也在人民文学出版社出版了一本《柳永词》，有注释，有评析，如果有兴趣也可看看。读完后，看柳永在你心目中留下的是怎样的形象，你有怎样的感受：柳永到底是享乐型的人物，还是进取型的人物，抑或是其他类型的人物？还可以比较一下他的词和现在的流行歌曲。

下面再看南宋朱敦儒的词。柳永的性格，具有多元性；朱敦儒的个性，也是非常丰富的。词史上，一般认为他是一个隐士，他的词常常表现出陶渊明那样的飘逸，所以有人说朱敦儒是唐宋词史上最大的颓废词人。但是，他还有战士的一面，也有英雄豪气。靖康之乱后，他曾经出山在军事部门做过官，展现过他的文才将略。到了晚年，他又更多地表现出隐士的做派。且看他早年在故乡洛阳写的《鹧鸪天》：

我是清都山水郎。天教懒慢带疏狂。曾批给露支风券，累上留云借月章。　　诗万首，酒千觞。几曾著眼看侯王。玉楼金阙慵归去。且插梅花醉洛阳。

史书上记载，南渡之前，宋徽宗曾征召朱敦儒进京做官，但他到朝廷去了之后，发现政治黑暗，官场腐败，于是辞官不做，回到洛阳。当时汴京称东京，是京城；洛阳称西京，是陪都，像现在的直辖市一样。词中的“清都”，指天帝居住的地方，也就是仙界。“山水郎”，管山管水的郎官。我生来就是玩儿的，老天爷让我浪漫潇洒。老天爷还借给我雨露，批发给我要风要雨的支票。要风可借风，要雨可借雨，想要月亮出来陪着玩，就给玉皇大帝说一声，他就让月亮出来陪我。你瞧，这朱敦儒多浪漫，多现代，多前卫！他简直成了孙悟空了。其实词的意思很简单，就是吟风弄月，但他却别出心裁，把平常的游乐幻想化，超现实化，极具想象力。

“诗万首，酒千觞”，一年喝上千杯酒，写上万首诗，多么豪迈！当时洛阳有“八俊”之称——唐代诗人当中有“初唐四杰”，到宋代呢，有“洛阳八俊”，只是“洛阳八俊”的名声不如“四杰”那么响亮。“洛阳八俊”中，我们现在只知道三俊。一位是陈与义，他是著名的诗人，江西诗派的“一祖三宗”之一，称“诗俊”。一位是富直柔，称“文俊”。富直柔作品流传下来的很少，所以在文学史上没有什么名气。富直柔家世显赫，是宋神宗时期著名宰相富弼的孙子，富弼是晏殊的女婿，也就是说富直柔是晏殊的曾外孙。朱敦儒呢，是“词俊”，以词著称。除了诗词文三俊，其他五俊是谁，历史上没有记载。从“词俊”之称，可以想象朱敦儒的名气。洛阳，是北宋的文化中心，能在这名士云集的洛阳获得个“词俊”的称号，是相当不容易的啊！朱敦儒有底气，才敢自称“诗万首，酒千觞”。“几曾著眼看侯王”，这才是真正的傲视王侯、藐视功名，大有李太白遗风。他追求的是自由独立的人格意志。在北宋末年，士风颓败，朱敦儒这种行为方式、人生态度，很有点鹤立鸡群、遗世独立的味道。“玉楼金阙”，有两种含义，一指仙境，一指朝廷，这里应该是指仙境。意思是说，仙界我都懒得去，还是在现世里快活。苏轼的《水调歌头》不是也有“不知天上宫阙，今夕是何年。……起舞弄清影，何似在人间”么？苏轼是觉得天上太冷清孤独，“高处不胜寒”，不如在现世的温暖，他很眷恋人间。“且插梅花醉洛阳”，每天戴朵梅花——梅花是高洁的象征，到处喝喝酒，多潇洒，多浪漫！

关于这首词，还有一个故事。朱敦儒早年追求独立人格，看不起王侯将相，蔑视官场，但他到了晚年，却晚节不终。起因是秦桧想让朱敦儒教他的子孙做诗，朱敦儒本来已经致仕——请注意“致仕”是退休的意思，有人把它解释成入仕做官，说致者达也，仕者官也，这纯粹是望文生义，结果闹出笑话——并在嘉禾即现在的浙江嘉兴市买了一栋别墅，过得很潇洒自在，秦桧让他重新出山，并许诺给他的儿子一个官做做。结果出山才两个月，秦桧就呜呼哀哉，朱敦儒又依旧致仕，弄得灰头土脸地抬不起头。因为秦桧名声很臭，朱敦儒听从他的召唤，难免有同流合污之嫌。当时人嘲讽他，你朱敦儒早年不是看不起王侯吗，怎么秦桧给你点小恩小惠就出来做官了呢？并写诗说：“少室山人久挂冠，不知何事到长安。如今纵插梅花醉，未必王侯著眼看。”当年是你看不起王侯，如今是王侯看不起你啦。朱敦儒这时也是大为后悔，觉得出去两个月，一世清名就被秦桧给毁掉了。为此，他写了很多词来表达忏悔。中国古代诗歌，很少表现忏悔意识，但是朱敦儒的词里头就有深刻的忏悔，这也是朱敦儒词的一大特点。清代吴梅村也有很强的忏悔意识，他入清以后曾经短暂做过清朝的官，结果晚年都在忏悔。吴梅村很可怜的，死的时候让家人在墓碑上写“诗人吴梅村之墓”。你们要是有兴趣，不妨对此作点考察。比如李后主和宋徽宗，他俩都是亡国之君，但诗词中却没有一点后悔与忏悔，只有亡国的悲哀，没有觉得亡国他们应该负什么责任。朱敦儒忏悔自己不该出山，像这样的忏悔，有值得尊敬的一面。当代的巴金，不也是因为晚年敢说真话、勇于忏悔而赢得人们格外的尊敬吗？

我们再看看朱敦儒的另一首《临江仙》：

生长西都逢化日，行歌不记流年。花间相过酒家眠。乘风游二室，弄雪过三川。　　莫笑衰容双鬓改，自家风味依然。碧潭明月水中天。谁闲如老子，不肯作神仙。

两首词其实可以合着读。他说自己长在西都，又遭逢这个太平时世，一天到晚唱歌潇洒，根本不管时光的流逝。他当时在洛阳的词坛也是大腕级的人物，曾有词说“佳人挽袖乞新词”，走到哪儿，歌女们都拉着他的衣袖，说：朱大哥，请坐，给我写一首新词吧！“花间相过”，现在正值珞珈山樱花盛开，大家争着去“花间”照相留念。古人比咱们要浪漫，会享受，拿张桌子在花底下，饮酒赋诗，他们是用心来赏花。我们现在是走马观花，最多也只是以花为背景，“咔嚓”照张相，没有用心去体会花的生命，去感受大自然的生命律动和变化。古人是“心赏”，用心去领悟大自然，我们现在变成了“欣赏”，只是用一种高兴的心情去观看大自然。古人注重大自然内在的生命，今人注意大自然外在的景观。“花间相过酒家眠”的“花间”，也有两种含义，一指花，一指女性。“酒家眠”，用阮籍的故事。《晋书·阮籍传》记载，阮籍邻家少妇有美色，当垆卖酒，阮籍常到她那儿买酒，喝醉了就躺在她身边。阮籍既不避嫌，女老板的老公也不起疑心。朱敦儒也像阮籍这样任性逍遥，无拘无束。“乘风游二室”的“二室”，指嵩山上的太室峰和少室峰。“弄雪过三川”的“三川”，指泾水、渭水和洛水三条河。乘风和弄雪，是互文见义，意指到处游览赏玩。“莫笑衰容双鬓改”，莫笑我老了。“自家风味依然”，到老了，自己的人生态度也不改变。“谁闲如老子，不肯作神仙”，像我这样连神仙都不愿做的闲散之人，世间真找不到几个。

从这两首词，可以看出朱敦儒刻意追求浪漫闲适的生活、追求自由独立的人格精神。在黑暗社会里能够独善其身，保持一种高洁的人格，已经是很不容易了。

朱敦儒的人生历程，经历了三个阶段：早年潇洒浪漫，是浪士、漫士——唐代元结曾自称浪士、漫郎。《四库全书总目·次山集提要》说元结或称浪士，或称漫叟，或称漫郎，“颇近于古之狂，然志行高洁”。北宋著名书法家米芾自号襄阳漫士。这些都可作浪士、漫士的注脚；到中年呢，朱敦儒又变成了志士，慷慨激昂；到晚年又复归为隐士，任性逍遥。这也是古代文人的理想人生模式：青年游侠，中年游宦，晚年游仙，朱敦儒可谓是此生不虚呀！他人生的三部曲，都表现在词里。下面这首《朝中措》，是他晚年写的，足以体现他晚年的生活态度和生活状况：

> 先生筇杖是生涯。挑月更担花。把住都无憎爱，放行总是烟霞。　　飘然携去，旗亭问酒，萧寺寻茶。恰似黄鹂无定，不知飞到谁家。

朱敦儒到了晚年，已经修炼得无爱无恨，心如止水。特别是再度的出山，让他一辈子的英名扫地，于是下决心再不与官场来往了，只是放浪于山水。同样是隐士，朱敦儒跟陶渊明略有不同。陶渊明有诗说“问君何能尔，心远地自偏”，他是躲在山里头；而朱敦儒呢，却是到处去潇洒。“飘然携去，旗亭问酒，萧寺寻茶”，有时到旗亭酒店去喝喝酒，到寺庙里去品品茶，像一只黄鹂鸟，自由自在地到处飞，想飞到哪就飞到哪。这是朱敦儒晚年的生活态度，也是他的生活状态。宋代像这样的隐士还真不少。

其实，宋代士大夫是很有进取精神和社会责任感的，注重人文关怀，同时他们也追求个体生活和心灵的自由。不过社会责任与个体自由之间总是矛盾的，因而宋代士大夫常常是在进退出处的矛盾之中徘徊，比如苏轼，做官的时候老想回到山林里去，过一种自由的生活。但是他们又很少主动退避到山林，做一个真正的隐士。到了南宋，有些知识分子想去做官，但无法实现自己的理想，只好回到自然山水里，过一种自由自在的生活。这时候，身心是自由了，但又无法承担社会责任，实现兼济天下的志向，因而心里仍然不平静，有牢骚，有苦闷。朱敦儒呢，却是想得开，很洒脱。他做官时，就一心一意去履行个体对社会的责任，实现自己的人生价值，退休以后能坦然地在家里过着自由自在的生活。朱敦儒还有一首写渔父的《好事近》词：

> 摇首出红尘，醒醉更无时节。活计绿蓑青笠，惯披霜冲雪。　　晚来风定钓丝闲，上下是新月。千里水天一色，看孤鸿明灭。

这首词的意境相当优美。“千里水天一色，看孤鸿明灭”，如果用这两句作一幅画的话，是一幅非常优美的图画。这首词写的是渔父。渔父往往是一种象征，是隐士的化身。渔父的形象，可以追溯到屈原的《渔父》。在唐宋词中，渔父的原型是谁创造的呢？应该是张志和的《渔歌子》。他的《渔歌子》一共有五首，我们比较熟悉的是“西塞山前白鹭飞”那一首。宋词里面，写渔父的词很多，形成了一种值得注意的“渔父现象”。连宋高宗这样当皇帝的人，也写过几首渔父词呢。这很奇怪，宋高宗也羡慕渔父的自由自在！宋高宗是在什么时候写的呢？是建炎三年，公元1129年，当时金兵把他追赶到温州沿海，在战乱当中他还有这种闲情逸致，真是良心大大的坏了！也许是疲于奔命，所以特别羡慕渔父的无忧无虑吧！

下面我们再看几首南宋词人的作品。一首是南宋初年与朱敦儒差不多同时的王质写的《鹧鸪天》：

> 一只船儿任意飞。眼前不管是和非。鱼儿得了浑闲事，未得鱼儿未肯归。　　全似懒，又如痴。这些快活有谁知。华堂只见灯花好，不见波平月上时。

这首也是渔父词，语言通俗、口语化，比较有生活气息，用渔父的生活情景来表现词人的生活理想。一条船在水面上任意飞驰，自由自在，这里没有荣辱是非，也没有得失升沉。所谓“鱼儿得了浑闲事”，说的是渔父钓鱼，追求的是过程，而不是它的得失，鱼钓上来了也是平常事，并不以钓多钓少为意。“未得鱼儿未肯归”，是指他的意愿还未满足，过程还未完结。他在钓鱼时，坐着一动不动，全身心地投入，如懒似痴，其中的快活、乐趣不是一般人能理解的。

我们知道渔父词中的渔父是隐士的化身，是词人人生理想的外化，它关注的不是渔父完整的生存状态，不关心渔父辛苦的一面，而是去表现渔父自由自在的一面。渔父词中建构的世界是江湖世界，更是一个理想世界、审美世界。这个世界与什么形成对比呢？是官场，是纷争闹杂、尔虞我诈的社会。渔父生活的理想世界，类似于陶渊明建构的静谧和谐的农村，也类似于王维山水田园诗建构的宁静惬意的山水世界。像王维的《渭川田家》："农夫荷锄至，相见语依依"，本来这是很普通的劳动生活场景，两个农民扛着锄头回来，见面打个招呼，How are you 之类，很常见的，然而在王维看来，农民之间这么亲切友好，让他好生羡慕！不像官场上，表面上握手说你好，背后却想捅你一刀。王维是把农村世界与意念中的官场进行对比。王质此词，或者说唐宋词中的渔父词，往往是把渔父所依存的江湖跟官场来对比。我们只有这样去理解，才能读出渔父词所包含的审美内涵、文化意蕴，才能体会到言外之意。"华堂只见灯花好"，代指官场，当然从字面上讲，它主要指达官显贵之家。你华堂上虽然钟鸣鼎食，华灯高照，但是那里头该藏有多少危机，又隐藏着多少明争暗斗。虽然你过的日子很豪华，但你的心态却是很累，你随时要防备前后左右各个方面的暗算。而在这江湖之上、渔父生活的世界里头，是如此的放松，风平浪静，唯见一轮明月照在江心，仿佛白居易的"唯见江心秋月白"，一切是那么明亮，那么惬意。在这个世界里头，你可以全身心地放松。

记得2004年中秋节我也浪漫了一把，我和爱人租了一条小船，划到东湖的湖中心，一边赏月，一边闲聊，就像东坡《前赤壁赋》写的一样，随波漂荡，漂了两个小时，非常轻松自在，真有点忘怀物我的味道。你们什么时候在月光下，二三好友划一条船去东湖，也体验一下这种“波平月上时”的感受。

类似王质《鹧鸪天》这样的作品还很多，我们再看看张元幹的《蝶恋花》。如果说王质词追求的是没有风波、没有争斗的生活，那么，张元幹这首词是身心疲惫后祈求一种宁静、一种安闲：

> 燕去莺来春又到。花落花开，几度池塘草。歌舞筵中人易老。闭门打坐安闲好。　败意常多如意少。著甚来由，入闹寻烦恼。千古是非浑忘了。有时独自掀髯笑。

读这首词你们有什么感受？我感受到一个饱经沧桑、经历了许多磨难坎坷的智慧老人，坐在屋里头，看着书，思考着人生。这是一首说理的词，以诗为词。宋诗好发议论，宋词有时也讲道理，讲人生感悟，但又有形象性。此词一开始写时间的变化，而时间的变化是通过具体的景物来表现的。燕去莺来，是互文见义，应该是燕和莺去了以后，燕和莺又回来。“几度池塘草”，字面上运用了谢灵运“池塘生春草”的名句。“几度”，预示着年复一年，月复一月，每年的春天都是如此。有些人的青春年华、生命时光，在感官刺激的歌舞宴会中白白地消耗掉，就像前一首词说的，华堂灯光固然炫目热闹，固然能满足感官的欲望，但有限的生命时光却在觥筹交错中消磨掉了，并没有体验到生命的真谛。而我闭门打坐，念佛参禅，独自享受着宁静与安闲，多好！

词人又说：人生原本是败意常多如意少，所谓“人生不如意十常八九”。的确，人生不是十全十美的，要有这种心理准备。我们每个人经过努力奋斗，都可以取得人生的辉煌，但有一句话说得好，“前途是光明的，道路是曲折的”。你随时要准备去应对、迎接挫折与挑战。我们的人生历程中都可能会有挫折，感情上的、事业上的、身体上的。当你事业有成、家庭美满时，你可能因为透支、消耗过多，身体过早地坚持不住了，到四五十岁，就染上一身的病。你身体健康，家庭幸福，事业上又未必如意。所以，做人，要有这种受挫折的精神准备。当你遇到痛苦，遇到麻烦，你应该以平常心去面对、去应付。因为人生本来就如此，就像苏轼说的：“人有悲欢离合，月有阴晴圆缺。”幸福与痛苦，挫折与顺利，都是相伴相随的。这一点大家要记住啊！你别以为毕业以后到处是鲜花迎接你。我是名牌大学的学生，毕业离校后，阳光大道上任我走，想怎么潇洒就怎么潇洒。你要想到，人生是败意常多如意少。毕业后想找个好工作，不一定能如愿的，你想去的地方人家不要你，人家要你，你又不想去，要么嫌地方小了，要么嫌工资收入低了。还有啊，任何事情都是相对的。如果你不知满足，今天找一份月薪三千块的工作，本来已经很好了，但你一看班上某位同学平时比你差的却找到一份月薪五千的，心理就不平衡了，心想，我凭什么只值三千，嫌少了，不去了。有时候，人比人气死人呢！有的同学平时不太用功，毕业却找了一个好工作，不用功并不等于他能力不行啊。遇到这类事情，要有一种健康正常的心态。人生不要回避，有些失败与挫折、不如意的事，你是回避不了的。既然回避不了，就去迎接挑战。有时还需要调整自己的心态，当你无法改变环境、改变命运时，就调整自己的心态，改变自己的常态，以适应环境。不要老是自寻烦恼，要自寻快乐以忘掉烦恼。不是有句很时髦的话叫“没事偷着乐”吗？张元幹就说，既然人生很无奈，世界很无奈，又“著甚来由，入闹寻烦恼”，干吗还要去自寻烦恼呢！还是追求自己心灵的宁静吧。“躲进小楼成一统，管它冬夏与春秋”！建立一个自己的世界，寻找一个灵魂避难所，读书养性，把“千古是非浑忘了”。有时我们烦恼，是因为我们想得太多，郑板桥有一句名言“难得糊涂”，你太精明了，把人生看得太透彻了，把世界看得太清楚了，把是非分得太分明了，你就有很多的烦恼。让我们把是非忘掉吧，这是张元幹老人说的话，是在特殊情境中说的话，我们青年人，可不能这样啊！在现实生活中要有是非观念，你不能把千古是非完全忘记，到了老年，再去“浑忘了”。这里的是非，也包括个人的得失与荣辱。只有忘记人世的烦恼，看破红尘，才能获得心里的宁静，从而“独自掀髯笑”。

其实，张元幹也并没有将“是非浑忘了”。他曾经投笔从戎，参加过抗金战争，也在朝廷做过官，后来看到南宋小朝廷不是他理想中的朝廷，于是在41岁的壮年，即绍兴元年，公元1131年，坚决辞官，回乡隐居。辞官后，他并没有完全忘却世事。公元1138年，也就是绍兴八年秋天，宋金和议，宋高宗与秦桧主张向金求和，张元幹在福州闻讯，按捺不住胸中的义愤，写词给曾经做过宰相的李纲，希望李纲向朝廷上书反对和议。他大概是觉得自己退休了，人微言轻，像李纲这样在朝野有影响的人物出面表态，才有可能对朝廷的决策起到一定的影响。这件事可以看出张元幹并没有忘记现实。他的朋友胡铨因为上书反对和议，被贬到福州。绍兴十二年，公元1142年，秦桧又借机把胡铨贬到广东，当时没有人敢跟胡铨来往，怕受连累，而张元幹却写了一首慷慨激昂的《贺新郎》送给他，为他壮行。《蝶恋花》词表现了张元幹在特定时空中一种特定的人生体验，读这样的词也许能别有会心，真正引起一种精神的共鸣、心灵的共振。

我们再来看看傅大询的一首《水调歌头》：

草草三间屋，爱竹旋添栽。碧纱窗户，眼前都是翠云堆。一月山翁高卧，踏雪水村清冷，木落远山开。唯有平安竹，留得伴寒梅。　　唤家童，开门看，有谁来。客来一笑，清话煮茗更传杯。有酒只愁无客，有客又愁无酒，酒熟且徘徊。明日人间事，天自有安排。

傅大询是南宋中期的一位词人，名气不大。这首词写的是典型的书生生活，也是知识分子的生活理想。他们追求的不是豪华，而是平淡宁静，不要豪华的别墅，只要草草三间茅屋，就心满意足了。如果喜欢竹子，就在房子旁边栽它几丛。推开碧纱窗户遥望，眼前都是“翠云堆”，林木葱茏，绿荫掩映。我国古代园林建筑，讲究“开窗借景”的艺术。房屋或其他建筑本身既可欣赏，把窗子打开，又可以看到远处的景色，把四周的景色纳入视野之内，就是所谓的“开窗借景”。为什么亭台楼阁四周都有回廊、走廊呢？你到黄鹤楼上去看看，四周都开着窗户，每层都有回廊，这是为什么？是为了把周边的景色都纳入眼底。站在黄鹤楼上，可以把武汉三镇的景色尽收眼底。大家今后如有机会去游览苏州园林，要留意欣赏这类开窗借景的艺术。围墙上，时或开个小窗，窗外是一丛竹子或一株梅花，每个小景都经过了精心的布局。诗词中的构图写景，跟园林建筑艺术有相通之处。大家如果有兴趣，可以去看看当代著名美学家、北京大学教授宗白华先生写的《美学散步》，书里面谈到中国古典诗词的空间感，谈到诗词与园林艺术，读起来很轻松，很愉悦。这本书有单行本，同时在《宗白华全集》里也能找到，我建议大家去找来读一读。

清代的李渔，曾经在他的名著《闲情偶寄》中论述过开窗借景的艺术，我引录一段给大家看看：

开窗莫妙于借景，而借景之法，予能得其三昧。……向居西子湖滨，欲购湖舫一只，事事犹人，不求稍异，止以窗格异之。人询其法，予曰：四面皆实，独虚其中，而为便面之形。实者用板，蒙以灰布，勿露一隙之光；虚者用木作框，上下皆曲而直其两旁，所谓便面是也。纯露空明，勿使有纤毫障翳。是船之左右，止有二便面，便面之外，无他物矣。坐于其中，则两岸之湖光山色、寺观浮屠、云烟竹树，以及往来之樵人牧竖、醉翁游女，连人带马尽入便面之中，作我天然图画。且又时时变幻，不为一定之形。非特舟行之际，摇一橹，变一像，撑一篙，换一景，即系缆时，风摇水动，亦刻刻异形。是一日之内，现出百千万幅佳山佳水，总以便面收之。而便面之制，又绝无多费，不过曲木两条、直木两条而已。世有掷尽金钱，求为新异者，其能新异若此乎？此窗不但娱己，兼可娱人。不特以舟外无穷景色摄入舟中，兼可以舟中所有之人物，并一切几席杯盘射出窗外，以备来往游人之玩赏。何也？以内视外，固是一幅便面山水；而以外视内，亦是一幅扇头人物。

这是说游船的开窗借景。

再回到词中。词人坐在屋里头，就能欣赏远处的景色，就像我们坐在武大的教室里能看到珞珈山郁郁葱葱的林木一样。“一月山翁高卧”，这老头躺在床上，悠闲地看着月亮从山中升起，有时清闲了，带上小书童出去踏踏雪，踏雪寻诗。这踏雪寻诗，像驴背寻诗一样，是诗人常见的“采风”活动。李清照在建康时，遇到下大雪，一个人戴着斗笠在雪中寻诗，姜白石也曾雪下觅诗。“木落远山开”，这句是想象之景，不是写实，字面上是从黄山谷《登快阁》“落木千山天远大，澄江一道月分明”里化来的。为什么“木落远山开”呢？树叶飘零后，远处的景色看得更加清楚。“唯有平安竹，留得伴寒梅”，竹子长成林了，冬天陪伴着寒梅，也陪伴着我。朋友来了，煮茗闲话，饮酒赋诗。来了朋友，首先神侃聊聊天，然后喝茶，喝茶完了以后，再喝两三杯小酒。这就是一天的生活，多么闲适清雅！“有酒只愁无客”，中国有个传统，“酒是劝着喝”，两人在一起喝酒才热闹。有客呢又愁无酒，苏轼不是曾经感叹说：“有客无酒，有酒无肴，月白风清，如此良夜何？”傅大询大概这时有点像金圣叹，看到客来便跑入内室，客客气气地对夫人说：“君岂有斗酒如东坡妇乎？”不知道他妻子是拿出准备已久的藏酒，还是拔下金钗去当来换酒，反正傅大询现在有酒了，而且用红泥小火炉在烫着呢。“酒熟且徘徊。明日人间事，天自有安排”，我只过好今天，明天会发生什么事，由老天爷管去。抓住现在，珍惜眼前，这也是一种生活态度。

再看宋自逊的《蓦山溪》。宋自逊是南宋中后期著名的江湖诗人。因为诗中有江湖诗派，所以文学史也把这一派写词的人称为江湖词人或者江湖词派。宋自逊，自号壶山居士，此词题作《自述》，带有自传性：

壶山居士，未老心先懒。爱学道人家，办竹几、蒲团茗碗。青山可买，小结屋三间。开一径，俯清溪，修竹栽教满。　客来便请，随分家常饭。若肯小留连，更薄酒、三杯两盏。吟诗度曲，风月任招呼，身外事，不关心，自有天公管。

这首词所表达的人生理想、生活态度，与傅大询的那首非常接近。从上面所举的几首词，可以看出南宋知识分子的生活理想，进而可以看出南宋江湖词人人格精神的变化。宋代的知识分子从范仲淹开始，强调的是知识分子的社会责任，所谓“先天下之忧而忧，后天下之乐而乐”。而到南宋后期，相当一部分知识分子，特别是江湖诗人，却开始追求人生的清闲懒散、个体生活的愉悦轻松。如果要找这个时代的“关键词”或者流行语，那么，一个是“懒”，一个是“闲”。当然，懒和闲，并不是他们一开始就心甘情愿追求的，知识分子天然地担当着社会责任和历史使命，只是他们在追寻了半生后，碰得头破血流，找不到晋身之阶，“大道如青天，我独不得出”啊！他们在仕途上找不到出路，进不了官场，而进不了官场，就无法履行个体对社会的责任，不能去实现兼济天下之志。加之社会黑暗，他们对个人政治的前途和社会的未来越来越灰心失望，于是就追求个体物质的享受和精神的闲适。研究或欣赏古代文学作品，需要了解古代作家所处的特定的生活环境，透视隐藏在作品背后的主体心态。

宋自逊这首词表面上写得很轻松自在，深层里却浸透着一种无可奈何，他并不是心满意足、发自内心地喜欢这种生活。中国古代知识分子，始终在个体自由和社会责任中游移和矛盾。前面说过苏轼，一方面富有进取心，一方面又追求内心的自由，总是想退避社会，回归山林，但他始终没有回到山林，因为他觉得他对社会的责任还没有完全履行。这在整个宋代，是一种比较普遍的心态。宋自逊等人的这类作品，闲散背后隐藏的是一颗颗躁动不安的心灵。

再看一首赵长卿的词。赵长卿，作品多而名作少，我常常把他作为反面例子来举。像李后主、李清照，传世的作品，首首皆精，我概括为“精品现象”。还有的诗人，只有一两首作品传世，就得大名。如唐代的张若虚，“孤篇横绝，竟为大家”，他就凭一首《春江花月夜》成为大诗人，任何人选唐诗，都不能回避他的这首诗。我们选唐五代词时，李璟的《摊破浣溪纱》(菡萏香销翠叶残)也少不了。赵长卿传世的词作有355首，却没有几首好词。文学史上，很少有人留意赵长卿这个人，我总想研究研究，但读来读去就是没几首好的。我今天把他的《蓦山溪》选出来，不是因为它写得特别好，而是因为它与前面两首词相似，从中也可见出南宋知识分子的精神状态、人生态度：

无非无是。好个闲居士。衣食不求人，又识得、三文两字。不贪不伪，一味乐天真，三径里。四时花，随分堪游戏。　　学些沓拖，也似没意志。诗酒度流年，熟谙得、无争三昧。风波歧路，成败霎时间，你富贵。你荣华，我自关门睡。

这首词的抒情主人公，像是官场上斗败下来的失意者。你们争去，你们闹去，你们享受你们的富贵荣华，我关门睡我的觉。“无非无是”，既然没有什么是非，争论什么是非呢，人世间的很多是非，是说不清楚的。我累了，懒得跟你们争，做个衣食不求人的闲居士，多自在！赵长卿是宗室之后，他有遗产，所以衣食不求人，不像壶山居士宋自逊、刘过一班人，没有独立的、固定的经济来源，要浪迹江湖，求人资助。江湖名士，又称江湖谒客，这是南宋中后期一个特殊的知识群体，是后世专业作家的前身，专门靠卖文卖艺为生。他们没有做官，没有俸禄，主要靠写写诗写写词，流浪到哪里，就给当地的达官贵人送上几首诗，人家就给他一些钱财。比方说到武汉市来，给市委书记送一两首诗，书记就按质论价，写得好就多给些钱，写得不好就少给点。不给行不行呢？不行。古代做官的个个都是有文学修养的，都能写诗。而江湖名士们毕竟经济上不能独立，人格上也缺乏独立性，总是寄人篱下，像刘过、姜夔、吴文英，就是这类江湖名士的代表。以后我们有机会还要讲这些人的。但赵长卿是皇室之后，家里还有些财产，小日子过得挺自在的，所以衣食不求人。“又识得、三文两字”，还认得两三个字，懂得一些做人处世的道理，够谦虚的啦！“不贪不伪”，不贪婪，不虚伪。“一味乐天真”，我还是保持着人性的本色，想怎么样就怎么样。小园子里头有四季花，足够让我欣赏的。这“四时花”，让我想起了欧阳修的《醉翁亭记》里所写的山间四时之景：“野芳发而幽香，佳木秀而繁阴，风霜高洁，水落而石出者，山间之四时也。”《醉翁亭记》，有点像广告词或导游词。“环滁皆山也，其西南诸峰，林壑尤美”，西南群峰之间有小溪，小溪上哪儿最好呢，醉翁亭最好。早上景色和晚上景色不同，一年四季都不同，大家都来玩呀，都来旅游呀！大文豪亲自操刀写广告词，大力推介当地旅游资源，能不出名吗？现在读古典文学的人，到了南京，到了安徽，总想到滁州去看看醉翁亭。我在南京读博三年，没去过，到现在还感到遗憾呢！赵长卿家里有四时花，咱们武大也有四时花，春天有樱花，夏天有荷花，秋天有桂花，冬天里有梅花，可以在这里修身养性。“学些沓拖，也似没意志”，既然无非无是，没有责任，就可以拖拖沓沓的，沓拖有慵懒的意思。没有意志，好像对什么都没有了兴趣，对人生的一切都看得很淡漠，只靠诗酒来度过流年。我最得意的是，我深深懂得“无争三昧”，“三昧”就是真谛，我就知道在人世间不要和别人争来争去。请注意，这是词人在特定时代、特定环境里说的话。我要提醒大家：在我们现代社会里，不是无争，还是要竞争。竞争，是正当的，凭自己的实力去竞争。这种词你读多了，老记着“无争三昧”，那是不行的。你虽然认得三文两字，但你不能衣食不求人。“风波歧路，成败霎时间，你富贵。你荣华，我自关门睡”，他把官场写得很险恶。你做你的官，我关门睡，谁也奈何不了我。

这种宁静与闲适，同样是以牺牲个体对社会的责任为代价的。我们读这些词时，可以了解南宋知识分子的人格侧面。南宋中后期的知识分子，进取心、社会责任感，跟他们的前辈陆游、辛稼轩这些人比，确实要淡漠很多，这与社会的变化有关系。南宋最后是王朝垮台了，但在亡国前，知识分子的心早已死了，早已垮掉了。这方面还没有很好的研究。宋代的灭亡，在我看来，首先是知识分子、社会精英们信心的丧失、精神的颓废。这些社会的知识精英，对社会已彻底失望，诗词里表面求宁静，实际上是对社会现状的不满和失望，甚至是绝望，因此他们才回到家里“关门睡”。这首词表达的是求闲爱懒之心，在另一些词里，表达的则是心灰意冷。灰心绝望的心态，在唐诗里是很少看到的，唐诗里头也表现失望，也表现失意，但很少表现灰心与绝望，晚唐诗里可能有一些。在南宋后期，这种灰心绝望的心态在词中却非常常见。所以我的感觉是，在南宋灭亡以前，知识分子的心已经死了，社会精英们的心已经死了，南宋王朝的灭亡，是迟早的事。这方面值得研究。

下面我们看苏轼的名作《定风波》。我经常把这首词看成是苏轼的人生宣言，词里典型地表现出他的洒脱，表现出智慧老人苏轼对人生的透彻感悟。这首词有个小序：“三月七日，沙湖道中遇雨，雨具先去，同行皆狼狈，余独不觉。已而遂晴。故作此词。”沙湖是现在黄州附近的沙湖。途中遇到阵雨，雨具被拿走了，同行都很狼狈，四处躲雨，独我没有什么感觉，于是写下这首词。苏轼的过人之处在于，他能在平常之景中发现诗意，发现美感，在平淡的日常生活中领悟人生。苏轼经常跟他的朋友说“人生有味是清欢”。宋代的士大夫，像欧阳修、晏殊等人，失意时常常去寻求感官刺激、酒色麻醉，英雄辛稼轩，伤心流泪的时候还要“倩何人、唤取红巾翠袖，揾英雄泪”呢。苏轼追求的是一种清欢。什么叫清欢？就是“江上之清风与山间之明月”，在大自然、在日常生活当中去感受人生，品味人生。下雨，再平常不过了，我们遇到下雨会觉得很烦，有时早上出门没下雨，走在路上突然下起了雨，衣服打湿了，心情很郁闷。苏轼在这场雨中领会到了什么呢？且看：

莫听穿林打叶声。何妨吟啸且徐行。竹杖芒鞋轻胜马。谁怕。一蓑烟雨任平生。　料峭春风吹酒醒。微冷。山头斜照却相迎。回首向来萧瑟处。归去。也无风雨也无晴。

《定风波》这个调子我很喜欢，句式、用韵都很有特点，长句中添加一两个短句，而且句句押韵，平声韵中间又插两个短促的仄声韵。上片“声”“行”“生”是平声韵，中间穿插“马”和“怕”两个仄声韵。下片“醒”“冷”“迎”“晴”，中间穿插了“处”和“去”两个仄声韵。词的声情韵味，要多诵读，才能感受得到。我们经常说声情并茂，不朗读吟唱，味道就出不来。像李清照的《声声慢》：“寻寻觅觅，冷冷清清，凄凄惨惨戚戚。乍暖还寒时候。最难将息，三杯两盏淡酒，怎敌它晚来风急。雁过也，正伤心，却是旧时相识。”押的都是入声韵，读着读着，就会感觉李清照这词好像是从牙缝里头、咬牙切齿地吐出来的，这样才能真切地体会到她的悲哀，真个是“怎一个愁字了得”！古人写诗填词，很注重用韵，注意韵字跟情绪相配合。像老杜的平生第一首快诗《闻官军收河南河北》，情绪昂扬："剑外忽传收蓟北，初闻涕泪满衣裳。却看妻子愁何在，漫卷诗书喜欲狂。白日放歌须纵酒，青春作伴好还乡。即从巴峡穿巫峡，便下襄阳向洛阳。"用的韵字响亮高昂，声情一致。苏轼那首《江城子》："老夫聊发少年狂。左牵黄。右擎苍。锦帽貂裘，千骑卷平冈。为报倾城随太守，亲射虎，看孙郎。……"韵字也很响亮。我们在摇头晃脑的吟诵中，不知不觉地就可以进入到诗词的意境里面去。

现在回到苏轼这首词。开篇写雨景。为了领会词的妙处，我们可以试用"换字法"。将"莫听穿林打叶声"改换成"莫听刮风下雨声"，味道怎么样？是不是差多了？为什么呢？"刮风下雨"，只是告诉你一个事实，但是"穿林打叶"呢，却是描写具体的场景，有声响，有动作。穿林打叶，既有具体的环境，又是一个动态的过程，林、叶，表明有树木，你可以想象是一排树，也可以想象是一个小小的树林，树叶又呈现出绿的色彩。穿、打，又形象地表现出雨点"刷刷"的滴落过程。你看，将"穿林打叶"这四个字一改换，味道就完全不一样了。所以呀，我们欣赏古典诗词，要慢慢琢磨。我们自己写诗写词的时候，要学会不是简单地交代一个事实、一个事件，而是要把事件过程、把它的场景形象地表现出来。我们读诗读词，也要为自己写诗写词打基础，提高自己的艺术修养。再看"何妨吟啸且徐行"。"徐行"，是慢慢走，你慌什么，反正雨在下，路总是要走过去的。"吟啸"，用了一个典故。"啸"，是魏晋时期比较流行的一种口技，口哨。中国社会科学院的范子烨博士，前些年在《中国文化》杂志上发表过一篇文章，专门谈魏晋时期的“啸”。而“吟啸”，用的是谢安的一个故事，一般的选本里都没有注解出来。《世说新语》里面有记载，说有一次，谢安跟王羲之等几个朋友泛海，就是到海里去玩。当时没有天气预报，突然遇到台风了，狂风大浪，一下子把小船抛到浪尖上，一下子抛到浪谷。王羲之等人趴在船底，吓得面无人色，嚷着赶快回去。而谢安呢，岿然不动，而且更加精神抖擞，意气风发，“吟啸不言”。用现在的话说，大风大浪中正好锻炼我们的革命意志，回去干吗！人家谢安是老大，只好听谢安的了。就这一件事情，大家都很佩服谢安，认为他今后可以镇住朝野。苏轼用这个典故，意思是，人家谢安连狂风大浪都不怕，咱们遇到一场小雨怕啥？在雨中也正好体验一下人生啊，何不吟啸一番潇洒走一回！何况“竹杖芒鞋轻胜马”，我们拄着竹杖，穿着草鞋，比骑马还自在稳当，怕什么！

“一蓑烟雨任平生”，我有了一件蓑衣、一顶斗笠，足以避风挡雨，下刀子我都不怕，何况是下这种小雨呢。字面上是说，我有了应付烟雨的准备，但深层里却是象征。“烟雨”，不仅仅是指自然界的风雨，还指人生经历的风雨，人生的挫折、人生的磨难。有挫折，有磨难，有风雨，不可怕，怕的是我们没有心理准备。有首流行歌曲不是说：“不经历风雨，怎么见彩虹？”你知道今天上午要下大暴雨，出门的时候带把伞，心理有了准备，下再大的雨你也不会紧张，不会沮丧。如果你没有准备，半路上一场大雨，把新衣服给打湿了，心里一定非常沮丧，非常郁闷。苏轼在这里宣称，他随时准备迎接风雨，随时准备应对人生的挫折磨难。就像我们前面提到的他那首《水调歌头》说的："人有悲欢离合，月有阴晴圆缺，此事古难全。"刚才我们也说到，人生本身就不是圆满的，人生就意味着有挫折，挫折磨难是人生的必由之路，我们有了这种精神准备，就不怕它了。苏轼说的"一蓑烟雨任平生"，很典型地反映出了他的一种人生态度、人生感悟。

苏轼不仅仅是在心态上随时准备着面对挫折，他还能够主动地去消解挫折引起的心灵痛苦，他有一套自我排解的方式。所以我们读苏轼的诗词，能感觉到一种洒脱和超然，而读秦观的词、周邦彦的词，好像是要用泪水浸泡我们的心灵，他们不求超脱。这是两种人生态度，或者说是两种人生境界。苏轼有一套心灵解脱的心理公式，我称这个公式叫"譬如当初"。什么叫"譬如当初"呢？人的痛苦往往是失落的痛苦，你拥有以后失落了，或者拥有以后被剥夺掉了，这时候特别痛苦。那苏轼就把自己的心态恢复调整到没有拥有之前的状态。他从湖州太守被贬谪到黄州，地位可以说是发生了剧烈的变化。由一个市委书记变成了阶下囚、流放犯，这个落差很大，原来拥有的官职俸禄全没有了，苏轼也很痛苦。但他转念一想，"譬如当初"我就是黄州一个没有及第的秀才，人家世世代代在这里生活，我苏轼就过不下去吗？用现在的话说，譬如当初我是黄州一个高考落榜的青年，而不是由市委书记贬到这儿来的，我世世代代原本就是黄州人，高考没考上，就只能当农民，人家能过，我苏轼就不能过吗？这样一想，心里就舒坦了。这叫“譬如当初”。我苏轼不是因为做官贬到这里而原本就出生在这里，没有了反差，没有了失落，也就没有了痛苦。他后来贬到了海南岛，又是想：譬如当初我就是黎族人，他有两句诗就说“我本儋耳人，寄身西蜀州”，人家黎族人过得好好的，我苏轼就过不去吗？他这一想啊，心里就开朗多了，豁达多了。这种自我心理调节，有助于心理健康，让我们快乐地活着。人生快不快乐，就看你如何去看待，如何去面对。你如果能把遇到的挫折磨难当成是你人生历练的一次绝好机会，那么，你不仅不会感到痛苦，而且会感到很开心、很荣幸！我们学习古典文学，要注意从前人的人生经验当中获得人生的启示，不仅仅是学点古典文学知识、提高点诗词修养而已。今后大家遇到挫折的时候，无论是谈恋爱失败，还是工作的不顺心、学习上的困难，心里郁闷的时候，你们就应该想到东坡的“一蓑烟雨任平生”。总之，不能把人生想得太一帆风顺，你们必须时刻准备着失败，也就是前面说的“败意常多如意少”，这两句话你们背下了、记得就行。

我们再往下看。东坡这首词是整体的象征，不仅仅这一句是象征。“料峭春风吹酒醒”，刚刚下雨，把衣服打湿了，觉得有点冷。“山头斜照却相迎”，立马雨过天晴，温暖的阳光在前面迎候着你，就看你有没有耐心毅力。你冷了，会有太阳；你得意的时候，别张狂，说不定失意就在后面跟着你；你陷在挫折磨难当中，也别着急，要坚信很快就会走出困境，光明就在前头。下面“回首向来萧瑟处”的“萧瑟”，有的版本作“潇洒”，我觉得“萧瑟”更好。“萧瑟处”，就是刚才穿林打叶之处，刚才不是下雨吗，最终“也无风雨也无晴”，一切又归于平静。大雨过后，又回到了原点。人生经过一场挫折磨难以后，最终又回到了正常的生活轨道。

这里又显示出苏轼对人生更透彻的感悟：不仅是失意不惧，得意也一样淡然处之。在自然界，雨和晴是再常见不过的天气现象了，没有阴晴的变幻，自然界就无从存在。同样，在人的一生中，得意、失意也都很正常，都是人生共有的不可或缺的组成部分。不管是顺境、逆境，来了，就坦然面对，从容接受。所以，“无风雨”可贵，“也无晴”更是一种境界，尤为可贵。能做到“宠辱皆忘”，才算真正地步入人生的化境。只做到了其中的一点，都会留下缺憾，都不是真正达观的人，扛不住挫折的柳宗元和秦观不是，张狂无忌的曹操更不是。苏轼面对荣辱，都能泰然处之，是真正的达者，所以后世的文人特别景仰他、敬佩他。

这首词表面上写的是雨晴的变化，实际上也是暗示、象征人生命运的变化，或者说是人生命运的一种规律。自然界当中有风有雨也有晴，人生当中有欢乐也有悲哀。苏轼能写出这种洒脱超然的词章，不仅体现出他的人生态度，更体现出他的人生智慧。

第七讲

豪情词

豪情词，指豪迈奔放、悲壮激昂之词。听惯了柔情的小夜曲，今天换个口味，听听雄壮高昂的进行曲。

这节课讲豪情词。豪情词，指豪迈奔放、悲壮激昂之词。听惯了柔情的小夜曲，今天换个口味，听听雄壮高昂的进行曲。

从词史的角度来看，词中的抒情主人公发生过几次变化。早期的唐五代词，抒情主人公主要是闺阁佳人，用欧阳炯《〈花间集〉序》的话来说，是“绣幌佳人”和“绮筵公子”。到了北宋初年，词坛的抒情主人公开始有所转型、变换，出现了“白发将军”。这就是范仲淹《渔家傲》词中的主人公：

> 塞下秋来风景异。衡阳雁去无留意。四面边声连角起。千嶂里。长烟落日孤城闭。　　浊酒一杯家万里。燕然未勒归无计。羌管悠悠霜满地。人不寐。将军白发征夫泪。

有些同学上次用这个词调写过樱花词。这个词调只押仄声韵，而且是一韵到底，不能换韵。有的同学转韵了，有的平仄错押，虽然用的都是同一韵脚，但押了平声韵，这也不行。这首词的抒情主人公是戍守边塞的白发将军，词写他的理想、他的忧愁。除此之外，还有欧阳修潇洒的“文章太守”形象：

平山栏槛倚晴空。山色有无中。手种堂前垂柳，别来几度春风。　　文章太守，挥毫万字，一饮千钟。行乐直须年少，尊前看取衰翁。

读这首词，我们可以联想到欧阳修《醉翁亭记》里头“醉翁”的风神意态。“挥毫万字，一饮千钟”，文坛领袖的洒脱豪迈跃然纸上。这在以前的词里是很少见的。除了这“白发将军”“文章太守”之外，我们还可以看到东坡《江城子》里头打猎太守或者说射虎太守的英姿。“老夫聊发少年狂”，大家都很熟悉了，基本上都背过，尤其是上阕：左手牵着黄狗，右手擎着猎鹰，戴着锦帽，“千骑卷平冈”，他在前面冲，后面千匹马呼啸而上，非常有现场感。这场面，极具动态和气势。“为报倾城随太守，亲射虎，看孙郎”，一种潇洒得意之情，从字里行间透射而出。在以前的词里，很少有像这样直接刻画男子汉大丈夫形象的。这里我们只能简单地回顾一下词史上抒情主人公的变化。如果大家有兴趣，可以看看我的一篇论文——《唐宋词的审美层次及其嬗变》，在《文学遗产》、人大复印资料《中国古代近代文学研究》里能找到，也可以看我的《唐宋词史论》一书，人民文学出版社 2000 年出版。

下面我们要讲的是贺铸的《六州歌头》：

少年侠气，交结五都雄。肝胆洞。毛发耸。立谈中。死生同。一诺千金重。推翘勇。矜豪纵。轻盖拥。

联飞鞚。斗城东。轰饮酒垆，春色浮寒瓮。吸海垂虹。间呼鹰嗾犬，白羽摘雕弓。狡穴俄空。乐匆匆。　　似黄粱梦。辞丹凤。明月共。漾孤篷。官冗从。怀倥偬。落尘笼。簿书丛。鹖弁如云众。供粗用。忽奇功。笳鼓动。渔阳弄。思悲翁。不请长缨，系取天骄种。剑吼西风。恨登山临水，手寄七弦桐。目送归鸿。

你们读这首词的时候，会联想到哪一首流行歌曲？《爱拼才会赢》？对，有点像，节奏比较快，声情激昂强烈。凡是《六州歌头》，情绪都比较激昂。贺铸是北宋时代少见的一位文武双全的侠客，这首词写的就是豪侠的精神风貌和他的理想苦闷。宋代文士当中，会武功的好像不多。在唐代诗人中，有两位豪侠比较知名：一位是李白，太白是游侠，曾经“杀人红尘中”。还有一位是高适，也是侠客。宋代像这样的侠客不多。北宋时代，有游侠精神而又著名的，大概只有贺铸一人了。当然在词史上，文武双全的，还有两位杰出的人物：一位是岳飞，一位是辛稼轩。辛稼轩我们后面还要讲到。

贺铸这人有很对立的两面，这两面在他身上能够有机和谐地统一。他这人长相奇丑无比，人称“贺鬼头”——就像现在的一句歌词说的那样：“我很丑，可是我很温柔。”贺铸的词写得很优美，比如那首《青玉案》词：“试问闲愁都几许？一川烟草，满城风絮，梅子黄时雨。”还有我们上次讲过的那首悼亡词《半死桐》。贺铸一面是侠客，在外飞扬跋扈，回到家里来，又是一个典型的书生，每天在灯下用蝇头小楷校书。在外头拿着刀剑可以杀人，在屋里拿着毛笔可以校书，校勘文集。他藏书非常丰富。可以说，儿女柔情、风云豪气在他的身上结合得比较完美。

在讲这首词之前，我想回顾一下诗歌中的游侠主题。大家对游侠的形象有没有一点基本的了解？男同学可能对游侠更有兴趣，女同学同样可能喜欢游侠，譬如金庸小说，谁不喜欢？金庸小说里头，很多人物都是游侠。如果想深入了解游侠，可以读这样几本书：复旦大学汪涌豪教授写的《中国游侠史》和《游侠人格》。还有一本是辽宁师范大学王立教授写的，他专门研究主题学，写过一本书，叫作《伟大的同情——侠文学的主题研究》，只是这本书主要是研究叙事文学中的游侠主题，对诗歌中的游侠主题涉及不是很多。另外还有一本是台湾文津出版社出版的《以诗为鉴——唐代游侠诗歌研究》，作者叫林香伶，这本书我是检索到的，没有见过原书。

游侠有几个特点：第一点是肝胆相照，有勇有谋。孟郊《游侠行》说："壮士性刚决，火中见石裂。杀人不回头，轻生如暂别。"元稹《侠客行》诗说："侠客有谋人不测，三尺铁蛇延二国。"铁蛇，指宝剑。第二点是不怕死，富有牺牲精神。元稹《侠客行》开篇就说："侠客不怕死，怕死事不成。"怕死的话，事情就做不成，或者说怕死就不会当侠客。第三点，按照我们现在的说法是，讲诚信，重然诺，一诺千金重。李白的《侠客行》说："三杯吐然诺，五岳倒为轻。”三杯酒下去，就承诺了对方：“好，我帮你搞定。”第四点，是重义气，往往是功成不受赏，帮别人报仇不图回报。沈彬《结客少年场行》诗说：“重义轻生一剑知，白虹贯日报仇归。”李白的《侠客行》也说：“十步杀一人，千里不留行。事了拂衣去，深藏身与名。”侠客替人报仇以后，拂衣而去，不张扬。“纵死侠骨香，不惭世上英”，他们张扬的是人生的价值，追求的是英名侠气。他们慷慨赴难，不重功利，初唐虞世南《结客少年场行》说：“轻生殉知己，非是为身谋。”

另外，外在形象上，游侠身上都离不开宝剑，他们的酒量也非常大。南宋江湖词人刘过，一方面是文士，另一方面还有点侠气，所以有人称他为“文侠”。他手上拿的不是剑，而是笔，但是他的一些做派，倒是有点像豪侠，比如狂饮、舞剑。

你们可以从类型学、主题学的角度，去探究唐诗中的游侠形象与主题，并追溯先秦汉魏南北朝诗歌中的游侠诗，透视和把握中国古代的游侠精神。要写毕业论文的话，这也是一个可以考虑的选题。唐以前的诗歌，充满着一种尚武精神，宋代以后，整个社会尚文轻武，尚武精神就开始退化、弱化、柔化，至今还没有完全振奋起来。魏晋南北朝诗歌里面，写游侠的、写尚武精神的、写牺牲精神的也很多，到宋以后就比较少见了。我们经常说要“弘扬民族精神”，大家来总结一下游侠精神，弘扬民族的尚武精神，激发起民族的阳刚勇武之气。

下面我们一起看看贺铸这首词是怎么写的。北宋词，以婉约为本色正宗，像贺铸这样的词确实很少见，很难得，在词坛上别开生面。夏敬观《东山词补》批语就说此词“雄姿壮彩，不可一世”。俞陛云《唐五代两宋词选释》评价此词也说：“此与《小梅花》调皆雄健激昂，为集中稀有之作。”

“少年侠气，交结五都雄”，一开始就推出一个少年豪侠的形象，他交游十分广泛。“五都”，有好几种说法，汉代、唐代、宋代都有不同的称呼。宋代有东京汴京，西京洛阳，南京是现在的河南商丘。北京呢？北宋称大名府为北京。这里是说，所有大都市里的游侠他都有广泛的联络，群发一条短信，游侠们都可以聚集到一起，听他调遣。“肝胆洞”，肝胆相照，见面都非常坦诚。“毛发耸”，毛发耸立，血气方刚的神态。我们可以联想到岳飞“怒发冲冠”的形象。“立谈中，死生同”，豪侠相见，一见如故，订下生死之交。又讲信用，“一诺千金重”，就像汉代的侠客季布一样讲义气，重诚信。《史记》记载当时有谚语说：“得黄金百斤，不如得季布一诺。”“推翘勇”，朋友们都推崇他骁勇，英勇善战。“矜豪纵”，他豪迈英勇，自己也非常自负。“轻盖拥。联飞鞚”，“轻盖”是指车子，出门行游，非常张扬，常常两辆车并驾齐驱，纵横驰骋。“斗城东”的“斗”，读上声，不读去声，不是动词，而是名词。汉代有南斗城、北斗城。这里“斗城东”，指汴京城东。“轰饮酒垆，春色浮寒瓮。吸海垂虹”，写他们酒量很大，经常在酒店里聚众狂饮，豪气干云。“间呼鹰嗾犬”的“间”，读去声，指间或，有时。“间”，有的版本作“闲”，古代“闲”和“间”不分，都写作“閒”。“白羽摘雕弓”，写射猎。“白羽”，是箭。“狡穴俄空”，具体写他们箭术高超，像小李广花荣似的，百发百中，打猎时不一会儿就把山里头的野兔打个精光。上片描绘少年游侠的英武形象。

下片一转，写豪侠的理想与压抑感。游侠不仅仅是杀人报仇，他们也有责任感，也想要建功立业。“初唐四杰”之一的卢照邻《结客少年场行》中的游侠，就具有这种使命感：“横行徇知己，负羽远从戎。龙旌昏朔雾，乌阵卷寒风。追奔瀚海咽，战罢阴山空。归来谢天子，何如马上翁。”这首词好像是贺铸的自叙，写他自己的感受。“似黄粱梦”，人生好像是一场梦。早年游侠习武，是希望今后有朝一日能够到边塞上建功立业，但是，理想成为泡影。“辞丹凤”的“丹凤”，指丹凤城，即京城，他离开了京城。“明月共，漾孤篷”，每天披星戴月，乘着一条孤船，到处流浪。他像柳永的羁旅行役词表现的一样，到处漂泊，寻找实现自己人生理想的途径。“官冗从。怀倥偬。落尘笼。簿书丛”，这四句是写自己好不容易找到一个职位，却只是一个低级的小校官。“官冗从”是指担任很普通的官职，在下层官吏当中混时光。“怀倥偬”是指匆忙，总在忙很多琐事，建立不了大的功业。“落尘笼”，跟陶渊明写的“落尘网”一样，比喻在笼子里关着，无法施展自己的才华抱负，形容官场对人的限制。“簿书丛”，一天到晚和文书打交道。游侠本应该提着宝剑上战场，结果只能做一些文秘的工作。“鹖弁如云众”的“鹖弁”，指的是低级武官。“供粗用。忽奇功”，像我这样的豪侠，本应该上战场指挥千军万马，杀敌立功，结果现在打杂做文秘工作。“笳鼓动。渔阳弄。思悲翁”，豪侠请缨无路，边塞上却已经燃起了战火。《渔阳弄》《思悲翁》是两个乐府曲名。如果不知道这是乐府曲名，《思悲翁》可能会让人认为是怀才不遇的感慨，悲愤的进行曲。“不请长缨，系取天骄种”，请缨无路，报国无门。“剑吼西风”，在秋风当中，宝剑空鸣。“恨登山临水，手寄七弦桐。目送归鸿”，这里写他在登山临水之中，等闲虚度英雄的时光。“手寄七弦桐”，七弦桐是一种乐器，意思是用弹琴来抒发自己的悲愤。这最后一句，用了嵇康《赠兄秀才入军》诗意：“目送归鸿，手挥五弦。”

贺铸的这首词，让我们领略到宋代游侠的精神面貌，同时也可以看到他们的人生追求与人生失意。这是和平时代的游侠。下面我们来看一首亡国时代真正的英雄写的一首词——文天祥的《沁园春》：

为子死孝，为臣死忠，死又何妨。自光岳气分，士无全节，君臣义缺，谁负刚肠。骂贼睢阳，爱君许远，留取声名万古香。后来者，无二公之操，百炼之钢。　　人生翕欻云亡。好烈烈轰轰做一场。使当时卖国，甘心降虏，受人唾骂，安得留芳。古庙幽沉，仪容俨雅，枯木寒鸦几夕阳。邮亭下，有奸雄过此，仔细思量。

读这样的词，可以让我们热血沸腾。读这样的词，我们要有一种虔诚的心情、敬仰的心情、崇拜的心情。因为这是民族英雄用他宝贵的生命、用他崇高的人格、用他鲜活的热血凝成的。这首词不是写出来的，而是从英雄内心深处喷薄出来的，流淌出来的不是文字，而是沸腾的热血，是激昂的民族正气。

此词的创作背景是公元1278年南宋灭亡以后，文天祥在潮阳，即现在的广东潮州坚持抗战，有一次他去拜谒张许公庙，感于时事，挥笔写下这首震撼人心、“感天地泣鬼神”的词作。张巡、许远是何许人？大家读过韩愈的《张中丞传后叙》没有？《张中丞传后叙》，是韩愈散文中的名篇，张中丞就是张巡。安史之乱中，安史叛军所向披靡，只有张巡和许远在睢阳即现在的河南商丘坚持抗战，阻挡了安史叛军继续向南的步伐，成为保护江淮的一大屏障。元代有一位叫王用文的人，看到文天祥这首词之后，立即将它刻印，并写了一个跋，题作《刻文丞相〈谒张许公庙词〉跋》：“此词实愤奸雄之误国，欲效二公之死以全节也。噫！唐有天下三百年，安史之乱，其成就卓为江淮之保障者，二公而已矣。宋有天下三百年，革命之际，始终一节，为十五庙祖宗出色者，文山公一人焉。”他认为，宋代十五朝中最杰出的忠臣首推文天祥。

文天祥可以说是时势造就的英雄。他本来是个状元，一介书生，没有什么武功，也没有多少军事才能。他不像岳飞，也不像辛稼轩——这两位英雄是真正的文武全才。文天祥是为了一种民族的正气——因为南宋灭亡时，几乎没有抗战的，文天祥就是不服这个气：堂堂汉民族难道就没有一个不怕死的男儿？他是明知不可为而为之。在南宋朝廷投降了以后，他散尽家财，自己组织军队起来抗战。他明知打不赢，但还是要打，就像《正气歌》里面所说的，他要保存一股民族的正气，来证明当时的汉民族还有一个两个不怕死的男儿，他明知道无力回天，但还是要坚持下去。所以他被俘了以后，曾经跟随他抗战的朋友写书信给他，希望他早一点死。为什么？因为生怕文天祥在监狱里顶不住，那他就前功尽弃了。文天祥的抗战，从某种意义上说，与其说是保存赵宋的天下，让它再延续一两年，不如说是保存民族精神。他的抗战，是一种民族精神——不怕死、不畏强权的象征。如果文天祥最后投降了的话，那这一点精神也就完了，所以他的朋友希望他早死。当然，文天祥最后全节而终。

文天祥这首词，抒发了民族英雄的刚强豪气。他的人生追求，和张巡、许远有一致的地方，所以他特别能够理解张巡、许远为什么那样敢于牺牲。他写的是《谒张许公庙》，赞美张、许二公大无畏的精神，但是一开始不直接写他们两个人，而是推远一点，谈做人、做一个男人、做一个英雄，该怎么做。“为子死孝，为臣死忠，死又何妨”，做儿子的为孝而死，做臣子的为忠而死，死了又何妨！死得有意义。今天我们读这两句，可能感觉这是封建的伦理道德，好像为孝而死不值得，但这要了解一下我们的传统文化。在儒家看来，孝道，是追求、尊重生命的本原。如果一个人不孝，对父母不孝，那肯定也谈不上对国家忠诚、对朋友讲信义。孝，应该是与生俱来的本能，一个人如果连父母都不爱，他还能爱谁？你们谈朋友，找对象，先要考察对方是不是孝子孝女，不孝敬父母的人，别指望这个人爱你，别指望他或她爱一个没有血亲、血源关系的半路相识者。所以我认为，“孝”，应该是做人的基本要求、最低的道德底线。在今天，我们不强调“为子死孝”，但我们还是要强调“为子尽孝”“为女尽孝”。孝道在现在的社会里面，已经越来越淡漠，读这一句的时候，我希望读者能够“心有戚戚焉”，能有一种感动，牢记在心。“为臣死忠”，为臣忠于谁？在古代“国”和“君”是连在一起的，在特定的历史时期，忠君就是爱国。他忠的不是某一个人，他忠的是国家。为了这个国家，为了民族的利益，为了一种民族正气，死又算什么？这是死得其所，死得有意义。

“自光岳气分”的“光”，是三光，指日、月、星辰，“岳”是五岳。这里是指天崩地裂。“光岳气分”，是说安史之乱后，天崩地裂，唐玄宗的王朝垮掉了。安史之乱天崩地裂，士无全节，当时的士大夫纷纷向敌人投降。我想，文天祥写这两句的时候，也隐含着南宋灭亡时的现实。当时谢太后，包括宰相等满朝文武大臣都向元蒙投降。“君臣义缺，谁负刚肠”，已经没有君臣之义，已经完全不顾民族的尊严。谁坚守着刚正之气呢？当时只有“骂贼睢阳，爱君许远”。“睢阳”，就是张巡。张巡每次打仗的时候，痛骂敌人，咬牙切齿，把牙齿都嚼碎了。“骂贼睢阳”和“爱君许远”，这两人相得益彰。可能张巡的脾气比较暴躁，许远呢，性格比较温和，爱民如子。“骂贼”和“爱君”是对举的，写两个人个性的不同。虽然性格不同，但是在爱国忠君的立场上，两人又是高度一致的，所以他们“留取声名万古香”。他们虽然牺牲了性命，但是他们的精神永远流传，“纵死犹闻忠骨香”。古人特别推重为国牺牲的生命意义。“后来者，无二公之操，百炼之钢”，是隐指宋亡后的现实。上片使用了对比手法：人应该怎么做？其他人怎么做，而张巡、许远是怎么做的——在对比之中凸显张巡、许远的刚烈、忠胆。

过片由张巡、许远宕开。“人生翕欻云亡”，“翕欻”就是短暂，“云”是语助词，这句说的是人生短暂、生命有限的意思。生命有限，人生短暂，作为一个男子汉，你就应该“烈烈轰轰做一场”，为什么不用“轰轰烈烈”，而用“烈烈轰轰”？这是平仄的需要。文天祥高呼：人生要创造辉煌，要做一番有意义、能传诵千古的事业。“使当时卖国，甘心降虏，受人唾骂，安得留芳”，他在想：假如张巡、许远像其他人那样投降了敌人，那肯定至今被人唾骂，怎么能留芳呢？词写到这里，他的褒贬与抑扬，他的推崇与唾弃，都蕴含其中。因为词是题庙，所以下面要点题，故而接着说：“古庙幽沉，仪容俨雅。”瞻仰张许二公神像，依然栩栩如生，还是那么庄严，让人肃然起敬。“枯木寒鸦几夕阳”，全词以议论见长，只有这一句是写景。“枯木”“寒鸦”，应该说是衰败的意象，尤其是我们读了后来马致远的《天净沙·秋思》“枯藤老树昏鸦”，更觉得这是一种衰飒的意象。晏殊有词说："夕阳西下几时回。"表现的也是时光的短暂。文天祥用"枯木寒鸦几夕阳"，既营造了一种悲凉的气氛，又通过自然景物的易变和短暂，来反衬张巡、许远精神的不朽。这几个意象给人的感觉是压抑、低沉、感伤的，但他恰好是通过这种低沉感伤的意象，来反衬精神的不朽，精神的永恒。最后两句，掷地有声："邮亭下，有奸雄过此，仔细思量"——混蛋们，奸臣们，你们来到张许二公面前，应该好好地想一想！面对人生的取舍，该怎么做？是想万古流芳呢，还是让后世万人唾骂？

文学的魅力，有时候不一定在于它的形象美。比如这首词，完全是以气势见长，以力量震撼人心。这是一种人格力量、人格精神的展示。这样的词，不是艺术表现上多么精巧，而是词人精神的崇高伟大，我们为民族英雄的人格魅力所感动。读文天祥这样的词所受的震撼，就跟读他的《正气歌》一样。南宋亡国以后，词人词作都是低沉饮泣，都是感伤。像张炎、王沂孙的词，都不敢正面地表达对故国的怀念，所以他们用咏物，用一种曲折的方式来表达内心的痛楚，只有民族英雄文天祥以他的堂堂正气，激昂高歌。两宋词坛，在这样雄壮的进行曲中落下它的帷幕，放射出最后的光芒，实在是词史的荣幸！

下面我想说一说张元幹。张元幹，虽然不像文天祥那样是一个民族英雄，但他是一个志士、一个战士。他曾经投笔从戎，公元 1126 年的汴京保卫战，李纲任前敌总指挥，张元幹担任李纲的参谋，协助李纲在汴京城墙上冒着枪林弹雨指挥作战。当时战斗非常激烈残酷，“矢集如猬毛”，敌人进攻的箭密集得像刺猬的毛一样，漫天都是。张元幹和其他将士一起英勇杀敌，最后汴京保卫战取得了胜利。

这首《贺新郎·送胡邦衡待制》，是张元幹词中的压卷之作。“压卷”，从形式上讲，是放在第一篇，开卷的第一篇，一般是把最好的作品放在第一篇。这首词几乎所有的选本都选入了。“压卷”，还是一种评价，往往把作家最好的作品叫“压卷之作”。

讲这首词，先得讲讲创作背景。题中“送胡邦衡待制”的“待制”，是官职名。胡邦衡就是胡铨，胡铨字邦衡。这首词与绍兴八年的宋金和议有关。绍兴八年，公元1138年，宋高宗、秦桧决定向金人求和，派王伦出使金朝，跟金人谈判。消息传出来以后，朝野上下，强烈抗议，都坚决反对向金人投降求和、割地卖国。当时李纲也上书反对，而反对最激烈的是胡铨。胡铨当时是什么官呢？枢密院编修官。枢密院相当于我们现在的中央军委，编修官只是一个秘书，官不大。他这篇上书的题目是“戊午上高宗封事”。戊午，是绍兴八年。“封事”，因为上奏的事情很机密，要密封，其他人不能看，需要皇上亲自拆封，所以叫“封事”。据说胡铨写的时候，非常痛快，写完后，有点后悔，就跟旁人商量：这封上书呈不呈上去？朋友说：你的稿子早已经传出去了，你不呈上，死定了，你呈上去，有舆论压力，还可能免去一死。胡铨立马把遗书写好，把家人安顿好后，就把这奏疏呈了上去。果然一呈上去，天下轰动。当时金朝用一千两黄金派间谍来买这封上书，看到这封上书后，觉得宋朝有人才——金人原来是看不起宋朝的。当时有一位非常有名的将领，叫张浚，这个人志大才疏，每打一仗就输一仗，但他坚决主张抗战，所以声望、人气特别高。张浚曾说：秦桧专权25年，只成就了一个人才，这个人才就是胡铨。胡铨因为这一封上书而名扬天下。这封上书是怎么写的？我们来看看：

臣谨按：王伦本一狎邪小人，市井无赖，顷缘宰相无识，遂举以使虏。专务诈诞，欺罔天听，骤得美官，天下之人切齿唾骂。今者无故诱致虏使，以诏谕江南为名，是欲臣妾我也，是欲刘豫我也。刘豫臣事丑虏，南面称王，自以为子孙帝王万世不拔之业。一旦豺狼改虑，捽而缚之，父子为虏。商鉴不远，而伦又欲陛下效之！夫天下者，祖宗之天下也；陛下所居之位，祖宗之位也。奈何以祖宗之天下为犬戎之天下，以祖宗之位为犬戎藩臣之位？陛下一屈膝，则祖宗庙社之灵，尽污夷狄；祖宗数百年之赤子，尽为左衽，朝廷宰执，尽为陪臣；天下之士大夫，皆当裂冠毁冕，变为胡服。异时豺狼无厌之求，安知不加我以无礼如刘豫也哉！夫三尺童子，至无知也，指犬豕而使之拜，则怫然怒。今丑虏，则犬豕也。堂堂天朝，相率而拜犬豕，曾童稚之所羞，而陛下忍为之耶？……

臣备员枢属，义不与桧等共戴天。区区之心，愿斩三人头，竿之藁街，然后羁留虏使，责以无礼，徐兴问罪之师，则三军之士，不战而气自倍。不然，臣有赴东海而死，宁能处小朝廷求活耶！

真是铿锵有力，义正辞严！“臣谨按”，这是上皇帝书的客套话。“王伦本一狎邪小人”，王伦是作为参知政事、相当于现在国务院副总理和金人谈判的。他本来是狎邪小人、市井无赖，汴京的一个小混混。靖康之乱的时候，京城有很多人抗议示威，宋钦宗想找人来镇压抗议示威的人，王伦自告奋勇地说：“我行！”行，就来吧。王伦说，我没官职，别人怎么会听我的，宋钦宗就立马封他一个官。王伦就这样走进了官场。“顷缘宰相无识”，是因为秦宰相没有眼光，“遂举以使虏”，推荐王伦出使金国。这个“虏”是指金朝，后来有些版本就改成“敌”了。“专务诈诞，欺罔天听”，欺瞒皇上。“骤得美官，天下之人切齿唾骂。今者无故诱致虏使”，王伦这家伙，无缘无故地把敌人引诱了进来，这是给皇帝留面子的话，其实是高宗皇帝主动把金人引来的，但胡铨不好直说。“以诏谕江南为名”，当时金朝来谈判的使臣称“江南诏谕使”。这是外交辞令，“诏谕”，也就是招安抚谕的意思。招安抚谕，显然不是两个国家政府间的平等对话，而是什么？而是上对下，一个主权国对附属国的命令。金朝和南宋，这个时候本来应该是平等的，但事实上不平等，宋高宗赵构对金朝皇帝自称“儿皇帝”呢。为什么南宋陆游、辛稼轩等英雄志士坚持要抗战复国呢？因为民族的自尊心已经沦落到了零点——一个堂堂的大宋皇帝，在双方来往的国书中自称“大宋儿皇帝赵构拜见大金父皇帝陛下”，还要跪拜着接受金人的诏书。这时的宋高宗，代表的不是个人，而是一个民族、一个国家，他的这种行为、做派，能不让他统治下的血性男儿倍感屈辱吗？金人以“江南诏谕使”为名，显然没有把南宋当作一个独立的主权国，而是当作一个附属国。“是欲臣妾我也”，是把我们南宋当作臣妾。“是欲刘豫我也”，是把我们南宋也当作刘豫。刘豫政权是当时金人扶持的一个伪政权。“刘豫我也”，是名词当动词用。“刘豫臣事丑虏”，“丑虏”指金人，对金称臣。“一旦豺狼改虑”，“豺狼”，指金人，改变了主意。“捽而缚之”，需要多说几句：北宋灭亡以后，金人先是扶持了一个傀儡皇帝叫张邦昌，称为“大楚”。几个月后，张邦昌在国人的一片唾骂声中下了台，被迫把皇位让给了宋高宗赵构，高宗才建立起南宋王朝。后来金人又在山东一带扶持了一个小皇帝叫刘豫，号称“大齐”，史称“伪齐”，让刘豫来牵制南宋。刘豫经常作为金兵的马前卒入侵南宋。后来刘豫几次进攻南宋，都没有得到什么便宜。绍兴七年，公元 1137 年，金人就把刘豫给废了，把父子俩“捽而缚之，父子为虏”，捆绑到燕京。“商鉴不远，而伦又欲陛下效之”，刘豫父子的下场就摆在眼前，而王伦这小子又想让陛下您重蹈覆辙，这不是心怀叵测吗？“夫天下者，祖宗之天下也；陛下所居之位，祖宗之位也”，您的皇位不是您一个人的，而是祖宗传下来的，别把它不当一回事。“奈何以祖宗之天下为犬戎之天下”，为什么要把祖宗传下来的天下给金人这猪狗不如的东西呢？他这里是辱骂，我们现在看起来是不讲民族团结，在当时是一种民族的义愤，用最具侮辱性的词汇来表达义愤。这些侮辱性的词汇，在《四库全书》里头都改掉了，改成了中性的“金人”或“敌人”，明显不符合胡铨当时的语气和心态。我这里用的是另外的单刻本，所以保持了原貌。“以祖宗之位为犬戎藩臣之位”，“藩臣”是陪臣。“陛下一屈膝”，您一跪下来，屈膝弯腰，“则祖宗庙社之灵，尽污夷狄；祖宗数百年之赤子，尽为左衽”，胡人披发左衽。“朝廷宰执，尽为陪臣”，朝廷百官都成了敌人的臣子。“天下之士大夫，皆当裂冠毁冕，变为胡服”，全都要改换服饰。“异时豺狼无厌之求”，“豺狼”是辱骂金人，有朝一日金人无厌之求，“安知不加我以无礼如刘豫也哉”，就像对待刘豫那样对我们无礼了。“夫三尺童子，至无知也”，五六岁的小孩，没什么文化，不懂事理。“指犬豕而使之拜，则怫然怒”，你让他向猪狗跪拜，他也会很愤怒，“你竟然让我拜猪拜狗”！“今丑虏，则犬豕也”，现在金人就是猪狗。“堂堂天朝，相率而拜犬豕，曾童稚之所羞”，堂堂天朝，全国人民都向猪狗跪拜，连小孩都感到羞愧！“而陛下忍为之耶？”皇帝老子，您好忍心啊！

最后说，我虽然是枢密院的小官，但义与秦桧不共戴天。其实，我跟您高宗也不共戴天，只是不好明说而已。我真想把秦桧、王伦和孙近三人的狗头砍下来，悬挂在外国驻宋大使馆示众！“藁街”，是当时外国使节居住的地方。“然后羁留虏使，责以无礼，徐兴问罪之师”，把金邦来谈判的使节扣留下来，谴责敌人的无礼行为，然后派军队去攻打。

要不然，我宁可跳东海自杀，也不愿在这样屈辱的小朝廷里活命！

你看胡铨的言辞多么激烈！秦桧和宋高宗看了以后勃然大怒，但迫于舆论压力，一时还不敢把胡铨怎么样，就把他贬到了福州。秦桧始终怀恨在心，四年以后，再把胡铨从福州贬到广东的新州。胡铨离开福州前夕，张元幹写了这首《贺新郎》词为他送行。

刚才赏读胡铨这篇文章的时候，忽然想到另外一个问题。单纯从文章的角度看，它可以说是南宋第一篇文字，字字掷地有声，句句痛快淋漓。但是从上书劝谏的角度，又觉得它策略上有点不妥当。上书劝谏的目的是劝阻，是要宋高宗改变他的决策，但作者只求痛快，宣泄不满，没考虑上书的结果会激怒皇帝。上书的目的不是求痛快，而是实现你的主张，把皇帝激怒了，绝对达不到目的，绝对不可能让宋高宗改弦易辙。这是问题的一个方面。这启示我们，目的和手段应该一致，遇事都要讲究策略和方法。另一方面，胡铨明知这封奏章一上，肯定是做不成官了，甚至有性命之忧，但他决定豁出去了。从这里又可以看出，古代仁人志士为了伸张正义是如何地不计个人安危、个人利害得失。果然，书一上奏，他立马就被贬谪，贬到福州去了，套用韩愈的诗来说，是“一封朝奏九重天，夕贬福州路八千”。

胡铨被贬后，受迫害牵连的人很多，一般人都不敢与他交往，怕惹火上身。而张元幹却写了这首《贺新郎》来激励他、鼓舞他。从这也可以看出张元幹的忠肝义胆。《四库全书总目提要》就说此词“慷慨悲凉，数百年后，尚想其抑塞磊落之气”。下面具体地看看张元斡这首《贺新郎》词是怎么写的：

梦绕神州路。怅秋风、连营画角，故宫离黍。底事昆仑倾砥柱。九地黄流乱注。聚万落、千村狐兔。天意从来高难问，况人情、老易悲如许。更南浦，送君去。　凉生岸柳催残暑。耿斜河、疏星淡月，断云微度。万里江山知何处。回首对床夜语。雁不到、书成谁与。目尽青天怀今古。肯儿曹、恩怨相尔汝。举大白，听金缕。

这是送别词，但不同于一般朋友之间的送别，胡铨不是因为个人的原因而遭贬，而是因为激于民族的义愤、为了维护民族的尊严而遭贬，所以，词一开始从国事谈起。“梦绕神州路”，魂牵梦绕的是神州大地，是沦陷的中原，是被金人占领的故国。想到我们中原故国在秋风瑟瑟中“连营画角”，当时曾经繁华的中原大地到处都是战火纷纷，兵营满地，号角声声。“故宫离黍”的“离黍”，出自《诗经·王风·黍离》的“彼黍离离，彼稷之苗。行迈靡靡，中心摇摇。”故国原本繁华的宫殿，现在长满了野草，意思相当于杜甫的“国破山河在，城春草木深”。他不直接说故国危亡，而是说过去的宫殿长满了野草，那亡国的意思自然就在其中了。“底事昆仑倾砥柱”，正常的语序是“底事昆仑砥柱倾”，为什么砥柱倾折了？昆仑山在传说之中是擎天的柱子，现在昆仑山倾折了，黄河的砥河柱也崩塌了。“九地黄流乱注”，象征着天崩地裂，象征着金兵猖獗。“聚万落、千村狐兔”，是说自从金人入侵以来，中原大地，千村万落都已经荒无人烟，只有狐兔出没。汉乐府里有一首《十五从军征》，也写过类似的情景：“遥望是君家，松柏冢累累。兔从狗窦入，雉从梁上飞。中庭生旅谷，井上生旅葵。”南宋著名史学家李心传，写有一本史学名著，叫《建炎以来系年要录》，其中第四十一卷记载有当时一位监察御史的奏章，奏章说他在金兵退师后到南方民间访贫问苦，发现的情况是：

> 自江西至湖南，无问郡县与村落，极目灰烬，所至破残，十室九空。询其所以，皆缘金人未到而溃散之兵先之，金人既去而袭逐之师继至。官兵盗贼，劫掠一同。城市乡村，搜索殆遍。盗贼既退，疮痍未苏，官吏不务安集，而更加刻剥，兵将所过纵暴，而唯事诛求。嗷嗷之声，比比皆是。

张元幹词可与史书的记载相互印证。南方如此，北方就更惨了。“天意从来高难问”的“天意”，隐指皇帝之意。这里把矛头指向宋高宗，体现出一种大无畏的批判精神。真让人搞不懂，当今的皇帝老儿为什么要投降，为什么要向敌人求和？“况人情、老易悲如许”，人情易老，皇上的“天意”不可知，世态又炎凉。当年你胡铨在朝廷的时候，该有多少朋友，请你吃饭喝酒唱卡拉 OK，现在你贬到福州，倒霉了，竟然没有人再理你，这世态炎凉，真让人伤心。

上片写国事，由天意转折到世态，最后点题，“更南浦，送君去”，意思是说：国事如此，世态如此，已经够让人悲愤的了，更何况在这种时候来送别呢？南浦，在中国古代诗歌中指水边的送别之所。屈原《九歌·河伯》说：“与子交手兮东行，送美人兮南浦。”江淹《别赋》也说：“春草碧色，春水渌波，送君南浦，伤如之何！”后来，白居易曾留下了一首有名的绝句《南浦别》：“南浦凄凄别，西风袅袅秋。一看肠一断，好去莫回头。”古来水边送别并非只在南浦，但长期的文化浸染，“南浦”已成为水边送别之地的一个专名了。这个南浦在哪里呢？古称“南浦”，又名南湖、长湖，就在我的家乡鄂州市区东南。因为湖的南侧曾建过一座“洋澜寺”，所以又名“洋澜湖”。南宋祝穆《方舆胜览》记载：“南湖，旧名南浦，江淹《别赋》‘送君南浦’即此。”

张元幹是什么时候送别胡铨的呢？是七八月份，是“凉生岸柳催残暑，耿斜河、疏星淡月，断云微度”的秋日晚上，“自古多情伤离别，更那堪、冷落清秋节”呀！这里的疏星淡月，象征着国势，也烘托离别氛围的惨淡。“万里江山知何处。回首对床夜语”，你这一去远隔万里，回头想想，当年我们对床夜语的情景以后就很难有了。“雁不到、书成谁与”，巧用典故。“大雁传书”已经被用滥了，但是他说：你去的地方，是在衡阳以南，连大雁都不到。为什么说“雁不到”呢？湖南衡阳衡山有座“回雁峰”，传说北方的大雁飞到回雁峰就不再继续南飞了，因为岭南太荒凉了。大雁都不到，我即使写了信也寄不到呀。词意层层推进。国事如此已让人难堪，是第一层悲。此时又送朋友远贬岭南，是第二层悲。别后想写信表达思念，而书信又送不到，是第三层悲。但下文情绪陡转，变得高昂起来，有韩愈诗“划然变轩昂”的味道，也有白居易《琵琶行》“银瓶乍破水浆迸，铁骑突出刀枪鸣”的效果。“目尽青天怀今古”，孟子不是说过吗，“天将降大任于斯人也，必先苦其心志，劳其筋骨，饿其体肤，空乏其身”，受磨难挫折，是仁人志士的必经之路。“肯儿曹、恩怨相尔汝”，来，哥们，我们都是英雄好汉，举起酒杯，干一杯！别像少男少女一样，分手时哭哭啼啼的。“听金缕”的“金缕”，是《金缕曲》，也就是《贺新郎》词调的别名。我唱一首《贺新郎》为你送行，你大胆地往前走，不要忧愁，总有一天会光荣回来的。

这首送别词，充分弘扬了正义和正气。后来秦桧知道了这首词，抄了张元幹的家，把张元幹逮捕入狱，削籍为民。张元幹因为这首词而付出了沉重的代价，但他义无反顾，没有后悔。

下面再讲两首词，一是南宋后期王埜的《西河》，二是曹豳的和韵词。读这几首词，我们可以体会到在即将亡国的时代，有志之士是怎样面对和思考民族的命运，他们的心境、心态是怎样的。先看王埜的《西河》：

天下事。问天怎忍如此。陵图谁把献君王，结愁未已。少豪气概总成尘，空余白骨黄苇。　　千古恨，吾老矣。东游曾吊淮水。绣春台上一回登，一回揾泪。醉归抚剑倚西风，江涛犹壮人意。　　只今袖手野色里。望长淮、犹二千里。纵有英心谁寄。近新来、又报胡尘起。绝域张骞归来未。

《西河》词调是三叠，也就是三段。一般慢词分上下两阕，叫双调，这个词调有三阕，叫三叠。这首词大约写于公元 1255 年王埜被罢官之后。他曾做过知镇江府事，也做过江东安抚使，相当于今天的南京军区司令员，是一位很有作为的将领，但被迫闲居。公元 1234 年，南宋军队和蒙古军一起推翻了金朝。这首词就与这段历史有关系。开篇“天下事。问天怎忍如此”，表现出作者的无奈。这时蒙古军队节节进攻，南宋王朝危在旦夕，四面楚歌，而作者感到无力回天。“问天怎忍如此”，古人讲究温柔敦厚，作者对君王和朝廷官员不便直接指责，所以“问天”，怎么把事情弄成这个样子，也许非人力，是天意。“陵图谁把献君王”，这是指公元 1234 年灭金后，南宋曾一度恢复三京，南宋军队曾进入过汴京、洛阳和南都——即现在的河南商丘。当时京西、湖北安抚使史嵩之曾经去河南的巩县，也就是诗人杜甫的故乡，朝拜北宋的王陵，而且画了一份《陵图》进呈给宋理宗皇帝。后来理宗又派人去祭扫王陵，并重新绘制了一份《陵图》。画北宋王陵的举动，含有恢复中原的意思，但是公元 1235 年蒙古人就败盟了，撕毁了双方原有的协议，不再让南宋进入中原。因此词人追问谁能把《陵图》献君王，言下之意是说谁能把中原夺回来献给君王呢？想到这些，作者的心情就格外沉痛。回想自己少年时代豪气干云，到如今理想成空，一事无成。“空余白骨黄苇”的“黄苇”，指枯萎的芦苇，泛指贫瘠之地。

回忆过去，再看眼前，已是“千古恨，吾老矣”。自古以来，汉民族和周边民族发生矛盾斗争，从没有像南宋这样沦丧如此多的领土，沦陷如此长的时间。“千古恨”，即是指民族恨，民族仇恨中包含着个体人生的失意与感叹，在自己年轻力壮时，报国无门，无路请缨，如今老了，更加无可奈何了。英雄失路的浩叹，与刘克庄的“叹臣之壮也不如人，今何及”是同一心声。“东游曾吊淮水”，当时淮水是宋金交界之处，是南宋的边塞。绣春台，在池州，登上绣春台，远望被金人占领的中原地区，泪如雨下。从绣春台下来，心情郁闷，于是喝醉了酒，迎着西风，挥舞起宝剑，以宣泄内心的积郁。宝剑，本是用来杀敌的，如今却弃置不用。宝剑的命运其实也象征着英雄壮士的命运，宝剑的功能跟英雄的使命总是紧密相连的，宝剑蒙尘，自然让人联想到英雄志士的失意。南宋词里，宝剑的意象经常出现，如辛稼轩《水龙吟·登建康赏心亭》的“把吴钩看了，栏杆拍遍，无人会、登临意”，陈人杰《沁园春》的“叹封侯心在，鳣鲸失水，平戎策就，虎豹当关。渠自无谋，事犹可做，更剔残灯抽剑看”。宝剑意象的频繁出现，是南宋词区别于北宋词的一大标志。从意象的角度，也看出时代精神的不同、词人心态的差异。“江涛犹壮人意”，江上的波涛似乎也在诉说着不平，同时也激发起词人的豪气，和他的心情一样起伏不定。

从这首词，可以看出豪放词的结构特点。跟辛稼轩的许多词一样，此词的起承转折，心绪变化，都是有迹可寻的，时间的变化，空间的转换，都有明确的提示。因此，读稼轩这派的词，比较容易把握主体心绪的变化。而读姜夔、吴文英他们的词，特别是吴文英的词，就不大好把握，作品完全按照意识流的方式，随意变换时空场景，不给任何提示。所以读吴文英的词，往往觉得很晦涩难懂，而读豪放派的词，就比较好懂。例如这一首，“少豪气概”提示我们是过去，到“只今”又转回现实。“袖手野色里”，再次感叹对现实的无可奈何。南宋末词人周密有首诗也曾说道：“世事难言唯袖手，人无可语且看山。”宋末贾似道专权，采用两手对策，一是利诱拉拢，二是残酷打击，致使当时的士大夫都噤若寒蝉，闭口不敢言国事，只好“袖手”，不愿也不敢谈世事。“人无可语”，可以有两种理解：一是没有可以推心置腹的好朋友，也不敢和人谈世事。二是放眼望去都是俗人，没有雅人，没有志同道合的人来谈世事。无人可语，还不如看山。“我见青山多妩媚，料青山见我应如是”，人在社会中得不到理解，无法与人沟通，往往会走向大自然，贴近大自然。词人倍感孤独，但还未绝望。“望长淮、犹二千里”，似乎还可以抵挡敌人的攻势，仍事有可为，然而“纵有英心谁寄”。从这词中我们可以感受到词人情绪的起伏变化，他回想过去，注目现在，既有悲愤，也有失落和希望，更多的是一种无可奈何。词人虽然老了，但英心还在，只是谁能理解呢！“近新来、又报胡尘起”，最近前线又传来蒙古军队大举入侵的战报，作者希望有类似张骞式的人物来拯救民族的灾难。这首词让我们了解到，南宋后期知识分子欲有所为而无路请缨的悲愤，他们对民族灾难深感忧虑却又无可奈何。

我们再来看曹豳的和词《西河·和王潜斋韵》：

今日事。何人弄得如此。漫漫白骨蔽川原，恨何日已。关河万里寂无烟，月明空照芦苇。　　谩哀痛，无及矣。无情莫问江水。西风落日惨新亭，几人坠泪。战和何者是良筹，扶危但看天意。　　只今寂寞薮泽里。岂无人、高卧闾里。试问安危谁寄。定相将、有诏催公起。须信前书言犹未。

王潜斋就是王埜，号潜斋。无论是写诗还是填词，“唱和”是经常遇到的情况。唱和不一定要和韵，但有人喜欢显示自己的才能，唱和时不仅和意，而且还和韵。

所谓“和韵”，就是依照原唱（即原作）用过的韵再作一首或几首。诗人写诗词，一般都是自由随意地选择用韵的方式，但有时候，朋友之间互相唱和，或者运用前人诗词中的原韵再作一首，就必须依照原唱的用韵，这就有限制了。和韵大约有四种情况：

一是次韵。又叫“步韵”。这是和韵中最严格的一种。次韵不仅限用原唱中的韵字，而且连所用韵字的先后次序也不能改变，亦步亦趋，所以又叫作“步韵”。

二是用韵。用韵比次韵稍为宽一些。要求使用原唱的韵字，但不要求按照原唱韵字次序的先后。跟次韵不同的仅仅是韵字的次序可以有些变化。

三是依韵。依韵比前两种又宽一些。只须依照原唱同一韵部的字，不一定使用原唱的韵字，所以叫作“依韵”。

四是叠韵。是指自作自和，即依照自己前作所用的韵再作一首或几首。

和韵除了以上四种以外，还有一种情况：既不是次韵，也毋须依韵，只是一般的唱和酬答。这类唱酬诗，诗题上一般不用“依韵”“次韵”等字样，自然也就不需要依照原唱的韵字来写了。

曹豳这首和词，韵字基本上是一样的，没有变化。

读曹豳这首词，我们可以感觉到他的心情又不一样。如果说王埜的词还是温柔敦厚的，压抑着满腔怒火，那么这首词则是怒火中烧、激情澎湃了。词的开篇直接就说“今日事。何人弄得如此”，批判的矛头直指当今的朝廷君臣。这和两人的身份不同有关。王埜毕竟做过大官，说话有所顾忌，而曹豳则是一介平民，可以直言不讳。今日的天下已是“漫漫白骨蔽川原”，“恨何日已”，满腔仇恨，既有对敌人的憎恨，也有对当朝君臣无能的愤恨。王埜是“愁”，曹豳是“恨”，从中可以看出两人心境的不同，导致他们的态度不一样，一个较温柔，一个更强烈。“关河万里寂无烟，月明空照芦苇”，回首万里江山关河，杳无人烟，到了晚上，只有冷清的月光空照着秋风中摇荡的大片芦苇。如果这两句词用画面来表现，是一个非常阔大而又冷清荒凉的境界。构思上，有老杜“国破山河在，城春草木深”的意味。“谩哀痛，无及矣”，这样的惨景，令人肝肠寸断，但已经无可救药了啊，诗人此时已是绝望。世事的无情问了江水也无用，更可痛可悲的是，现在举国上下民不聊生，朝廷内外却还在醉生梦死。“新亭”的典故，一般是用来嘲笑南朝人的软弱，而用在这里却是强烈的反讽，现在的朝廷官员连在新亭哭泣忏悔的心思都没有了！“战和何者是良筹，扶危但看天意”，词人对朝廷已经是完全绝望，不期待奇迹的出现。所谓“天意”，其实，他心里明白，老天爷也帮不了忙。

“只今寂寞薮泽里”的“薮泽”，代指民间，意思是说，像你我这样的人只有在民间甘守着寂寞了。虽然我们有雄心壮志，又能如何呢？“岂无人、高卧闾里”，难道民间就没有英雄志士来力挽狂澜吗？“试问安危谁寄”，“定相将、有诏催公起”，我相信，朝廷很快便会起用你的。“须信前书言犹未”，这句有点不大好理解，大意是说，你信不信我前面的书信里所讲的呢，朝廷很快就会来起用你了。这首词，颇有杜甫诗沉郁顿挫的意味，词人先是愤怒，次感绝望，在绝望中有奋起，又带来一线希望，对朝廷还抱有一丝信心，希望有朝一日能起用像王埜这样的志士来改变现状。

这两首词是在宋蒙决战时期难得一见的比较响亮的声音，虽然有失望，但毕竟还有怒吼。在这之后，我们所能看到的，都是沉痛的哀泣了。

曹豳还有一首比较幽默诙谐的《红窗迥》词：

春闱期近也，望帝乡迢迢，犹在天际。懊恨这一双脚底。一日厮赶上五六十里。　　争气。扶持我去，转得官归，恁时赏你。穿对朝靴，安排你在轿儿里。更选个、宫样鞋，夜间伴你。

《红窗迥》词调，两宋时期是专门用来写幽默诙谐情趣的。宋代的书生每年有两次考试，春试和秋试。秋试又叫乡试，是在州府举行的考试，只有先通过乡试成为举人，才能去参加春季在朝廷举行的礼部考试。许多家境贫寒的年轻举子，没钱骑马或雇车，只得用双脚走路去赶考。我们那个年代，生长在农村的同学，到城里读高中，常常是步行。曹豳也是如此。他是浙江温州人，从温州走到杭州，真是“路漫漫其修远兮”。“春闱期近也，望帝乡迢迢，犹在天际”，考试时间快到了，可是我还在漫长的途中赶路。恨不争气的双脚啊，一天只能走上五六十里路。“争气。扶持我去，转得官归，恁时赏你”，安慰受苦的双脚：等我考上了，做官了，好好赏你。“穿对朝靴，安排你在轿儿里”，做官了就有轿子坐了。宋代的交通工具有三种：人力轿子，一般是当官的人才能坐；马和驴子，马是有钱人骑的，驴子是穷人骑的。唐代王梵志有诗云：“他人骑大马，我独跨驴子。回顾担柴汉，心下较些子。”“更选个、宫样鞋，夜间伴你”，我还要选一双时髦漂亮的宫装新鞋来陪伴你，也就是找位佳人来陪伴。

这是作者在路上的自我安慰，自我开解，自我打气：及第后，可以做大官，可以娶美女。自我幽默，会减轻内心的压力和疲倦。

这类幽默词还有很多。由此我们转到下一个主题，讲幽默词。

第八讲

幽默词

唐人常常是板着面孔写诗，一本正经地赋诗言志；宋人常常是哭丧着脸写词，词中时常充满了泪水。

我曾经在一篇小文章里谈过唐宋元人写诗词曲的区别：唐人常常是板着面孔写诗，一本正经地赋诗言志；宋人常常是哭丧着脸写词，词中时常充满了泪水；元人写散曲常常是面带微笑，时露幽默。不过，宋人也偶尔露过笑脸，写一点幽默词，在北宋中期曾经兴盛一时，形成了所谓“滑稽词派”。王灼《碧鸡漫志》卷二说：

> 熙丰、元祐间，兖州张山人以诙谐独步京师，时出一两解。泽州孔三传者，首创诸宫调古传，士大夫皆能诵之。元祐间，王齐叟彦龄，政和间，曹组元宠，皆能文，每出长短句，脍炙人口。彦龄以滑稽语噪河朔。组潦倒无成，作《红窗迥》及杂曲数百解，闻者绝倒，滑稽无赖之魁也。

除了王灼所说的这一批人之外，苏轼、黄庭坚也写过幽默词。大家如有兴趣，可参看刘永济先生的《唐五代两宋词简析》，里面专门选了一些幽默滑稽词，这是20世纪唯一专题选有幽默滑稽词的词选。前些年，有几篇论文专门研究宋代的幽默滑稽词，可参看华东师范大学出版社出版的《词学》杂志。这《词学》杂志可是有来头的哟，前些年都是由著名作家、中国现代派的代表人物施蛰存先生主编。

幽默滑稽词，兴盛于北宋中后期，到了南宋，辛稼轩将它发扬光大，提高了幽默词的艺术品位，赋予了幽默词比较严肃的内容和深刻的意义，用幽默词来讽刺社会，讽刺现实，抒发自己的人生不得意。

简单介绍了幽默词的发展历程后，我们再来看几首具体作品。先看北宋侯蒙的《临江仙》：

未遇行藏谁肯信，如今方表名踪。无端良匠画形容。当风轻借力，一举入高空。　　才得吹嘘身渐稳，只疑远赴蟾宫。雨余时候夕阳红。几人平地上，看我碧霄中。

幽默，是一种人生的智慧。侯蒙是用幽默的态度来化解人生的尴尬。洪迈的《夷坚志》中记载：侯蒙直到 31 岁时才得乡贡，年长而相貌不佳，屡屡被人讥笑。有轻薄子画其形貌于纸鸢上，侯蒙大笑，书《临江仙》，后至执政。“未遇行藏谁肯信”，我一直不得志，没人相信我的才能。如今有人将我的容貌画在风筝上，“当风轻借力，一举入高空”。《红楼梦》中薛宝钗也写过一首《临江仙》，中有“好风凭借力，送我上青云”之句，是这两句词的最好注解。说不定曹雪芹就读过侯蒙这首词，不知不觉地化用在宝钗的名下。多谢你们啦，送我上青云，去“蟾宫折桂”，考取状元。到那时，你们就高山仰止、踮着脚尖、馋涎欲滴地翘首羡慕我吧！

"雨余时候夕阳红"，写景而又含意丰富，既可理解为词人终于时来运转，守得雨散天晴，云开见日；也可理解为词人年纪老大，终于创造了人生的辉煌，如同夕阳分外灿烂。夕阳无限好，黄昏又何妨？侯蒙把一场人生极端的尴尬和无奈，用一种很智慧的方式，巧妙地予以化解，既表明了自己的理想，同时也很友善地回应了好事之徒对他的嘲弄。他的这种处世方式值得我们借鉴。

再看南宋后期词人周文璞的《浪淘沙·题酒家壁》：

还了酒家钱。便好安眠。大槐宫里着貂蝉。行到江南知是梦，雪压渔船。　　盘礴古梅边。也信前缘。鹅黄雪白又醒然。一事最奇君记取。明日新年。

"还了酒家钱。便好安眠"，这两句包含三层意思：一是他是个酒徒，好喝酒，经常赊酒喝；二是他很穷，没钱喝酒，经常赊账；三是他是个讲诚信的酒徒，有了钱便还酒债，还了债才好安心睡觉。"大槐宫里着貂蝉"，化用唐传奇《南柯太守传》中的故事。他穷了一辈子，在酒醉后酣然入梦，发现自己终于发达了，不仅做了太守，还当上了驸马爷。"行到江南"醒来，才知道是一场美梦，自己原来还睡在渔船上，破船上白雪皑皑，刺得眼睛几乎睁不开。读了这一句，我们才晓得，词人原来是一位流浪汉，是一个很可爱的讲诚信的酒徒。

"盘礴古梅边。也信前缘"，"盘礴"，指盘腿而坐。这有个典故，出自《庄子·田子方》：宋君想找个画画的，结果来了好多人，争着抢着想画，最后来了一位裸体的，盘腿坐着，旁若无人，优哉游哉的，宋君说这才是真正的画家呀。用此典是指一种非常悠闲自得的状态。词人此时在梅树下盘腿而坐，优哉游哉，自我陶醉在这白雪古梅的景致中，相信这是前生注定的吧，我这辈子就是这么个落拓但清雅的命！“鹅黄雪白又醒然”的“鹅黄”是指柳冒嫩芽，是不是春天快到了？“一事最奇君记取”，词人在酒醉醺醺然时还故作神秘状。“明日新年”，故意把最平常的事卖个关子，引起你的期待与猜想，你还以为他要告诉你什么特大新闻呢。这种情形很符合酒徒喝醉了的状态，写得很逼真好玩。这首词，在诙谐幽默中展现了词人的一种自由自在、洒脱超然的人生态度，虽然很穷，但自得其乐，轻松幽默地为自己超脱了一把。

下面来讲卓田的《眼儿媚·题苏小楼》词，虽然算不上很幽默，但是讲述了一种现象，值得思考：

> 丈夫只手把吴钩。能断万人头。如何铁石，打作心肺，却为花柔。　　尝观项籍并刘季，一怒世人愁。只因撞着，虞姬戚氏，豪杰都休。

苏小小是南朝的一位著名歌妓，今天杭州还有苏小小墓。这首词很有味道，留给大家去思考。有人说这首词是瞧不起女人，我看未必，作者只是在思考为什么男人的铁石心肠见到女人就温柔了呢。

再看一首送穷词。古人经常烧纸钱送穷。南宋杨湜的《古今词话》中记载有这种民间习俗，还有一段送穷辞。一位太学士人，在正月晦日扎芭蕉船送穷鬼，并写了这首《临江仙》：

> 莫怪钱神容易致，钱神尽是愚夫。为何此鬼却相于。只因频展义，长是泣穷途。　　韩氏有文曾饯汝，临行慎莫踌躇。青灯双点照平湖。蕉船从此逝，相共送陶朱。

“莫怪钱神容易致，钱神尽是愚夫”，作者骂钱神都是笨蛋，为什么不和自己友好一点呢？“为何此鬼却相于”，“此鬼”指穷鬼，为什么钱神请不来，穷鬼总缠着我呢？就是因为穷鬼总是跟我讲义气，常常来看我，所以我才一直受穷。“韩氏有文曾饯汝，临行慎莫踌躇”，韩氏指韩愈，韩愈曾写过《送穷文》。既然韩文公曾写了文章送穷鬼，你就快快滚蛋吧！千万莫犹豫！“青灯双点照平湖”，民俗送穷鬼时都要用纸扎成小船，点上双灯，把穷鬼送走。“蕉船从此逝，相共送陶朱”，按上下文的词意，应该是说今天把穷鬼送走了，希望明天能把陶朱公范蠡迎来，让我也发点小财，为何词人不是“迎陶朱”而是送陶朱呢？幽默就体现在这里。穷鬼、富神一起都送走了，折腾了半天，自己照样受穷。贫寒的学子，穷得没法，写下这首词，聊以打发寂寞贫寒的时光，颇有几分趣味。杨湜说此词“极有理致”。

还有一位无名氏的词《失调名·咏纸钱谑词》

> 你自平生行短，不公正、欺物瞒心。交年夜、将烧毁，犹自昧神明。若还替得，你可知好里，争奈无凭。　　我虽然无口，肚里清醒。除非阎家大伯，一时间、批判昏沉。休痴呵，临时恐怕，各自要安身。

“你”，是指烧纸钱的人，作者开始是用第二人称的口吻来写的。上阕的大意是：你们这些烧纸钱的人，平时欺行霸市，欺瞒别人，尽做昧良心的缺德事，到了年关夜，良心不安，烧纸钱来求鬼神保佑，却照样烧假钱来欺骗鬼神。如果假钱能代替真钱也就罢了，只怕是代替不了呢。下阕作者拟纸钱的口吻来写，转换为第一人称。大意说：我虽然没有口，不能说话，但心里清楚得很。你烧纸钱又有什么用，难道想阎王判你多活几年？这是不可能的，除非阎王一时糊涂判错了。不过你别痴心妄想了，阎王是不会判错的，你做的坏事，生死簿上都记得清清楚楚，还是好自为之吧！这首词通过咏纸钱来讽刺世态人情和社会现象，讽刺那些做尽坏事的人不仅骗人，还骗鬼神。

下面这首词的品位比较高雅，是刘过的《沁园春·寄稼轩承旨》：

> 斗酒彘肩，风雨渡江，岂不快哉。被香山居士，约林和靖，与东坡老，驾勒吾回。坡谓西湖，正如西

子，浓抹淡妆临镜台。二公者，皆掉头不顾，只管衔杯。　　白云天竺飞来。图画里、峥嵘楼观开。爱东西双涧，纵横水绕，两峰南北，高下云堆。逋曰不然，暗香浮动，争似孤山先探梅。须晴去，访稼轩未晚，且此徘徊。

这首词的创作背景是，辛稼轩在浙江绍兴做安抚使时，派人到临安去请刘过来聚会，刘过没空闲，不能分身前往，于是写下这首词，请出历史上的三位大腕来帮他请假。这三位便是词中的白居易、林逋和苏轼。为什么请他们三人呢？他们都是杭州历史上的名贤，在杭州做官或隐居时写下了不少名篇佳作。杭州之所以出名，与这三位诗坛大腕的广告宣传大有关系，杭州市应该授予这三位前贤以“杰出市民”的荣誉称号。这不，宋代杭州确实有过类似的表彰活动，杭州有一座三贤祠，正是纪念这三位贤人的。

刘过的词是这样写的：稼轩公您要请我，我真是太荣幸了。喝着美酒、啃着蹄膀，冒着风雨，渡过钱塘江去拜访您，是多么爽的事啊！只可惜白居易约着林逋和苏轼把我的车给拦住了，硬是留下了我。东坡说，西湖正如西子，浓抹淡妆临镜台，不妨先在此流连。而白居易一边和林和靖推杯换盏，一边说：上天竺和下天竺，景色如画，飞来峰上更是楼台叠映，值得观赏，更有那“东西双涧，纵横水绕，两峰南北，高下云堆”，有山有水有云，看不够呢。林逋则说，这些都比不上孤山的梅花好看，我们还是先去孤山赏梅，等天气晴朗了再去访辛稼轩，你就先陪我们在此流连几天吧。词中他们三人所说的话都是刘过用他们的诗句剪辑而成的。“白云”是指白居易说。这构思真可谓别出心裁，居然把历史上不同时期的三位名流拉扯到一起，就像关公战秦琼、穆桂英大战樊梨花、安娜·卡列尼娜跟潘金莲较量一样，无理而有趣。据说辛弃疾看了这首词之后拍案叫绝，立即派人给刘过送去了千两白银，作求田问舍之用，而这笔巨款不到一两个月就被刘过挥霍一空了。

其实这首词是模仿辛稼轩的《沁园春·将止酒戒酒杯使勿近》：

杯汝来前，老子今朝，点检形骸。甚长年抱渴，咽如焦釜，于今喜睡，气似奔雷。汝说刘伶，古今达者，醉后何妨死便埋。浑如此，叹汝于知己，真少恩哉。　　更凭歌舞为媒。算合作平居鸩毒猜。况怨无大小，生于所爱，物无美恶，过则为灾。与汝成言，勿留亟退，吾力犹能肆汝杯。杯再拜，道麾之即去，招则须来。

辛弃疾此词采用人杯对话的形式，构思新颖，饶有趣味。

第九讲

都市词

唐宋词不仅展现了丰富多彩的个体人生的心灵世界和情感世界，也描绘出了色彩缤纷的社会图景。

今天，我们转换到另外一种类型，从人生转换到社会。唐宋词不仅展现了丰富多彩的个体人生的心灵世界和情感世界，也描绘出了色彩缤纷的社会图景。社会图景又分两个侧面：都市词和乡村词。

在唐宋词人中，写都市风情词最多的，当首推柳永。北宋时期，柳永的词倍受人们的喜爱，不仅仅是因为它写得通俗，还在于它生动地描绘了当时人们熟悉而又陌生的都市风情——城市里的人熟悉，听了有亲切感；乡村的人听了陌生，产生好奇心。我们这个时代，也有很多吟唱当地风光的歌曲，都给人留下特别的审美感受。你到哈尔滨，听一首《太阳岛》；到东北，下雪的时候，听一首《我爱你，塞北的雪》；到青藏高原，听一首李娜唱的《青藏高原》，都有一种特别的亲切感。我 2004 年到乌鲁木齐，听刀郎唱的《2002 年的第一场雪》，感受与在内地听时完全不一样，因为他唱的那个“八楼”，我就经常在那儿换车。他原来唱的就是这里！特亲切！我想在北宋，柳永在漂泊流浪当中，到了杭州、汴京、苏州、益州（现在的成都），用他的生花妙笔来歌咏当地的风光，再经过当地著名歌手演唱，肯定会有一种特殊的魅力。因此，这些词在当时倍受人们的关注和赞许。比如，北宋中后期的李之仪就说过：“柳耆卿始铺叙展衍，备足无余，形容盛明，千载如逢当日。”另外一位著名人物范蜀公范镇，也说：“仁宗四十二年太平，镇在翰苑十余载，不能出一语歌咏，乃于耆卿词见之。”宋仁宗在位 42 年，号称太平盛世，范镇自称在翰林院十多年，没能写一句诗来赞美太平盛世，却在柳永词里见到太平盛世的繁荣气象。神宗时期有一位状元叫黄裳，曾经给柳永词集写过一篇题跋，题目是《书乐章集后》：

> 予观柳氏乐章喜其能道嘉祐中太平气象如观杜甫诗典雅文华，无所不有是时予方为儿犹想见其风俗欢声和气洋溢道路之间

我这里有意没有标点，是白文，南宋著名的目录学家陈振孙，在《直斋书录解题》中也提到，柳永的词是“承平气象，形容曲尽”。

从这些评语当中，可以看出当时人很关注柳永对都市风情、太平气象的表现。在北宋词人当中，用词来歌咏、赞美当时社会的太平气象，柳永是很突出的一个。

下面讲柳永的名作《望海潮》。关于这首词，有一则广为传播的逸事。南宋罗大经《鹤林玉露》里记载，《望海潮》词传播到金邦，金主完颜亮听到之后，欣然有慕于“三秋桂子，十里荷花”，“遂起投鞭渡江之志”，激发了他要占领南宋的决心。一首词，竟引发了一场战争，这个传说不一定可靠，但也能说明这首词的传播之广、影响之大。同时，这则

传闻有一定的历史真实性，比较符合完颜亮这个人的性格特点。完颜亮非常狂妄，非常残暴，只要是漂亮的女子，不管是姐妹、嫂子，都要霸占，没有一点汉族的伦理道德观念。他曾经说他平生有三大心愿：御天下名马而骑之，得天下美女而妻之，执南宋君臣而鞭之。后来他率兵侵略南宋不久，被部下杀死——这是后话。柳永这首词传播到金朝，引起完颜亮的注意，从而使他侵略的野心更加膨胀，倒也符合完颜亮的个性。完颜亮重新发动战争侵略南宋，是在绍兴三十二年，公元 1162 年。我查过几本史书：熊克的《中兴小纪》、李心传的《建炎以来系年要录》，特别是徐梦莘的《三朝北盟汇编》，翔实记载了南宋初几十年间宋金斗争的全过程。这几本书都记载，绍兴三十一年（1161），完颜亮为了侵略宋朝，做着各方面的准备，派遣礼部尚书施宜生——施宜生原来是北宋人，后来投奔到金朝——作为贺正使到南宋观察情况。每年正月，宋金双方都要派使臣给对方皇帝拜年，叫贺正使。完颜亮找了一些画家，混杂在贺正使队伍中，让他们摹写临安的湖山形势地图。完颜亮根据画工画的杭州地图，另绘为"软壁"。什么叫软壁呢？就是屏风。他每天在座位跟前就可以看到，同时在画里画上自己策马杭州湖山绝顶的画像，表示自己要占领、统治临安的决心，并在上面题诗一首："万里车书已混同，江南岂有大江封。提兵百万西湖上，立马吴山第一峰。"侵略南宋的野心表露无遗。立马杭州湖山之上，与闻柳词而起投鞭渡江之志，都是侵略野心的表现。

再看柳永原词：

> 东南形胜，三吴都会，钱塘自古繁华。烟柳画桥，风帘翠幕，参差十万人家。云树绕堤沙。怒涛卷霜雪，天堑无涯。市列珠玑，户盈罗绮、竞豪奢。　　重湖叠巘清嘉。有三秋桂子，十里荷花。羌管弄晴，菱歌泛夜，嬉嬉钓叟莲娃。千骑拥高牙。乘醉听箫鼓，吟赏烟霞。异日图将好景，归去凤池夸。

在两宋词中，还有一个有趣的现象：大凡名作，往往有本事，本事包含创作过程的故事和传播过程的故事。上面说这首词传到金朝为完颜亮所知，那是传播过程的故事。这首词的创作本事是，柳永不得志，到处漂泊流浪，寻找晋升的途径，希望有人援引提拔他。柳永到杭州以后，想找杭州太守孙何——有人认为这位太守不是孙何，而是孙“沔”，因为“沔”的草书有点像“何”字。这两种说法，我们姑且不管哪个正确——孙何是柳永的老朋友，这个时候当了杭州太守。杭州太守级别很高，相当于现在的浙江省委书记兼浙江军区司令员，是地方要员，党政军一把手。而柳永是一介布衣，孙何不肯接见。柳永没法子，就写了这首词，找来一位歌女，吩咐她说，如果孙何在宴会上请她唱词，别的词不要唱，就唱这首《望海潮》。柳永在歌坛上是大腕，很有号召力的。果然，孙何有次宴会，请了这位歌女去唱，她就反复唱这一首。孙何问这首词是谁写的啊，歌女就如实说是他的老朋友柳三变写的。当时柳永还叫柳三变呢，后来才改名永的。于是孙何把柳三变请来接见，吃了一顿饭，就把他打发走了，也没有怎么提携他。由这个故事看来，这首词是一首干谒词，创作动机是干谒请托，利用词请求对方援引。在唐代，这类诗作很多，也不乏名作。你们能不能想到一首？孟浩然的《望洞庭湖赠张丞相》就是这样的一首诗："八月湖水平，涵虚混太清。气蒸云梦泽，波撼岳阳城。欲济无舟楫，端居耻圣明。坐观垂钓者，徒有羡鱼情。"这首诗是上给张九龄丞相的，希望张九龄能够援引。

我们来看柳永词。开篇说，杭州是东南一带的形胜之地，又是著名的大都会，自古以来，风光优美，热闹繁华，所谓"上有天堂，下有苏杭"。从词的构思上讲，"形胜"和"繁华"是词眼。"形胜"，是自然环境的优美；"繁华"，是经济的繁荣发达。下面就从这两个角度分别写杭州的形胜和繁华。"烟柳画桥"，是写湖边风景，写城市绿化得好。现在我们常说建设绿色城市、园林城市，杭州在宋代就已经达到这种水平了，到处都是画桥，画桥旁边是杨柳依依。"风帘翠幕"，家家户户都悬挂着华丽的窗帘，一派繁荣。"参差十万人家"，市区内，楼阁鳞次栉比。根据王存《元丰九域志》记载，北宋元丰年间，杭州主户有 16.4 万多，客户有 3.8 万多。所以柳永说"十万人家"，一点都不夸张，完全是写实。我进一步查了当时主要州府的户口数：当时东京开封府主户是 18.3 万，洪州南昌 18.7 万，潭州长沙 17.5 万，苏州 15.8 万，越州 15.2 万，成都府 11.9 万，江宁府 11.8 万，福州 11.4 万，北京大名府 10.2 万，西京洛阳 7.8 万，南京应天府 6.5 万，广州 6.4 万，鄂州（现在的武汉）才 5.3 万。可见，16 万多主户的杭州，在当时仅次于汴京开封府、洪州、潭州而名列第四。当然，这些主户，并非单纯指城市居民，也含有辖区的农村居民。从户口的多少，既可以看出一个地区的人口密度，也大致反映出那个地区经济发达的程度。你们要是对宋代的户口有兴趣，也可参看《中国人口史》之类的著作。杭州的楼房非常高，当时杭州就像现在一样，地价很贵，房价也很贵，房子自然向上发展。如果大家有兴趣的话，还可以看一本海外学者写的书，叫《蒙元入侵前夜的中国日常生活》，江苏人民出版社出版。这本书主要写的是南宋杭州人的日常生活，非常有趣。一般的历史书，大都是着眼于政治史、经济史，这本书呢，着重讲当时人的衣食住行、生老病死。当时人穿什么衣服，住什么房子，是住平房还是楼房，房价贵不贵，出行用什么交通工具，是骑驴子还是骑马，是坐车子还是坐轿子，等等，蛮有趣味的。它是对古代人日常生活的还原，书不厚，很好读。

“云树绕堤沙。怒涛卷霜雪，天堑无涯”，写得很有画面感。堤，当时西湖有白堤。那时没有水泥路，堤上为了防滑，就铺上细细的沙子。大堤的两边都是高耸入云的树。要是用 DV 把“云树绕堤沙”还原成具体画面，是一幅很壮观的图景。烟柳、云树，都是写西湖。写杭州之景，就不能不写到钱塘江潮的奇观。钱塘江的观潮从唐代开始就非常有名了。“怒涛卷霜雪”，就是写钱塘江的潮水，后来苏轼的“惊涛拍岸，卷起千堆雪”的“卷”字，用得非常妙，实际上是从这里来的。你要是去过海边，看到海浪，就能体会“卷”字的妙处。用“翻”“滚”等字，都很难体现海潮来时的形状和气势。李白有一首《横江词》，写到类似的壮观场景：“浙江八月何如此，涛似连山喷雪来。”宋初比柳永年长二三十岁的潘阆，也写过一首《酒泉子》：“长忆观潮，满郭人争江上望。来疑沧海尽成空。万面鼓声中。”以后我们还会读到潘阆这首词的。从字面上讲，“怒涛卷霜雪”的“卷”字，也不是柳永的创造，刘禹锡的《浪淘沙》写海潮时就已用到了“卷”字：“八月涛声吼地来，头高数丈触山回。须臾却入海门去，卷起沙堆似雪堆。”“吼”字很生动，也很有气势。苏轼《念奴娇·赤壁怀古》的“惊涛拍岸，卷起千堆雪”，也可以说是吸取了刘诗柳词的意境。比较了这几首诗词后，我们更容易想象“怒涛卷霜雪”这五个字所包含的画面感、动态美和壮阔气势。

“云树”三句是写形胜，“市列珠玑，户盈罗绮、竞豪奢”又分写繁华，可见词人用笔的灵活变化。形胜与繁华，是分开穿插着写。“市列珠玑”，可想见市场繁荣的盛况；“户盈罗绮”，可想见家家产户的富裕奢华。罗绮，一般解释为绫罗绸缎。我的师兄、南京师范大学钟振振教授，曾写过一篇文章，说“罗绮”应代指美女，指妓妾，意思是说家家都有歌妓。这个说法可以成立，我查了相关文献资料，当时确实有用“罗绮”代指姬妾、歌妓的。宋代的妓有三种，第一种是官妓，宋代的那个妓啊，跟后来纯粹从事性服务的那个妓不一样，官妓相当于现在有些招待所的招待员或迎宾小姐，地方官员出行，或者上面来了官员，官妓就陪着地方官一道出城迎接。她们并不从事性服务，只是在官员举行宴会时唱歌侑觞佐欢，并不陪寝的。除了官妓，宋代还有家妓，家庭歌舞演员或演艺人员。宋代没有电视、收音机，没有多媒体，富贵人家想听歌，就让家妓演唱，有时也可以借官妓来表演。还有一种就是私妓，从事性服务的。家家有点绫罗绸缎，算不了什么豪奢；家家有歌女，而且攀比着买最漂亮的色艺俱佳的歌女，那才是“竞豪奢”。

写风景与繁华，有合有分。过片再来重点写西湖。描绘杭州，西湖自然是不能不写的。西湖有里西湖和外西湖之分，所以称“重湖”。“叠巘”，是指远处的山峰，如灵隐山、南高峰、北高峰等。单纯从自然环境来看，咱们武汉的东湖要比西湖更有气势更壮观，但东湖的知名度远远不如西湖，一个重要原因就是缺乏像柳永《望海潮》这类的广告词。柳永这首词是绝妙的广告词，或者说是风光片。在座的同学，如果能写一首好词赞美东湖，将来也可以提高东湖的声誉。有一次，我陪韩国和中国台湾的两位学者，在夕阳西下时分登上东湖的楚天台，他俩同声感叹，东湖的景致这么优美，怎么以前都没听说过。东湖只有自然景观，缺少了人文景观和文化底蕴，所以东湖的声誉不高。杭州西湖，先后有白居易、林逋、苏轼等名流为它宣扬，文化底蕴十分深厚。这一点，东湖确实无法与之相比。杭州西湖之美，不仅在西湖本身，还跟周围的山峰山势相得益彰。西湖是秀美，而它周边的山又不是特别高峻雄伟，妩媚的山峰与秀丽的西湖相互映衬，非常和谐。有水还有山，有山还有水，鲜活灵气与沉稳刚健结合，赏心悦目。“重湖叠巘清嘉”，就像是一个摇动的远镜头，展现西湖山水的秀美。“三秋桂子，十里荷花”呢，则是两个分镜头。桂花和荷花，是杭州有代表性的两种名花，历来倍受文人墨客的赞许。白居易《忆江南》词曾写道：“江南忆，最忆是杭州。山寺月中寻桂子，郡亭枕上看潮头。”桂花是暗香袭人，荷花是鲜艳夺目。这“十里荷花”，如果用镜头来表现，该是多么壮观美丽的画面！难怪让野心勃勃的金主完颜亮起投鞭渡江之意。“三秋桂子，十里荷花”，对于在座的各位来说，读起来，也许没有什么特别新奇的感觉，因为我们武大到处都是桂花，旁边的东湖到处是荷花，随处可见。但在塞北，完颜亮没见过桂花，也没见过荷花，所以对三秋桂子、十里荷花特别羡慕和向往。

写山水，如果有景无人，会缺少生机与活力，少一点热闹的气氛。王维的《终南山》在描绘了“白云回望合，青霭入看无。分野小峰变，阴晴众壑殊”后，就转写人物：“欲投人处宿，隔水问樵夫。”在崇山峻岭中，诗人游玩了一天，想找个住处，突然听到山涧对面有砍柴的声音，心中暗喜，于是高喊：“喂，老乡，附近有人家吗？”问答之声在山间回响，寂静的境界顿时增添了声响效果。欧阳修的《醉翁亭记》里写了山间四时朝暮之景后，也写“滁人游”的热闹。柳永这里也是，写了湖光山色之后，接着写“羌管弄晴，菱歌泛夜，嬉嬉钓叟莲娃”，正面是写游客观景赏景，侧面是写杭州的繁华。这里的人很富有，好休闲，才可以“放长假”，纷纷外出旅游，倾城而动。“嬉嬉钓叟莲娃”，姑娘、小孩在这里采莲蓬，老头在这里钓鱼，老少皆有所乐，就像欧阳修《醉翁亭记》里“伛偻提携”，写老少咸乐一样。“提携”，抱小孩的夫妇，“伛偻”，驼着背的老头，都到山上来玩，借此展现滁州的一派太平景象。欧阳修的言下之意是，俺欧阳修有本事，物质文明与精神文明两手抓，把滁州治理得经济繁荣，所以现在的滁州人民都非常闲暇，日子过得很滋润，都陪我太守一起来游醉翁亭。柳永这两句实际上是赞美孙何，言外之意是，你孙何有政绩，到杭州不久，就带领杭州人民走上了富裕的道路。

“千骑拥高牙”的“千骑”，代指太守。汉乐府《陌上桑》里的秦罗敷说她的老公是“东方千余骑，夫婿居上头”，“为人洁白皙，鬑鬑颇有须。盈盈公府步，冉冉府中趋”，我老公是太守，人又长得帅气，风度翩翩，你算老几啊！癞蛤蟆还想吃天鹅肉！哼！真是的，也不拿镜子照照自己是什么德性！柳永的“千骑拥高牙”，是说孙何政务之余也出来游玩观景，与民同乐。“高牙”，是指仪仗队，前呼后拥的。偶尔兴致来了，喝两三杯小酒，微醺之后，听听歌舞，看看风景。最后是恭贺的话：“异日图将好景，归去凤池夸。”凤池是中书省，宰相办公的地方。这句是说，孙哥啊，您今天在杭州当太守，过不了多久，就会到朝廷去当宰相的。到那时，您就把杭州的美景啊，画张画，挂在办公室里，好向您的同僚们夸耀。表面上是祝愿孙何高升，言下之意是：您高升了，可别忘了拉兄弟一把啊！最后这两句，也可以理解为，等您到朝廷述职的时候，带上这画，可以向上司夸耀，向皇上表功呀。凤池代指朝廷。

这首词像是一部风光片，从自然形胜和经济繁荣两个角度，展现了杭州西湖的湖光山色和钱塘江潮的壮观图景，同时描绘了市场的繁荣、家庭经济的富裕、老百姓的游乐场面以及官员吟赏的自得其乐。景兼山水四季，人及老幼官民，真是盛事尽矣！想想看，这首词，经当时杭州的歌星一演唱，杭州人该是多么陶醉！

如果说，《望海潮》是表现杭州一年四季的风光片，那么，柳永另一首《木兰花慢》，就是清明时节汴京游乐盛况的纪录片：

> 拆桐花烂漫，乍疏雨、洗清明。正艳杏烧林，缃桃绣野，芳景如屏。倾城。尽寻胜去，骤雕鞍绀幰出郊坰，风暖繁弦脆管，万家竞奏新声。　盈盈。斗草踏青。人艳冶、递逢迎。向路傍往往，遗簪堕珥，珠翠纵横。欢情。对佳丽地，信金罍罄竭玉山倾。拚却明朝永日，画堂一枕春酲。

桐花，是油桐树开的花，一般是清明前后开，花是紫白色的，有点像樱花，先开花后长叶子。不过，油桐树的树干很高，像梧桐树，而樱花的树一般比较矮。油桐花开，标志着清明节临近。油桐树的花是白色的，盛开时花团锦簇，像雪球，非常漂亮。“拆”字，形容油桐花的盛开，用得很新奇，仿佛展现出由蓓蕾到桐花逐渐开花的过程。“洗清明”的“清明”，指时令节气，但我们又可以把它理解成或联想为形容词，写春雨过后，树叶桐花，一派清新明亮的景致。

这首词一开始写花开，构思跟前面的《望海潮》不一样。《望海潮》是先交代杭州的自然环境和地域方位，这首词呢，像是特写镜头，更富有画面感。如果让我们来拍 DV 的话，一开始展现在眼前的是一排排、一树树紫白色的绚烂的油桐花，再配上疏雨滴答的声响和音乐，还有画外音呢，说时令刚到清明。但词人不说是“正清明”或“近清明”，却说是“洗清明”，诗意更浓郁深厚。春雨滋润着桐花，也滋润着清明时节的其他草木。杜牧的“清明时节雨纷纷，路上行人欲断魂”，饱含着漂泊的感伤，而这首词呈现的是一种欢乐的气氛。

请大家注意“烧”和“绣”两个字，这是炼字炼出来的啊。这两个字，非常抢眼。红色的杏花开放，像火焰在燃烧。宋祁的“红杏枝头春意闹”的“闹”字，用法与此相似，倍受赞美，宋祁也因此而获得“红杏枝头春意闹尚书”的雅号。清代刘体仁《七颂堂词绎》说这个“闹”字“卓绝千古”。王国维《人间词话》说“着一‘闹’字而境界全出”。也有人认为这“闹”字用得不好，李渔的《窥词管见》就说：

> 琢句炼字，虽贵新奇，亦须新而妥，奇而确。妥与确，总不越一理字，欲望句之惊人，先求理之服众。时

贤勿论，吾论古人。古人多工于此技，有最服予心者，“云破月来花弄影”郎中是也。有蜚声千载上下，而不能服强项之笠翁者，“红杏枝头春意闹”尚书是也。“云破月来”句，词极尖新，而实为理之所有。若红杏之在枝头，忽然加一“闹”字，此语殊难著解。争斗有声之谓闹，桃李争春则有之，红杏闹春，予实未之见也。闹字可用，则吵字、斗字、打字，皆可用矣。宋子京当日以此噪名，人不呼其姓氏，意以此作尚书美号，岂由尚书二字起见耶？予谓闹字极粗极俗，且听不入耳，非但不可加于此句，并不当见之诗词。近日词中，争尚此字者，子京一人之流毒也。

李渔的话也有点过分，只是一家之言。无论是褒是贬，都说明宋祁这个“闹”引人注目。与其说宋祁是因为这句词而出名，不如说他是因为这个“闹”字而闹出了名。而在我看来，柳永这个“烧”字，比“闹”更富有形象感，“烧”字把静态的杏花写得非常富有动感和气势，传神地表现出杏花的热烈与鲜艳。只是“艳杏烧林”没人炒作，我今天帮它炒一炒，只是人微言轻，炒不那么红火。“缃桃绣野”，也是别出心裁，不说桃花在原野上盛开，却说“绣野”，说桃花仙子有意把原野绣制得艳丽夺目。“芳景如屏”，眼前一看，好像是在屏风里在画面里。“芳景如屏”，其实就是“风景如画”，因为押韵，不能用仄声“画”字，所以改用“屏”字。诗中有画，词中也有画。唐宋时代没有电影和电视，不然，苏轼就会说王维“诗中有电影”了。柳词同样有电影式的画面感。

“倾城”，不是指倾国倾城之貌，而是东坡“为报倾城随太守”的那个“倾城”。全城老百姓，都倾巢而出，踏春寻芳。清明时节，人们纷纷去上坟祭祖，也借此机会去赏春。现在我们还保留有这种风俗，每年清明，武汉人都要到九峰山上去上坟，也是倾城出动，人潮如织，车子根本走不动。“骤雕鞍绀幰出郊坰”，“雕鞍”指马，“绀幰”指浅红色车幔。各种华车大马，纷纷朝郊外涌去。我们来看《东京梦华录》的一段记载，完全可以跟柳永的词相互印证，甚至有的用字都是一样的：

> 凡新坟皆用此日拜扫，都城人出郊。……莫非金装绀幰，锦额珠帘，绣扇双遮，纱笼前导。士庶阗塞诸门。……四野如市，往往就芳树之下，或园囿之间，罗列杯盘，互相劝酬。都城之歌儿舞女，遍满园亭。抵暮而归。

此日，即清明时节。官员和老百姓阗街塞巷，争相出郊，全城出动，万人空巷。到了郊外，摆上酒菜，三五成群在树下饮酒作乐，到黄昏的时候才回来。那些歌儿舞女们，也趁此机会，现场表演，赚点小费。对照《东京梦华录》的记载，可以看出柳永词的描写，是多么真实。这种纪实性描写，跟晚唐五代的词大不一样。温庭筠的词和整个花间词，抒情写景，基本上都是虚拟化的，不是实有其情、实有其景。而柳永的都市风情词，完全可以说是风光纪录片。他不仅是时代的歌手，还是当时都市风光纪录片的导演和摄影师。

上片通过自然景观、车马如潮、乐声震天，烘托繁荣热闹的气氛。下面就抓一些特写镜头来集中表现。“盈盈”，可理解为人的体态轻盈，也可理解成人多，美女如云。“斗草”是女孩子们玩的游戏。晏殊《破阵子》词也描写过斗草：

> 燕子来时新社，梨花落后清明。池上碧苔三四点，叶底黄鹂一两声。日长飞絮轻。　　巧笑东邻女伴，采桑径里逢迎。疑怪昨宵春梦好，元是今朝斗草赢。笑从双脸生。

《红楼梦》第二十六回里也写到斗草，你们可以去看看。“人艳冶”，人人浓妆艳抹，打扮得花枝招展。“递逢迎”，人们摩肩接踵，过了一拨又来一批，相识的人，相互打着招呼。“向路傍往往，遗簪堕珥，珠翠纵横”，因为人多拥挤，女子头上、身上的装饰都被挤落在路上。这也是从侧面写出人们的狂欢场景，挤落了身上的装饰都没察觉。也是有趣啊，上坟祭祖，本来是很严肃静穆的事，那场面应该庄严肃穆才是，却变成了狂欢节。家家户户，男女老少，个个喝得醉醺醺的，饮酒时彼此劝着说，没关系，今天一醉方休，大不了，明天睡它一天。我们现在是“五·一”“十·一”放长假，宋代清明节也是放长假，官员都不用上朝的。所以说，今天喝醉了，也不用担心，明天可以在画堂上尽情地睡上一觉。

全词充满了欢乐祥和、热烈奔放的气氛。宋词里多半是以忧患为情感基调的，经常表现悲伤和忧郁。柳永这首词，却看不到一丝的伤感，柳永本人，也被这热烈的气氛感染得激动不已。

再看看和柳永同时的贾昌朝的《木兰花令》。这首小令也是写都城，因为篇幅相对短小，不可能尽情地铺陈描写，因而表现得比较含蓄：

> 都城水绿嬉游处。仙棹往来人笑语。红随远浪泛桃花，雪散平堤飞柳絮。　　东君欲共春归去。一阵狂风和骤雨。碧油红旆锦障泥，斜日画桥芳草路。

后面两句也是写游乐的场面，但是他没有写人，而是通过写车马锦旆来表现。这首词虽然不太著名，但有两句还是值得我们关注的，从中可以体会写诗词的时候怎样把普通的景色表现得具有陌生化的效果。作者是在句法上翻新。你看，"红随远浪泛桃花，雪散平堤飞柳絮"，句式一变，景物的色彩就被突出强化了出来。他这一招是从老杜那里学来的，南宋范晞文《对床夜语》卷三说过："老杜多欲以颜色字置第一字，却引实字来，如'红入桃花嫩，青归柳叶新'是也，不如此，则语既弱而气亦馁。"老杜确实经常用这种句法，比如“青惜峰峦过，黄知橘柚来”，“碧知湖外草，红见海东云”。“绿垂风折笋，红绽雨肥梅”，等等。贾昌朝这里也使用了这一绝招。如果咱们换一种句式，说“水里远浪泛桃花，平堤柳絮如飞雪”，味道就差多了。波浪中漂浮着桃花，平堤上飞扬着柳絮，意思虽然差不多，但平铺直叙，只交代了一种事实，不能给人留下鲜明深刻的印象。而词人通过句法的变异，写成“红随远浪泛桃花”，就有一种陌生化的效果。读后你会追问，“红”怎么会“泛”呢？再一思索，啊，词人是为了突出红色的桃花在水里漂浮。初见“雪散”，你会感到惊讶新奇，明明是“都城水绿嬉游处”，怎么会有雪呢？又是一种陌生化的效果。继续读下去才知道，平堤上飘扬的不是真正的雪，而是柳絮如雪花在飞。用柳絮来形容雪，原是个著名的典故。《晋书》记载，有次下雪，谢安问子侄们：这雪像什么？一位侄儿说：“散盐空中差可拟。”侄女谢道韫说：“未若柳絮因风起。”谢安大悦。贾昌朝倒过来，将雪比拟柳絮。一个平常的比喻，通过新鲜的句法，就突出了桃花的红和柳絮的白。平常之景，可以表现得不平常。贾昌朝一辈子只写过这一首词，宋末词人黄昇对它很欣赏，他在《唐宋诸贤绝妙词选》中评论说：“贾昌朝平生唯赋此一词，极有风味。”《唐宋诸贤绝妙词选》和《中兴以来绝妙词选》，合称《花庵词选》，黄昇号花庵，故名，这是宋代很有名的一部词选。

下面我们再看仲殊的一首《望江南》：

成都好，蚕市趁遨游。夜放笙歌喧紫陌，春邀灯火上红楼。车马溢瀛洲。　人散后，茧馆喜绸缪。柳叶已饶烟黛细，桑条何似玉纤柔。立马看风流。

《望江南》词调，一般是单调，也就是一段或一片。这首词有两阕，叫“双叠望江南”，又叫“双调望江南”。白居易那首著名的《望江南》(江南好，风景旧曾谙)是单调。唐五代时期，这《望江南》大多是单调，北宋以后呢，经常写成双调，上下两叠。

仲殊是一个僧人，俗姓张，名挥，是我们湖北安陆人。安陆是什么地方？安陆是李白出川后住过十年的地方。说起来，仲殊和李白还是半个老乡呢。李白是安陆的女婿、安陆人的姑爷，他的第一位夫人就是安陆的姑娘。从大处说，李白也是我们湖北人的姑爷。诗仙的光荣，也有我们湖北人一份呢！这个仲殊啊，也曾经参加过乡试，没考上。传说他很风流，老是在外拈花惹草的，屡教不改，他的妻子忍无可忍，就在汤中下了毒，差点把他毒死。仲殊一气之下，不要老婆，就出家了。后来他天天吃蜂蜜来解毒，所以苏轼就称他为“蜜殊”。他有一首《南歌子》，我比较喜欢，是这么写的：“十里青山远，潮平路带沙。数声啼鸟怨年华。又是凄凉时候、在天涯。白露收残月，清风散晓霞。绿杨堤畔问荷花。记得年时沽酒、那人家。”“白露”两句最美。凌晨时分，残月随着清露凝结而慢慢地消失，晓霞随着清风的吹来也慢慢散去，天上与地下之景结合，动态与静态结合。这仲殊，像鲁智深一样，不戒酒的。来到绿杨堤畔，想喝酒了，就问荷花：酒店在哪儿？他不是问人呢，不是向牧童“借问酒家何处有”，他问的是荷花。这就有象征意义，别有韵味。“记得年时沽酒、那人家”，当年就在荷花池边上，有户人家，我在那喝过酒的，说不定还有位可人儿陪过他呢。这两句好像后来辛稼轩写的“旧时茅店社林边，路转溪桥忽见”。我们可以看出，仲殊这位出家人啊，尘心未泯呢。

我们回到《望江南》词上来。词写成都的风俗民情。成都好，好在哪呢？他印象最深的是蚕市。关于成都的蚕市交易，我查过史书，五代西蜀时，蚕市就已经很流行了，到宋代仍然如此。成都又叫锦城，而丝帛的原料主要是蚕丝，光看锦城这名称，就知道这地方养蚕之风很盛。李白《蜀道难》曾说：“蚕丛及鱼凫，开国何茫然。”可见成都很早就开始养蚕了。当时每年二月十五、十六日这两天，养蚕的人都到集市买养蚕的用具。开始时是蚕市交易，慢慢地演变成了一个狂欢的节日。先看佚名《五国故事》卷上的记载：“蜀中每春三月为蚕市，至时货易毕集，阛阓填委，蜀人称其繁盛。”这里说蚕市是在三月。而北宋苏辙《蚕市诗序》说：“眉人以二月望日鬻蚕器，成为蚕市焉。”南宋祝穆的《方舆胜览》也说是在二月：“成都，蚕虫之国，其民重蚕事，故一岁之中二月望日，鬻花木蚕器于某所者，号蚕市。”东坡有《和子由蚕市》诗说：“蜀人衣食常苦艰，蜀人游乐不知还。千人耕种万人食，一年辛苦一春闲。闲时尚以蚕为市，共忘辛苦逐欣欢。去年霜降斫秋荻，今年箔积如连山。破瓢为轮土为釜，争买不翅金与纨。忆昔与子皆童卯，年年废书走市观。市人争夸斗巧智，野人喑哑遭欺谩。诗来使我感旧事，不悲去国悲流年。”可见，宋代不止成都，眉州的蚕市也很兴盛。

那蚕市到底是怎样的一种情形？是怎样的欢乐场面呢？史书记载并不详细，但我们可以从仲殊这首词里了解个大概。仲殊是外地人，到了成都以后，见到蚕市十分热闹，倍感新奇，于是潇洒走一回，逛去玩乐一把。“夜放笙歌喧紫陌，春邀灯火上红楼”，这句法和刚才贾昌朝词的句法有一点接近。本来是夜里紫陌笙歌喧闹，春天红楼上灯火通明，如果这样说，味道又差了。用“放”与“邀”，就把客观的景象变成一种主动，逐渐呈现，把一种状态描写成了一个过程。“夜”与“春”，是互文见义。春天的晚上，蚕市里到处都是灯火辉煌，笙歌不断，大街小巷里回荡着迷人的乐曲，让人流连忘返。所以东坡的诗说“蜀人游乐不知还”。一年辛苦到头，总算有一天能潇洒轻松一回。

“柳叶已饶烟黛细，桑条何似玉纤柔”，这两句怎么理解？写景又写人，构思很新奇，有点像晏几道的“舞低杨柳楼心月，歌尽桃花扇底风”。好像是写柳叶，又好像是写人，说是比喻也可以。“烟黛细”写什么？女子的眉毛，比柳叶稍微细长一点。这句主要是形容柳叶的形态和色泽。倒过来理解，又是写人，人比柳叶更美更嫩。桑叶已经够柔软鲜嫩了，可还是不如美女的纤手那样柔嫩。这两句很巧妙地把景和人有机地结合起来写，亦人亦景，亦景亦人，是风景画，又是人物画，构思很有特点。这两句，以前不太受人注意，我今天把它挖出来，没准哪一天，会成为经典名句的。结句“立马看风流”，也很有味道。我们仿佛看到，在杨柳依依、柔桑摇曳、美女如云的蚕市里，一位骑着马的游客，欣赏着眼前的一切。他在艳羡，在赞叹：天下竟有这般的景致，这般热闹的场所。全词上片热闹，下片宁静，上片是长镜头，下片是特写镜头，形象地展现出成都蚕市白天和夜里不同的场景。

下面再欣赏李邴的《女冠子·上元》词：

帝城三五。灯光花市盈路。天街游处。此时方信，凤阙都民，奢华豪富。纱笼才过处。喝道转身，一壁小来且住。见许多、才子艳质，携手并肩低语。　东来西往谁家女。买玉梅争戴，缓步香风度。北观南顾。见画烛影里，神仙无数。引人魂似醉，不如趁早，步月归去。这一双情眼，怎生禁得，许多胡觑。

词用纪实的手法，表现元宵节北宋都城汴京的游乐盛况。细节的描写，特别生动，像电影一样，一连串的镜头展现出元宵之夜京城的狂欢场景。作者可能是初到京城，见了这场面气派，才发现凤阙都民是如此奢华豪富。“见许多、才子艳质，携手并肩低语”，才子佳人，携手并肩，卿卿我我，哎哟，他心里的那个羡慕啊，简直是垂涎欲滴！特别是结尾的“这一双情眼，怎生禁得，许多胡觑”，让人忍俊不禁！本来就才子多情，街上那些“神仙”靓妹又不断给他放电，勾魂摄魄，把他撩拨刺激得筋酥骨软，受不了啦，赶快走开吧！

上面几首词写都市风情，都是总写，全景式的展现。也有从一个特殊视角来表现的，如南宋俞国宝的《风入松》。这首词在当时非常有名，曾荣幸地得到太上皇宋高宗的欣赏。俞国宝当时是太学生，宋高宗在一家酒肆的墙壁上看到这首词后，当天就破格提拔，让他释褐做了官。原词是：

一春长费买花钱。日日醉湖边。玉骢惯识西湖路，骄嘶过、沽酒垆前。红杏香中箫鼓，绿杨影里秋千。　暖风十里丽人天。花压鬓云偏。画船载取春归去，余情寄、湖水湖烟。明日重扶残醉，来寻陌上花钿。

这首词通过自己的游赏经历，表现了杭州市民玩乐休闲的情形。一个太学生，天天醉倒在西湖边，连他的马儿都熟悉了湖边的道路，不用扬鞭，它就径直来到湖边楼外楼酒家。南宋的杭州，号称“销金锅儿”。元人宋无《西湖》诗说：“故都日日望回銮，锦绣湖山醉里看。恋着销金锅子暖，龙沙忘了两宫寒。”林升的《题临安邸》大家就更熟悉了：“山外青山楼外楼，西湖歌舞几时休。暖风熏得游人醉，直把杭州作汴州。”清人赵庆熺也有诗说：“销金锅，金销知几多？山河一寸金一寸，金瓯撞缺将奈何？荷花香，桂子香；东家桨，西家航；大船银酒缸，小船红绣窗，黄金日费如斗量。金销复可铸，锅破尚可补，江山虽新不如故。吁嗟乎！销金销金浪得名，如何不销金人兵！”写得蛮有意思的。连太学生都“长费买花钱”，在杭州这销金锅里烧钱，可以想象，那些有钱的主儿，又该是怎样的游乐潇洒！怎样大把大把得烧钱挥霍！词的结句“明日重扶残醉”，是宋高宗改的，俞国宝原来写的是“明日重携残酒”，宋高宗觉得这三个字啊，太寒酸，于是改成“明日重扶残醉”。改了两个字，意思就不一样哦。“扶残醉”，是人喝醉了，酒还喝不完，表明他口袋里银子依旧饱满。说“重携残酒”，那就意味着口袋里没钱沽酒啦，酒瓶里还剩下一点点，留待明天再来对景当歌，不免露出寒酸相。皇城根下的子民百姓，个个富得流油，他太上皇才高兴啊，怎么能让太学生连喝酒的钱都没有？那岂不是影响到咱都城的繁荣景象，给皇城抹黑？不可以的。御笔一改，词意就变了。怎奈寒酸的太学生原本只有“携残酒”的资本呢？好在太上皇好人做到底，破格提拔他做了官。从此，俞国宝也就有资本“重扶残醉”了。能得到宋高宗御笔改定，多让人羡慕啊！当时的“媒体”一炒作，这首词也就名扬天下了。

从艺术上说，我最欣赏“红杏香中箫鼓，绿杨影里秋千”两句。不晓得宋高宗是不是也喜欢？你们看，“红杏香中箫鼓”六个字，把视觉、嗅觉和听觉形象打成一片。遍地杏花，鲜红一片，四处弥漫着清香，杏林中，箫鼓齐鸣，有人在那儿轻歌曼舞。这么丰富的场景画面，如果用 DV 来表现，要切换好几个镜头才能表现得完整，可词人只用六个字就搞定了，厉害吧？就画面而言，“红杏”句是静态的，而“绿杨影里秋千”呢，则是动态的画面。“绿杨影里”，游人悠闲地荡着秋千，也许荡秋千的是少女，有的穿红，有的着黄，与绿杨相映，色彩多丰富呀，画面感多强烈啊！我们还可以进一步想象，少女们一边荡秋千，一边嘻嘻哈哈地谈笑，正是欢声笑语，才引起了在湖边游玩的词人的注意。这两句，与王维的“竹喧归浣女，莲动下渔舟”有异曲同工之妙。

第十讲

乡村词

《花间集》里的词，本来都是虚拟的情感世界和生活世界，但依托的背景却多是富丽堂皇的都市化生活，只有李珣和孙光宪的词有的是以乡村为背景。

唐宋词是在都市化的背景里产生的，主要是满足士大夫的审美趣味和都市市民娱乐文化的需求，所以唐宋词大多是表现都市化、富贵化的生活场景，农村风光、田园生活比较罕见。《花间集》里的词，本来都是虚拟的情感世界和生活世界，但依托的背景却多是富丽堂皇的都市化生活，只有李珣和孙光宪的词有的是以乡村为背景。李珣有一组《南乡子》词，描写的是岭南的热带风光。李珣是波斯裔，生长在西蜀，不知因为什么机缘，他旅行到岭南，用他随身携带的"DV"摄下了一组岭南风光和乡村生活图景。看惯了城市里的花花世界、秦楼楚馆里的灯红酒绿，再看这几首作品中带有乡土气息的岭南风光，觉得十分新鲜。就像前些年的歌坛，听惯了都市化的歌曲，突然听到"村里有个姑娘叫小芳"和"妹妹坐船头"之类的歌，有种特别的新鲜感。且看李珣是怎样写的：

乘彩舫，过莲塘。棹歌惊起睡鸳鸯。游女带香偎伴笑。争窈窕。竞折团荷遮晚照。

词写一群采莲女乘舟游莲塘的欢乐情景，细节的描写很生动传神，特别是"游女带香偎伴笑"和"竞折团荷遮晚照"

二句，人物动作神态活灵活现，富有生活气息。“棹歌惊起睡鸳鸯”呢，写这群女孩一边划着小船，一边唱歌，歌声惊起了水草中沉睡的鸳鸯。“睡鸳鸯”，可以作两种理解，一种是实写，一种是虚写。实写是把水中的鸳鸯给惊醒、惊飞起来了，这是一个动态的镜头。虚写呢，是写一对相互依偎着谈情说爱的青年男女，被歌声惊起来了。这当然是按照我们现代人去理解啊，古人是不是这样，很难讲。所谓“作者未必然，读者何必不然”。接受美学理论，强调的就是读者在阅读过程中应有自己创造性的解读和诠释。如果拍 DV，可以把这虚实两种理解叠映成一个蒙太奇镜头，一边是鸳鸯惊飞，一边是芦苇或草丛中一对男女惊起。这样构图，是不是也挺有趣味啊？

魏晋以来的乐府诗里，有很多《采莲曲》，描写的情形与这首词有些相近。过去认为这些《采莲曲》都是表现劳动人民采莲的劳动场面和现实生活的。中国人民大学国学院的诸葛忆兵教授，一位实力派的学者，跟我是同年出生的好朋友，最近在《文学遗产》上发表了一篇题为《“采莲”考》的论文。他经过考证，认为从魏晋到唐代，《采莲曲》基本上是描绘舞台表演的采莲，而不是现实中的采莲活动。《采莲曲》里写到的女子，过去都把她们当作是劳动妇女，实际上都是歌妓装扮的演员。他的说法，有依据，有道理，可备一说。但是，就李珣这首《南乡子》而言，写的应该是现实生活，因为它是一组词，整个这组词，都是写乡村生活。所以，这首词，不应是舞台表演，而应该是现实生活的写照。

读这首词，我们可以联想到李清照的《如梦令》："常记溪亭日暮。沉醉不知归路。兴尽晚回舟，误入藕花深处。争渡。争渡。惊起一滩鸥鹭。"意境有点相似。

李珣的另一首《南乡子》是：

相见处，晚晴天。刺桐花下越台前。暗里回眸深属意。遗双翠。骑象背人先过水。

这骑象的镜头，在唐宋词里很新鲜。它绝不是中原所有的情景，而是岭南热带地区特有的景观。越王台在广州，可见这里写的是广州一带的情景。这个"遗"，应该读 wèi，同"遗我双鲤鱼"的"遗"，赠送的意思，不读 yí，不是遗失的"遗"。词写一对男女青年，在晴天的黄昏时分，来到刺桐花下的越台前约会。"暗里回眸深属意"，是说游人很多啊，情侣间心有灵犀，虽然隔着人群，但还是眉目传情，相互放电。男子悄悄地送给他"深属意"的女伴一种定情物——一双翠羽。女子呢，"骑象背人先过水"，假装不认识先走了，也许在河那边等着他呢。这个"骑象背人先过水"的特写镜头，不仅仅是在花间词里头，即使是在唐宋词里头，也是非常罕见的，因此能给人留下非常深刻的印象。假如我们要到南方去采风，去照相的话，肯定会捕捉这个有趣味的镜头。尤其是在《花间集》这个到处都是绣幌绮筵的艺术世界里，活跃的都是佳人公子，我们突然看到一个骑着大象的乡村女子，该是多么新鲜有趣。

李珣另外的一首《南乡子》还写到了孔雀：

双髻坠，小眉弯。笑随女伴下春山。玉纤遥指花深处。争回顾。孔雀双双迎日舞。

像这样当时乡村特有的镜头，孔雀双舞的场景，在唐宋词里也是很新鲜罕见的。

与李珣同时的，还有一位孙光宪，他虽然只写过一首乡村词《风流子》，但也值得关注：

茅舍槿篱溪曲。鸡犬自南自北。菰叶长，水葓开，门外春波涨渌。听织。声促。轧轧鸣梭穿屋。

在《花间集》里，我们看多看惯了绮筵公子、绣幌佳人的生活情态，突然看到这样充满乡土气息的农村生活场景，会有一种别样的新鲜感。"茅舍槿篱溪曲"，首先呈现在画面上的，是一条弯弯的小溪，溪水边有一栋茅草房子，房子周边用槿树栽成篱笆。透过篱笆望去，"鸡犬自南自北"。这一句，写的是视觉形象，但是，我们应该感觉到有声响。不仅是看到了鸡群从南到北地觅食，看到了犬儿在转悠——请注意，这是动态的场景啊，不是静态的——而且听到了鸡叫和犬吠，陶渊明诗不是说"狗吠深巷中，鸡鸣桑树巅"吗？溪边还有茂盛的菰叶。菰是什么呢，就是我们常吃的那个茭白。茭白的禾秆很长的。水藻，也是一种水草，它的干茎，可以长到两三米高，叶子非常宽大。这是南方特有的两种水生植物。作者有意选取这两种植物，来突显当地风物的特点。以上的景物描写，不止写出了动态、声响，还有色彩。槿树开的花是粉红色的，而菰叶呢，是绿色的，至于鸡犬的毛色，我们也可以想象得出。虽然词中没有出现带有色彩的字眼，但景物本身，已包含了斑斓的色彩。

“门外春波涨渌”，又是流动之景。平淡的语言中其实蕴含着丰富的画面感、色彩感和动态感，如果我们根据这首词的意境来拍 DV 的话，是非常有特色的。前面几句展现的是农家的场景，下面则写农家的生活。“听织。声促”，通过听觉，写妇女在家里头织布，织布的声响很急促，表明织布的人很用力，她正在赶着干活呢！“轧轧鸣梭穿屋”，织布的梭子快速地被抛来抛去，声音从屋内传到屋外。小的时候，我家也有这种比较原始的织布机。我读到这几句词，就会想起童年时期我奶奶和我妈妈织布的情景。这种织布机，现在城市里已经看不到了。大家注意啊，前面是写看到的，为什么后三句写听到的，而不直接描绘农妇织布的具体情景呢？对啦，因为作者没进屋内嘛，他是站在屋子附近看和听的。屋外的场景是他所见，屋内的织布声是他所闻。这样描写，不仅用笔富有变化，更主要的是很真实。如果我们拍 DV，就可以先表现织布的声响，然后将镜头切换到屋内，去正面拍摄农妇织布的动作和场景。

这首词，是五代时南方农村生活的一个剪影、一个侧面，虽然没有用温庭筠词中的那种金碧辉煌的字眼，但平平淡淡的描写中却富有诗情画意。这种情景，在当下的南方，还偶尔可见呢！

乡村田园风光，在宋初几十年的词里头，很难见到。一直到了北宋中期，苏轼才为我们创作过几幅农村生活的素描。他在黄州的时候，写过一首《鹧鸪天》：

> 林断山明竹隐墙。乱蝉衰草小池塘。翻空白鸟时时见。照水红蕖细细香。　　村舍外，古城旁。杖藜徐步转斜阳。殷勤昨夜三更雨，又得浮生一日凉。

这里写的是夏秋之交的乡村生活。苏轼被贬到黄州以后，心情很郁闷，有一次他一个人到城外去散心，写下了这首词。“林断山明竹隐墙”，这一句让我们联想到孟浩然的《过故人庄》：“绿树村边合，青山郭外斜。”为什么说是“林断山明竹隐墙”呢？这句的意象比较密集，主导的意象应该是什么呢？是一栋房子。“竹隐墙”，墙内有几丛翠竹，露出几枝竹梢竹叶。远处有朦胧的树林，高耸的山峰。为什么叫“林断”呢，“断”是被掩映遮蔽的意思，视线被遮，山腰和山脚下的树林，看上去不是连成一片，而是时断时续。但远处的山峰还是看得很清楚，所以用一个“明”字。这一句就构成了一幅远近结合、浓淡相间的画面。

“乱蝉衰草小池塘”，墙边有个小池塘，“池塘生春草”啊，不过这是夏末秋初，池塘的野草已经快干枯了，池边上有柳树林，林中的蝉在嘶鸣，“知了”“知了”地叫。这景致也非常生动。开头两句捕捉的是静态的景物，但静中有声响。“蝉噪林愈静，鸟鸣山更幽”，乱蝉的嘶鸣，更显出环境的宁静。下面的“翻空白鸟时时见”的“见”，读 xiàn。这句是写动态之景。“翻空白鸟”，就是白鸟翻空，时不时地有几只白鸟划过空中，飞舞翱翔。“照水红蕖细细香”的“蕖”，是荷花的别名。池塘里有荷花，荷花散发出阵阵幽香。这不仅写出了视觉形象，还写出了嗅觉感受，让你如同亲历其境，看得见，听得到，闻得着。白鸟、红蕖、绿树，色彩丰富，笔法又富于变化。我们在写诗、写词的时候，可以从中体会用笔的变化。写了远景，就要写近景，近景中还要有变化。写了空中，然后再写水面或地面，也可以将空中水面结合着写，就像杜甫《登高》诗中的“渚清沙白鸟飞回”一样。

上片词人好像是站在一个固定的角度捕捉村边的景象。我们可以想象，词人静静地站在那里，欣赏着眼前这宁静而优美的乡村风光。他像是一个摄影师，不停地摇动着镜头，远拍近照。下片呢，主要是写心情和感受。他拄着拐棍四处转悠，转过了“村舍外”，来到了“古城旁”。古城，是黄州。他一直转到夕阳快要西下了。“殷勤昨夜三更雨，又得浮生一日凉”，转了半天，郁闷的心情变得开朗舒畅了，更何况昨夜下了一场雨呢，今天，感觉到凉爽多了。结尾两句，包含着很多人生感慨，有着丰富的潜台词。天气闷热难熬，心情又郁闷，难得一场夜雨，降降温，解解凉，来到城外，心情也为之一爽。平时忙忙碌碌的，今日总算有闲暇出来散散心，虽然没有特别令人惊喜的事，但能享受到一场清凉，也心满意足了。苏轼很善于从日常生活中体验人生的快乐，在平凡景物中发现美感和诗意。其实，根据陆游《入蜀记》的记载，宋代的黄州是很荒凉的，可在东坡笔下，却到处充满了诗意，充满了美感。这一点，对我们是有启发的。平时每个人都会有心情不好的时候，但不一定要去寻找新奇与刺激来解脱，能在日常生活中感受到快乐，才是最好的，也容易调节情绪。

苏轼这首词，主要是写乡村之景。而他在徐州写的五首《浣溪沙》词，就写到了乡村生活和乡村人物。这组词大约作于元丰元年，也就是公元 1078 年的暮春三月。原有题序说："徐门石潭谢雨道上作。"徐门，就是徐州；石潭，在徐州城东二十里。这时苏轼在徐州当太守，相当于现在做徐州市委书记。古代的地方官，如果当地天旱时间比较长，就要到庙里，或者能显灵的什么地方，去举行一种仪式，向老天爷祈求下雨。等到下雨了，又要去谢雨，感谢上苍下了甘霖，救了一州的老百姓。在这之前，苏轼曾去石潭求过雨。他的《起伏龙行》诗序说："徐州城东二十里，有石潭"，"元丰元年春旱，或云置虎头潭中，可以致雷雨"。谢雨回来，他在路上就写了这组词，从不同的侧面表现他所见到的徐州乡村的生活情景。先看其中的第二首：

旋抹红妆看使君。三三五五棘篱门。相挨踏破茜罗裙。　　老幼扶携收麦社。乌鸢翔舞赛神村。道逢醉叟卧黄昏。

第一个字读 xuàn，快速、匆忙的意思。我们可以想象，石潭一带的农村啊，比较偏僻，老百姓平时很少能看到大官员。今天太守下乡，村民们自然不会轻易放过这见世面的好机会。更何况太守苏轼是天下闻名的大才子呢，怎能不去瞧瞧？于是，妇女们赶快搽点口红，梳妆打扮。说到女子出门打扮，我忽然想起，宋人曾用男女出门的打扮与否来比喻苏轼、黄庭坚诗歌风格的不同。王士祯《池北偶谈》卷十八引录南宋林光朝（号艾轩）的话说："譬如丈夫见客，大踏步便出去，若女子，便有许多妆裹。此坡、谷之别也。"这是说东坡诗不事雕琢，而山谷的诗歌爱讲究润饰。这个比喻，简单形象，而且比较贴切。东坡词中的村姑村妇们，出门前就有许多"妆裹"。为什么说"旋抹"，因为开始没有准备啊，太守突然驾到，于是妇女们匆匆装扮装扮，争先恐后地出门"看使君"。要是用镜头来表现，一定是很热闹的场面。穿着各式各样衣服的大人小孩、村民村妇纷纷从自家屋内涌出来，站在自家门前或者是篱笆的出口，指指点点，议论纷纷："哎，那就是太守啊！""哪一个是啊？""哇噻！太守帅呆啦！""太守酷毙了！"还可以想象，人群中，有的抱着小孩，有的牵着小孩、扶着老人，有的小孩很害羞，躲到大人的身后，大胆点的小孩，偶尔走出人群来抢镜头。反正这场景，是热闹得很呢。苏轼肯定也很得意：哇！这么多人来欢迎我啊！就像他在《江城子·密州出猎》里写的"倾城随太守"，那是老百姓倾城而出，这儿是倾村出动。谁让他是名人呢，出门去自然有很多追星族来追捧。这里虽然不是追星，但老百姓知道当地大官员来了，于是看稀奇，看新鲜，也像是追星呢。“相挨踏破茜罗裙”的“茜罗”，是用红绸子做的裙子。可以想象，村里的女子，把自己最鲜艳、最时尚的衣服都穿出来了。见太守到了跟前，大家蜂拥地往前挤啊，道路可能比较窄，挤来挤去的，有人把裙子都扯破了。“相挨踏破”四个字，就营造出了一种热闹的场景、一种热烈的气氛，让人不能不佩服东坡的表现力！

苏轼走到哪儿，都是很受欢迎的。南宋周煇的《清波杂志》卷三记载说，东坡晚年从海南回到江苏宜兴，经过运河的时候，运河两岸有“千万人”在那儿欢迎他，听说当代大才子、大文豪苏轼大难不死，人们都争先恐后地想一睹他的风采。苏轼见此情景，开玩笑说：“莫看杀我也！”这句玩笑话，不幸成为谶语，他到宜兴的第二年，就病逝了。

苏轼在徐州，既是一州的长官，又是文坛的大腕啊，声名赫赫，所以来看他的老百姓也非常多。这上片是一个场景，下片写的是另外一个场景。苏轼好像是拿着摄像机，一边走，一边很得意地捕捉镜头，这里拍摄一个场景，下面又转换另一个场景。“老幼扶携收麦社”的“麦社”，大约是祭祀神灵或祖先以祈求丰收的地方，这里说的类似于一个节日仪式，可能是当地的一种风俗。所以，男女老少，扶着的、牵着的，都去麦社里看热闹，就像欧阳修《醉翁亭记》里写的：“负者歌于途，行者休于树，前者呼，后者应。伛偻提携，往来而不绝。”如果说“老幼”句拍摄的是地面的镜头，那么“乌鸢翔舞赛神村”，则是摄取空中的场景。“赛神村”也是祈神的，因为有很多祭品，乌鸢在空中盘旋，准备下来啄食。“赛神村”与“收麦社”也可理解为互文。读这两句，要想象其中的场景，作者不是叙述一个事实，而是在描绘一种场景、镜头。要把“老幼扶携”和“乌鸢翔舞”化成两幅流动的画面、两个动态的镜头，这样读来才有兴味。东坡离开了欢乐的人群、热闹的麦社，来到大道上，行人渐渐稀少。他忽然发现路旁树下躺着一位醉醺醺的老人，在夕阳下酣睡，于是又赶紧拍下“醉叟卧黄昏”的镜头。

整首词，不仅描绘出了若干场景，更营造出了一种热闹祥和的气氛。苏轼这时的心里，该有几分满足和惬意吧。为什么呢？因为醉叟卧路旁，表明他醉得很厉害，也表明这里老百姓的生活还比较殷实，起码不像陶渊明那样经常没酒喝哟。苏轼心想，看来在我的治理下，这里是物质文明、精神文明双丰收哦！“老幼扶携收麦社”，是当时农村的文化生活，醉叟卧黄昏，侧面反映出物质生活。东坡也许没有此意，但我们不妨作这样的联想。我总觉得这首词与欧阳修《醉翁亭记》表达的与民同乐的思想有点相似。至少东坡是被当地村民的热情和欢乐的情绪所感染了，所以他在另一首词里说“使君原是此中人”。

我们再看其中的第四首：

簌簌衣巾落枣花。村南村北响缲车。牛衣古柳卖黄瓜。　酒困路长惟欲睡，日高人渴漫思茶。敲门试问野人家。

欣赏这一类词，我们要把它放在一个特定的词坛背景里，才能看出它的新鲜感，品出它的独特韵味。从情感内涵和表现艺术上说，这些乡村词，并不是最好的。虽然苏轼自称“使君原是此中人”，但他毕竟对农村生活了解得不够深入，更何况他还是作为官员在那里走马观花呢，他并没有深入到农村，去真切体验农民的喜怒哀乐。我这样说，并不是责怪他表现得不深沉，而是指出这类乡村词存在的问题和“现象”。当我们把这些乡村生活场景放在都市化的词坛背景里来观察，仍然可以感受到陌生化的审美效应。

这首词是一句一景，景随步移。第一句按日常语序应作“簌簌枣花落衣巾”，为了平仄的协调才写成“簌簌衣巾落枣花”。可以想象，这里的枣树很多，行走在枣树底下，枣花四处飘落，沾满了衣服。写花落衣巾的，大家能联想到别的什么词句？对，李后主的“砌下落梅如雪乱，拂了一身还满”。“簌簌”，是象声词，写声响；“落”，是动态，要想象枣花飘落的过程和状态。写花不重视觉，而重听觉、质感和重感，这种描写不太常见。第一句写所见，第二句写所闻。词人穿过枣树林，由村南走到村北，听到家家户户抽蚕丝的车子响个不停。眼中的枣花、耳中的缫车，两个富有乡村气息的典型意象，勾画出了农村特有的生活场景。

通过声响来表现视觉化的情景，这种构思，与北宋诗僧参寥的一联诗相同：“隔林仿佛闻机杼，知有人家住翠微。”

隔着树林，听到织布声，就知道树林里住有人家。这是通过声响来凸现视觉形象。类似的诗句还有秦观的“菰蒲深处疑无地，忽有人家笑语声”。诗中有画，诗词又能表达绘画无法画出的意境。秦观诗中的“菰蒲”，就是前面说到的茭白，茂密的菰蒲，遮住了道路，隐蔽了房屋，看不到人家，突然听到菰蒲丛中有笑语声传出来，就知道有人家了。南宋曾慥的《高斋诗话》很欣赏这几句，说：“三诗大同小异，皆奇句也。”其实，这种奇句，唐宋诗里多的是呢！梅尧臣的《鲁山山行》诗曾写道：“人家在何许？云外一声鸡。”梅尧臣是游河南的鲁山，在山中游了大半天，想找个地方休息，却不知何处有人家，突然云外传来一阵“咯咯咯”的鸡叫声，这声鸡叫打破了山中的宁静，也给诗人带来了意外的惊喜。哇！原来“白云深处有人家”呀！这种情景，又让我们联想到王维《终南山》诗的“欲投人处宿，隔水问樵夫”。当时王维在终南山游览了一天，到了黄昏时分，想找个地方住，老见不着人，哎，突然听到对面有砍柴的声音，于是就“隔水问樵夫”，我们仿佛听到诗人在喊：“哎，砍柴的老乡，有地方住吗？”这两句诗，还表现出诗人心情的变化，在大山深处，找不着人家，心里不免有点焦急，突然听到有人砍柴的声音，心中顿时一喜，有人砍柴，附近肯定有人家啊，跟着樵夫一起走就行啦。“隔水问樵夫”，诗人的举手询问，樵夫的应答，问答之声在山涧中的回响，都如在耳边目前。

回头再说“牛衣古柳卖黄瓜”。“牛衣”，是用芦苇草或乱麻编织的蓑衣，披在牛背上以防寒。冬天很冷，农民爱护牛，所以给牛披上牛衣。到了春天，牛衣还没有解下来。这样理解的话，古柳下系着一两头牛呢，人就在牛的旁边卖黄瓜。还可作多种理解：或者是牛衣挂在古柳上晾晒着；或者是卖黄瓜的人披着牛衣；或者是卖黄瓜的人坐在或躺在牛衣上，牛衣是铺在地下的，当坐垫用，就像现在菜市场里卖菜的人，拿块塑料布垫在地上坐着一样。这还有典故呢。《汉书·王章传》曾说王章病重，没有被子盖，只好“卧牛衣中”。苏轼对《汉书》可是读得滚瓜烂熟的。南宋陈鹄《耆旧续闻》卷一记载说，东坡在黄州期间，有位叫朱载上的朋友曾经去看他，通报了姓名后，过了好长时间东坡才出来，致歉说，不好意思，刚做完“日课”，让你久等了！朱载上问，先生刚才说的日课是怎么回事？东坡说：“抄《汉书》。”朱又问：“以先生天才，开卷一览，可终身不忘，何用手抄？”东坡说：“不然。某读《汉书》，至此凡三经手抄矣。初则一段事，抄三字为题，次则两字，今则一字。”朱看了东坡手抄的《汉书》，一点也看不懂，正纳闷呢，东坡说，你随便举一题，我背给你听。朱按照他说的，举出几个字，东坡应声背诵出数百字，没有一字差错。朱听后，佩服得五体投地，说：“先生真谪仙才也！”后来，朱载上又对他的儿子朱新仲说：“东坡尚如此，中人之性，岂可不勤读书耶！”我也想对大家说：像东坡这样的天才，还天天读书背书，像我们这样资质一般的人，怎能不勤奋读书！我讲东坡这个故事，与大家共勉！东坡熟悉《汉书》，说不定他写此词时脑海里就跳出了“牛衣”两个字。那么“牛衣古柳卖黄瓜”是一种什么情景？我们可以想象，在古柳树下，一个卖黄瓜的老人或者是抱着小孩的妇女，口里叫卖着：好新鲜的黄瓜哟，便宜卖！无论这牛衣是披在牛背上，还是挂在树上，或者披在卖瓜人的身上，都是乡村特有的东西，具有乡村的特点。南宋曾季狸在《艇斋诗话》中说，他曾经看见过东坡此词的墨迹，“牛衣”原作“半依”。“半依”也有味道。古柳下，卖黄瓜的人，身子的一半斜靠在树上，很悠闲的样子。这是个特写镜头。

下片“酒困路长惟欲睡，日高人渴漫思茶”，转写自己在路途中的感受，很真切。时近中午，词人忙着赶路，走了大半天，人困马乏，想喝点酒，又没酒喝，昏昏欲睡，太阳晒得口干舌燥，想找点茶水喝，于是“敲门试问野人家”。这句出语自然，而动作神态毕现，像王维的“隔水问樵夫”，杜牧的“借问酒家何处有”。但苏轼加了一个“敲门”的动作，有声响，有内心的急切期盼。“试问”，见出词人的和善，不是居高临下地问，而是友好地询问与试探。而且苏轼不是派随从去问，而是他自个儿去问。这与《陌上桑》的那个太守不同，那个好色的太守是让“使者”去“问罗敷”。两相对照，见出苏轼的爱民亲民。说不定他还想借机访贫问苦、体察一下民情呢！这样去理解“敲门试问野人家”，是不是有点味道？

再看秦观的一首词。秦观的词呢，多半是写爱情相思的，我从他的词里也找出了一首写农村风物的《行香子》，比较难得：

树绕村庄。水满陂塘。倚东风、豪兴徜徉。小园几许，收尽春光。有桃花红，李花白，菜花黄。　远远围墙。隐隐茅堂。扬青旗、流水桥傍。偶然乘兴，步过东冈。正莺儿啼，燕儿舞，蝶儿忙。

这《行香子》词调比较有特点，就是上下片的最后三句都是三字句，而且都要用叠字。它的句式比较短促，读起来比较欢快流畅。大家今后用这个调子填词，注意最后三句要用叠字。不过，这首词是不是秦观写的，还有疑问。秦观的词集叫《淮海居士长短句》，在宋版的《淮海居士长短句》里，没有收录这首词，后来有的选本收录了这首词，说是秦观所作，所以不无疑问。

首句也跟孟浩然《过故人庄》的"绿树村边合"意境相近，小村落里，绿树环绕，村边有一口池塘。读这两句，我感到特别亲切。这情景正好跟我老家一样，我家所在的村庄也是绿树环绕，家门口有池塘，可以钓鱼，可以洗衣服，夏天还可以在里头游泳。农村里一般每个村庄都有池塘，池塘不仅用来洗衣服，还有防火的功能。可以说，开篇这两句，是典型的江南农村之景。如果此词确是秦观写的，那可能是写他江苏高邮的故乡。秦观的词，差不多篇篇都充满了泪水，所以清代有位词学家说他是"古之伤心人"。而这首词，是难得的心情舒畅，豪情满怀，"倚东风、豪兴徜徉"，乘着春风，兴致勃勃地到村边散步。最吸引他眼球的是一座小园子，园子虽小，却占尽了春光。园子里有"桃花红，李花白，菜花黄”。这里色彩鲜艳，对比鲜明，就构图来讲，非常和谐漂亮。要是站在中间照张相，肯定是非常美的。想一想，词人在园子中慢慢踱步，看着眼前的这一切，该是何等惬意！虽然词人没有直接表露内心的情绪，但内心的喜悦已是溢于言表。1999 年 7 月我到西藏旅游，曾经从拉萨到藏南的林芝，路边有许多金黄的油菜花和白绿相间的野花，给我留下特别深刻的印象。内地的油菜，三四月份就开花，但高原上气候寒冷，油菜花直到七八月才开，所以感到特别新鲜。我当时写了一首《游林芝》的诗，其中两句是：“菜花黄遍处，牦犊一声声。”油菜地旁有牦牛，内地很难看到牦牛，所以用这两句记录当时七月间高原特有的景物。

“远远围墙。隐隐茅堂”，刚才讲的苏轼那首词是“竹隐墙”，这里是说远处有堵围墙，里面隐隐约约有几间茅草房子。墙边有小河流水，河上有座小桥，桥边飘扬着一杆青旗。这像是一幅江南的水墨画，意境很完整。青旗，是酒旗，酒家的标志，像现在的招牌。前面我们曾经讲过宋代画院考试曾用“竹锁桥边卖酒家”作试题的，那情景与这有点相似。见了青旗，词人心中一喜，那隐隐茅堂，原来是酒家啊，赶快去喝它几杯，才不负这大好春光呢！于是“偶然乘兴，步过东冈”，朝那酒家走去。上片说是“豪兴徜徉”，下片又说是“偶然乘兴”，前后是不是有点矛盾啊？既然前面说了是“豪兴”，兴冲冲地出来流连溜达，后面就不应该再说是“偶然乘兴”。当然，“偶然”也可以说是“偶然”发现“东冈”那边别有酒家，于是就乘兴而往。但先说了“豪兴”，再说“乘兴”，总嫌有点重复。“偶然乘兴”四个字，你们看能不能换个什么更好更巧妙一点的句子？大家去思考思考。帮大词人秦少游改词，他地下有知，也许会感谢你，称你为“一字师”呢！“正莺儿啼，燕儿舞，蝶儿忙”，是东冈那边的情景。这首词，通过园内山间的两个场景来写春天乡村里特有的景象，呈现出一派蓬勃的生机，写景清新，但意蕴不是很深。

在两宋词史上，写乡村词最多最好的，是英雄辛弃疾。辛弃疾在江西的上饶、铅山农村生活了一二十年，经常跟农民来往，熟悉他们的生活情态，了解他们的喜怒哀乐，因此，他才是真正以“此中人”的身份来表现农村生活，写来更亲切。且看他的《鹊桥仙·己酉山行书所见》：

松冈避暑。茅檐避雨。闲去闲来几度。醉扶怪石看飞泉，又却是、前回醒处。　　东家娶妇。西家归女。灯火门前笑语。酿成千顷稻花香，夜夜费、一天风露。

将这首词跟苏轼的乡村词比较的话，可以说，苏轼是作为一个看客，以旁观者的身份来观察当时农村的生活景象和人物，而辛稼轩是以个中人的身份，把他自己的生命、情怀都涵泳在其中。他经常到松树林里去避暑，有时也在人家茅屋的屋檐下避雨，这地方他来了很多次，时常是喝醉了以后扶着奇形怪状的石头，看着飞泉奔涌，醒来后，发现还是曾经躺过的那地方。这展现出词人一种什么样的精神风貌呢？

闲适，潇洒，更显出一种宁静的心境。这里捕捉的不是一时一地的景象，而是长时间的一种生活状态。“几度”“前回”，就表明不止一次，而是多次。要在有限的篇幅里表现反复出现的日常生活情态，真是不容易呢，而稼轩用一两个表示频率的数量词就轻松搞定了。“醉扶怪石看飞泉”一句，很有意境的啦，有人有景，有动有静，要是用镜头来展现，是很富有动感和气势的。上周我到井冈山看瀑布，就有这种体会，扶着怪石，看着瀑布在山崖间喷涌而出，觉得那情景跟稼轩这句词很相似。只是我没喝酒，而是扶着怪石做“照相科”，如果醉眼蒙眬地看怪石飞泉，也许更有情调。

下片写他周边邻家热闹的生活情景。东家在举行仪式，迎娶新媳妇，吹吹打打的，欢笑声不断。西家呢，出嫁的女儿归家省亲。古代妇女出嫁叫“于归”，《诗经》里面不是说“之子于归”吗？回娘家省亲呢，叫“归宁”。西家归宁的女子，也许就像现在一首歌曲所唱的，是“左手一只鸡，右手一只鸭，背上还背着一个胖娃娃”。稼轩《鹧鸪天·游鹅湖醉书酒家壁》词也写到这种情形：“春入平原荠菜花。新耕雨后落群鸦。多情白发春无奈，晚日青帘酒易赊。　闲意态，细生涯。牛栏西畔有桑麻。青裙缟袂谁家女，去趁蚕生看外家。”这是写穿着青裙白衣的妇女，带着小孩回娘家看外公外婆。

稼轩词里，描写了大量的乡村人物，有老人，也有小孩，比如《清平乐·检校山园书所见》下片：“西风梨枣山园。儿童偷把长竿。莫遣旁人惊去，老夫静处闲看。”辛稼轩很有钱，买了一大片庄园，庄园里有水果树，经常有小孩拿着长杆来偷打枣子吃。我小时候在家乡也有过类似的经历，几个小朋友，趁着没人的时候，就跑到人家枣树下用竹竿偷打枣子吃，好玩得很。读稼轩这首词，常引发我童年快乐的回忆，读来很感亲切。英雄辛稼轩，有一颗童心呢，他看到小孩用长杆偷枣子，不仅不驱赶，反而让旁人不要惊动小孩，他在一旁静静地看着，欣赏着。我们仿佛看到英雄的脸上露着慈祥和善的微笑，他热爱乡野儿童，热爱乡间生活。他可不像杜甫，老杜的《茅屋为秋风所破歌》写“八月秋高风怒号，卷我屋上三重茅。茅飞渡江洒江郊，高者挂罥长林梢，下者飘转沉塘坳。南村群童欺我老无力，忍能对面为盗贼，公然抱茅入竹去。唇焦口燥呼不得，归来倚杖自叹息”。他茅屋上的茅草被狂风吹落，南村的小孩们给拾走了，老杜想要回来，可他年老体弱，赶也赶不上，口干舌燥，喊也喊不应。不过，老杜的处境和心情跟稼轩不一样，那茅草可是他的命根子，破茅屋本来就漏雨，没了茅草，就漏得更厉害，下雨时没法睡觉啊，所以他想把茅草要回来。老杜这里同样写得很真实。“文革”期间，郭沫若先生写过一本很有名的著作，叫《李白和杜甫》，不知道你们看过没有？书中受当时“评法批儒”的政治思潮的影响，说杜甫是反动的儒家，满脑子地主阶级思想。老杜屋上有“三重茅”啊，而老百姓有一重就不得了啦，杜甫竟然用三重茅草盖屋子，多暖和啊！可见他那地主生活多么奢侈！又说，杜甫跟劳动人民是一点感情也没有，几根茅草，劳动人民的小孩子捡去当柴烧，他还“唇焦口燥呼不得”，还要追回来，还公然骂他们是“盗贼”，这跟劳动人民是什么感情啊！当时的大批判，就是这样上纲上线，厚诬古人，对老杜是一点都没有“同情之理解”！你们可以想象，“文革”期间人们的思维和观念是怎样的一种情形！现在看来有些荒唐可笑，那个时候可是一本正经的。其实，杜甫也有让别人随意打他家枣子吃的时候。他的《又呈吴郎》诗就说：“堂前扑枣任西邻。”老杜并不吝啬，咱们可不能冤屈了让我们无比尊敬的诗圣！

我们再回到作品里来。“灯火门前笑语”六个字很值得玩味，有场景，有笑声，有光亮色彩，活脱脱的一个电影镜头。词写的是夜景，闻到“千顷稻花香”，英雄辛稼轩也感到一种喜悦，看来今年的稻谷又丰收在望了！他的心思跟老百姓是相通的，他理解农民，也关心着农民，套用现在歌词的表达方式，可以说他是“想着农民的想，爱着农民的爱”。

这首词上下片的场景气氛，有一种强烈的对比效果。上片景物宁静，避暑、避雨、看飞泉，都是一种宁静的状态、宁静的生活和宁静的心境。下片呢，东家娶妇，西家归女，灯火门前笑语，是热闹、热烈。从光线而言，上片是昏暗的，下片是明亮的，也形成一种对比。

下面再看稼轩的另一首名作《西江月·夜行黄沙道中》：

明月别枝惊鹊，清风半夜鸣蝉。稻花香里说丰年。听取蛙声一片。　　七八个星天外，两三点雨山前。旧时茅店社林边。路转溪桥忽见。

“七八个星天外，两三点雨山前”，是从哪儿来的呢，唐李山甫《寒食》诗说：“有时三点两点雨，到处十枝五枝花。”五代卢延让的《松寺》又有“两三条电欲为雨，七八个星犹在天”两句。辛弃疾在遣词用字上显然是受了他们的影响。当然，也许稼轩读过卢延让的诗，不知不觉地就化用了，也许没读过，只是偶然的巧合而已。现在我们要把“七八个星天外，两三点雨山前”，改成七言对仗句，加个什么字好？请注意，天外，山前，字面上对得比较工整，但是平仄上有问题，“天”“山”两个都是平声字，如果你要把它放在句末，平仄就不协调了。当然你把这“天”字改成另一个字也可以，要么你加字，但每句只允许你改一个字，哪一个同学想出来了？“七八个星”，“两三点雨”，平仄跟字面意思都对得很好。“七八个星在天外，两三点雨落山前”？不行吧？如果这样的话，那太普通了是吧！不用“在”字和“落”字，意思已经包含在其中了，“两三点雨山前”，肯定是“落”山前嘛。我们要用一两个字，让画面顿时飞动起来，能不能想得到啊？还没想好？那就留给大家课后去思考琢磨。

这首词，是辛稼轩夜行黄沙道中写的，景随步移，一句一景，像不断摇动的镜头，一个画面接一个画面连续呈现。晚上“明月别枝惊鹊”，这里像“云破月来花弄影”一样，表现出了景物的变化。月亮出来之前，大地是一片昏暗，明月出来了以后呢，比较明亮，月光耀眼，树枝上的鸟鹊都被惊醒了。“清风半夜鸣蝉”，夏夜里，清风吹拂，很凉爽舒适，到处都是蝉在叫，划破了夜空的宁静。这两句写景，可说是声光色态俱全。声，有蝉鸣；光，有月光及月出前后的明暗对比；色，树枝就暗示出树叶的翠绿颜色；态，有清风吹衣、清风吹拂树叶的动态和乌鹊在枝头醒来扑腾的动态。12个字，就表现出声光色态俱全的场景，不止是词中有画，简直可说是词中有电影镜头。“稻花香里说丰年。听取蛙声一片”，请问这个“说”的主语是谁，谁在说？人，哪个人？是词人自己说？对！青蛙在说丰年，这样才有味道嘛！连青蛙都在放声歌唱，好像是在欢叫着丰收，预示着丰年的来临。那么，词人呢？虽然没有直说他的心情，但他喜悦的心情自在不言中。

上片表面上是写热闹之境，蝉鸣、蛙叫，实际上整个意境是很静谧的。蝉鸣蛙叫之声停歇后，夜晚更显宁静。词人行进在黄沙道中，沉醉在凉爽的清风与清新的稻花香里，时或抬头仰望，但见天外散嵌着七八个明暗不一的星星，境界空旷高远。突然，天空中洒下几点雨，想一想，这时作者的心情有怎样的变化？开始紧张，有点焦急，哎呀，没带雨具啊！转念一想，前面好像有个小酒店的，曾经在那儿喝过酒，何不到那儿去避避雨呢！因为是夜里，看不大清楚路向，走了一会也没见着。哇！“路转溪桥忽见”，沿着山中小路，转过一个弯，过了一座小溪桥就见着那“旧时社林边”的小茅店了。请注意，有溪桥，就要联想到有溪水，不仅是看到“清泉石上流”的画面，还仿佛听到潺潺流水的声响。桥，也要想象它的形状。稼轩有《沁园春》词曾写到小桥：“正惊湍直下，跳珠倒溅，小桥横截，缺月初弓。”“缺月初弓”就是形容石拱桥的形状，可以补充这首词中桥的意象。

这首词，通篇写景，好像没有抒情，其实心情的变化已在其中。开始是喜悦和惬意，然后稍微有点紧张，有点焦急，最后见到茅店了，又很开心，有地方避雨，心里就踏实了。他通过描写景物和动作，把心理活动给表现出来了。这首词，很像是一个夏夜的山村风光纪录短片。

稼轩还有一首《鹧鸪天》：

陌上柔桑初破芽。东邻蚕种已生些。平冈细草鸣黄犊，斜日寒林点暮鸦。　　山远近，路横斜。青旗沽酒有人家。城中桃李愁风雨，春在溪头荠菜花。

词中的这个“些”，不读 xiē，读 shā。最后这两句是名句，为什么有名，好在哪儿？城中的桃李，虽然很鲜艳，但是愁风怕雨，很快就会凋零，而乡间溪头的荠菜花，虽然寂寞，没有人去观赏它，但它却有顽强的生命力，一直在开放。这是字面上的意思，而言外之意，包含着词人的一种生活态度。他不喜欢城市，因为城市往往代表官场，那里喧嚣，有争斗。乡村的溪头，代表着宁静和谐，他似乎更欣赏这里宁静的村居生活，而不希望到城市里去争斗。陶渊明诗说：“问君何能尔，心远地自偏。”稼轩本来就身在偏僻之地，能够保持个体心灵的宁静，保持自我人格的独立和完善。这两句很有象征性，内蕴非常丰富。

第十一讲

山水词

唐五代词，如果不考虑敦煌词的话，可以说，大多是以都市生活为背景，唱给城里人听的，所以，写真正的自然山水的作品不多。

唐五代词，如果不考虑敦煌词的话，可以说，大多是以都市生活为背景，唱给城里人听的，所以，写真正的自然山水的作品不多。虽然我们读唐五代词时，经常看到很多写景的句子，但那些景物，往往不是自然界的真山真水，而多是虚拟的类似于舞台背景的风景，只有白居易的《忆江南》“日出江花红胜火，春来江水绿如蓝”等少数几首词是写真正的自然山水。进入宋代以后，写自然山水的词才多了起来。在宋初词坛上，最早写山水词的，应该是宋初著名隐士潘阆，他写过十首歌咏杭州风光的《酒泉子》词。

先说一下潘阆其人。他的生平事迹一向都没弄清楚。最近我写了一篇 2 万来字的文章，对他作了一些考证，初步弄清楚了他的庐山真面目。潘阆是宋初三位著名的隐士之一，另外两位是林逋和魏野。潘阆一生充满了传奇色彩。传说王安石写过一首诗谜，大家看看是写哪几个人：“佳人佯醉索人扶，露出胸前白雪肤。走入绣帏寻不见，任他风雨满江湖。”每一句是一个诗人的名字。“佳人佯醉”，也就是假装快要倒了，是谁呀？对，唐代诗人贾岛。“露出胸前白雪肤”，是谁？Yes，李白。“走入绣帏寻不见”呢？提示一下，“绣帏”就是罗，“寻不见”，隐藏起来了，对啰，晚唐的罗隐。“任他风雨满江湖”，风雨满江湖，江湖翻浪嘛，指潘阆。宋代有一段时间很流行以人名为诗谜，这类诗谜也讲究意境的。这首诗谜，描写佳人，意境就比较完整。

潘阆是个隐士，没有做过什么官，但也曾经闹得“风雨满江湖”，名声震天响。他早年在杭州、汴京等地以卖药为生，还在汴京开过药铺，做过药店的老板，社会地位不高，但名气很大，跟宫廷的高层人士来往密切，先后两次卷入宫廷斗争，两次被捕都逃脱了，最后还是被逮住了一次。

第一次是宋太宗登基的时候。宋太祖、太宗和秦王赵廷美是三兄弟，宋太祖死后，传位给太宗，他的另一个弟弟秦王赵廷美也想当皇帝。北宋释文莹《湘山野录》卷下等书记载说，潘阆是秦王的记室参军，类似于今天的秘书。当时宰相卢多逊，曾想谋立秦王做皇帝。宋太宗登基以后，将秦王贬到湖北房县，处死了他门下的几位谋士。这大概是北宋第一桩宫廷血案。禁兵围捕秦王和宰相卢多逊的时候，潘阆正在宰相府里。潘阆伺机逃脱，跑到附近的人家，说：“我现在犯事了，密谋泄露，禁兵正在追我。我死了，就我一个人。你们现在窝藏罪犯，如果抓住你们，就不是死一个，而是死一家，隔壁几家也可能知道。这可是要株连九族的。你们看着办吧！是把我送去交官还是藏起来，你们选择。”人家一听，觉得他说的蛮有道理，就把他藏到夹墙里，他终于逃过一劫。他事后化装，把头发剃了，像鲁智深似的，装成个和尚逃出京城。后来传说他逃到终南山，做了一阵子和尚。他在逃跑的过程中还有一些传奇故事，就不多说了。

第二次是在宋真宗登基时。潘阆跟太监王继恩关系很好。王继恩在宋太宗登基时立过功，深受太宗的宠幸。王继恩向宋太宗推荐潘阆，说："潘阆这个人很了不起，当年得罪过您，现在江湖上名气很大，您要给他授一个名誉学位，对天下读书人也是一个很大的鼓励。"潘阆曾经参加进士考试没有考取，于是太宗就给他一个赐进士出身，相当于今天的同等学历，并授予他国子四门助教，也就是在国子监里教书。没几天，有人反对，说潘阆这个人行为不检点，于是太宗很快就把任命收回去了，潘阆是空喜一场。太宗死的时候，想把皇位传给他儿子，即后来的真宗。潘阆又给王继恩出馊主意，说："太子（真宗）是当今皇帝立的，他当了皇帝，不会感激你，如果你另立一个不当立的人，被立的皇帝一定会对你感激涕零，你今后在宫廷的地位就更加稳固了。"于是王继恩劝太宗不要立真宗。最终还是真宗当了皇帝。真宗上台后，又和他父亲一样，秋后算账，把王继恩和几个反对他当皇帝的同谋抓了起来，潘阆也在逮捕之列，可潘阆又逃脱了。是怎么逃跑的，史料没有记载。一年以后，潘阆以为没事了，回到京城，没料想自己送上门去，被抓起来了。好在真宗怒气已消，没有怎么处置他，后来还让他到滁州——也就是后来欧阳修写《醉翁亭记》的地方——做了散骑参军，一个闲职。没想到，名闻天下的大隐士，居然两次卷入宫廷皇位的斗争。可见，他不是真隐士，不甘于寂寞，想在政治上投机，走捷径，结果没能如愿，自己还差点送了性命。

潘阆最有名的词，就是咏钱塘江潮的十首《酒泉子》，当时有人把它画成画，叫作《潘阆咏潮图》，到处印卖。且看其中的一首：

长忆观潮，满郭人争江上望。来疑沧海尽成空。万面鼓声中。　　弄潮儿向涛头立。手把红旗旗不湿。别来几向梦中看。梦觉尚心寒。

钱塘江观潮，从宋代以来就是一大景观。我们看两段记载。一是南宋吴自牧的《梦粱录》：

临安风俗，四时奢侈，赏玩殆无虚日。西有湖光可爱，东有江潮堪观，皆绝景也。每岁八月内，潮怒胜于常时。都人自十一日起便有观者，至十六、十八日倾城而出，车马纷纷。十八日最为繁盛，二十日则稍稀矣。十八日盖因帅座出郊，教习节制水军。自庙子头直至六和塔，家家楼屋，尽为贵戚内侍等雇赁作看位观潮。

杭州人差不多天天都处在狂欢的气氛之中。西边有湖光可爱，东边有江潮可观，都是天下绝景。每年八月，潮水比平时更绝妙。十八日这天最为繁盛壮观，而且水军还举行阅兵式。所以，杭州人在这天几乎是倾城出动，争先恐后地前去观赏。六和塔一带的房屋，都被达官贵人租去作为最佳的观景点。

二是周密的《武林旧事》所载，写海潮和弄潮儿的场面更翔实生动：

浙江之潮，天下之伟观也。自既望以至十八日为最盛，方其远出海门，仅如银线，既而渐近，则玉城雪岭，际天而来，大声如雷霆，震撼激射，吞天沃日，势极雄豪。杨诚斋诗云“海涌银为郭，江横玉系腰”者是也。每岁京尹出浙江亭教阅水军，艨艟数百，分列两岸，既而尽奔腾，分合五阵之势，并有乘骑弄旗标枪舞刀于水面者，如履平地。倏尔黄烟四起，人物略不相睹。水爆轰震声如崩山。烟消波静，则一舸无迹，仅有“敌船”为火所焚，随波而逝。吴儿善泅者数百，皆披发文身，手持十幅大彩旗，争先鼓勇，溯迎而上，出没于鲸波万仞中，腾身百变，而旗尾略不沾湿，以此夸能。而豪民贵官，争赏银彩。江干上下十余里间，珠翠罗绮溢目，车马塞途，饮食百物，皆倍穹常时，而僦赁看幕，虽席地不容闲也。

这里也是说，浙江之潮，自既望至十八日为最盛。“既望”，是指农历十六日。潮水刚从海门出来的时候，如一条白色的银线，等到潮水涨定，奔腾而下，就像银山玉城崩塌，声如雷霆。杨诚斋，就是杨万里，他的“海涌银为郭，江横玉系腰”诗句，描绘的就是这种情形。“每岁京尹”的“尹”，是官职名。宋代一般州府的长官，叫知州、知府。都城的长官，不叫知府，叫尹，又称京尹。北宋时的开封府，相当于直辖市，京尹，相当于今天的北京市委书记。南宋杭州是都城，所以也称“京尹”。临安府尹，出浙江亭教阅水军，搞军事演习。“艨艟数百”，“艨艟”就是战舰，分列两岸，一会儿奔腾而出，分为五个方阵。迎着潮水，有的骑着马，挥舞着红旗，有的挥舞刀枪，如履平地。突然黄烟四起，人物都隐而不见。烟波消尽以后，一条船也见不着，只有几只“敌船”被火焚烧，随波而逝。当地识水性善于游泳的小伙子数百人，都“披发文身”，头发都是披散着，不梳起来的。唐宋时男子也是长发，打个鬏髻盘在头上。杜甫诗“白头搔更短，浑欲不胜簪”，是说头发差不多掉光了，梳不成髻子。水上小伙子们，手持十幅大彩旗，争先鼓勇，逆潮水而上，相当于今天的冲浪。在万顷波涛和壁立万仞的潮头中，做出各种各样的姿势，惊险刺激，“而旗尾略不沾湿”，即“手把红旗旗不湿”。这是用散文的笔法写的。

下面我们再看潘阆的词。潘阆在杭州待的时间很长，对潮水的印象极深。这首词用回忆的方式来写，“常忆观潮”时，满城人争先恐后地到江边观潮。为什么用“望”而不用“看”或“观”呢？因为“望”字与下面押韵。“争江上望”的“争”字，表现出人们争先恐后往前拥挤的动态场景和气氛。如果换一个“在”字，就只写了一种状态，是相对静止的，热闹的气氛就无法展现。“来疑沧海尽成空”，写潮水刚来的情景，“沧海成空”，说潮水奔涌而来，好像是从天上倒下来一样。“来疑沧海尽成空。万面鼓声中”，一句写视觉，一句写声响，让人如见其形，如闻其声。“弄潮儿向涛头立”，极具造型感，那种惊心动魄的动作和人类战胜自然的勇气，让人又敬佩又惊叹！宋代没有电影、电视来记录弄潮的场景，所幸有散文家和诗人词客用生花妙笔，记录了这令人难忘的壮观场面。“手把红旗旗不湿”，与周密《武林旧事》的记载完全吻合，可见潘阆这首词纪实性的描写是多么真实。我们想一想，在波涛汹涌的银色世界里，有几面红旗在翻卷挥舞，画面、构图是多么优美，视觉的效果是多么强烈！色彩该是多么醒目耀眼！就像岑参的《白雪歌送武判官归京》写在冰天雪地里“风掣红旗冻不翻”一样。“别来几向梦中看”，虽然离开了很长时间，但“弄潮儿向涛头立”的情景到现在还很难忘。那激动人心的场面，就像看西班牙的斗牛一样，残酷而刺激！这首词非常具有概括力和画面感。

潘阆之后，写潮水的词，还有辛稼轩的《摸鱼儿·观潮上叶丞相》。叶丞相是叶衡，他是主战派，是比较有作为的宰相。公元 1178 年，叶衡拜相，第二年 9 月，即刚刚过了一年，就被罢相。这首词写于公元1180年，稼轩时年41岁。写这首词的时候，叶衡已经不是丞相了，但还是称呼他的原职。当时辛稼轩任京西转运判官，到临安述职，正好碰上观潮，就写了这首词送给叶衡。我们来看这首词：

望飞来、半空鸥鹭。须臾动地鼙鼓。截江组练驱山去，鏖战未收貔虎。朝又暮。诮惯得、吴儿不怕蛟龙怒。风波平步。看红旆惊飞，跳鱼直上，蹙踏浪花舞。　凭谁问，万里长鲸吞吐。人间儿戏千弩。滔天力倦知何事，白马素车东去。堪恨处。人道是、属镂冤愤终千古。功名自误。漫教得陶朱，五湖西子，一舸弄烟雨。

此词凭空飞来，开篇就有一种不平凡的气势。如果用镜头表现，展现在镜头前面的是半空中飞来一群雪白的鸥鹭，由远而近。写潮水，为何写鸥鹭？这鸥鹭，是真是幻？很有悬念。一会儿，又仿佛听到战鼓隆隆，震天动地。这又是真还是幻？天空中的鸥鹭与地上的战鼓，原本是风马牛不相及的，而稼轩将这两组亦真亦幻的镜头剪辑在一起，就形象地表现出潮水来时的奇特与气势。“截江组练驱山去，鏖战未收貔虎”的“组练”，是“组甲披练”的简称，分别指军士所穿的两种衣甲。《左传·襄公三年》：“使邓廖率组甲三百，被练三千以侵吴。”苏轼《催试官考较戏作》诗曾用来形容钱塘怒潮：“鲲鹏水击三千里，组练长驱十万夫。”稼轩这里以一队队身穿白色衣甲的精壮军士，喻层层巨潮相逐而至。“练”本来是白袍子，这里指穿着白衣的军队。把潮水比作军队，仿佛无数的军队在堵截江水，仿佛要把银山推走。“貔虎”，指勇士，代指勇猛的军队。奔腾的江水像千军万马在对垒搏斗厮杀，战鼓隆隆，激烈异常。辛稼轩在这里比苏轼更进一步，想象更加奇特惊人。南宋后期词人陈人杰很欣赏这首词，他的《沁园春·浙江观澜》说：“若到夜深，更和月看，组练分明十万兵。尤奇特，有稼轩一曲，真野狐精。”陈人杰说稼轩词“奇特”，就是指这几句想象的奇特。

稼轩是军人出身，而潘阆是个文人、隐士，所以潘阆是用纪实的手法来描绘江潮的实景。而稼轩有着军旅生活的经历，所以，他常常自觉不自觉地将普通物象与军事联系在一起，将自我特有的军人意识投射到意象的创造上面。意象的选择与创造，也能体现诗人、词人的创作风格。稼轩是军人，是英雄，所以，他创造的意象，有好多是军事化的意象，这在唐宋词中是独一无二的。连娇美艳丽的牡丹，在他笔下也变成了春秋时代杰出军事家孙武训练的吴宫女兵。他的《念奴娇·赋白牡丹和范廓之韵》说："对花何似，似吴宫初教，翠围红阵。"《鹧鸪天·赋牡丹》又说："愁红惨绿今宵看，却似吴宫教阵图。"稼轩词的这个特点，刘扬忠先生的《辛弃疾词心探微》有深入的分析。这本书是近一二十年来研究辛弃疾最有创意的著作，大家有兴趣，可以找来读一读。刘先生是中国社会科学院文学研究所的研究员，也是词学界的领军人物。他的另一本《唐宋词流派史》也写得很好。

再回到稼轩词上来。"朝又暮"，写潮水持续的长久。从早上到黄昏，战鼓阵阵，如同千军万马，鏖战不休。"诮惯得、吴儿不怕蛟龙怒"，"诮"，有的版本作"悄"，意思相同，都是副词，完全、简直的意思。吴儿不怕蛟龙，有战天斗地的勇气，在汹涌的波涛之中如履平地，稼轩对他们投以惊叹敬佩的眼光。他们挥舞着红旗，时而在浪尖中如跳鱼直上，又像是水上芭蕾，在浪涛中翻舞。"看红旆惊飞，跳鱼直上，蹙踏浪花舞"三句，如电影画面，色彩鲜明，形象生动，这个描写与潘阆词近似，但更富于造型感、立体感和动态感。潘阆的“手把红旗旗不湿”，惊叹的是弄潮儿在波涛翻滚中能使红旗不被潮水沾湿，借以说明弄潮儿的水性特别好。稼轩的“红旆惊飞”，红旗上下翻飞，着力表现弄潮儿的力量和勇气。

上片写观潮，下片就“上叶丞相”着笔，写观潮后的人生感慨。相比较而言，潘阆只说江潮的奇与美，情感与思想的容量不大，辛弃疾的这首词比潘阆词的意蕴要丰富深厚得多，包容量大得多，含容了他对历史和人生的感慨。看此词下片，“凭谁问，万里长鲸吞吐”，潮水仿佛是长鲸吞吐出来的，汹涌异常。“人间儿戏千弩”，传说吴越王钱镠曾筑堤防潮水，总是被昼夜的潮水冲垮，于是派几百名勇士用箭射击潮头，想抵挡住汹涌的潮水。辛稼轩觉得这如同人间儿戏，潮水是自然力，人力怎能控制得了？“滔天力倦知何事，白马素车东去”，潮水来的时候如“长鲸吞吐”，潮退的时候如“白马素车东去”。为什么说潮落的时候像“白马素车东去”？“白马素车”，原是吊丧的人用的，往往用作人逝世的典故，悼亡诗词中经常用“白马素车”。不过这里是用汉代枚乘《七发》中的语典。《七发》写曲江的波涛是“其少进也，浩浩溰溰，如素车白马帷盖之张”。同时也暗含了伍子胥的故事。传说伍子胥自杀以后，时常有人见到他乘素车白马立在潮头之中。“人道是、属镂冤愤终千古”，正面说伍子胥。当年吴王夫差不听伍子胥的建议，接受了越王勾践的假降。后来吴王夫差赐属镂剑让伍子胥自刎。传说伍子胥死了以后冤魂不散，化成了海潮。为什么海潮千年以来始终不断呢？

原因是忠心耿耿的伍子胥不仅得不到理解，反而被残酷杀害。这里明写伍子胥，实暗示叶衡像伍子胥一样忠君爱国，却得不到君王的信任。“功名自误”这里应该是个疑问句，最好打个问号，伍子胥自刎是因为伍子胥好功名吗？是因为过分追求功名而被逼自杀吗？很明显，辛稼轩在这里对此是否定的。“谩教得陶朱，五湖西子，一舸弄烟雨”，陶朱，就是范蠡。传说范蠡功成身退之后去经商，成了大富翁，带着西施做了江湖隐士。稼轩的意思是说，像范蠡这样的大功臣，结局又如何呢？最终不也是去“一舸弄烟雨”，做了隐士吗？这里有不平，有悲愤，同时也是暗示、劝慰叶衡，不要在意政治上的升沉得失。自古以来，忠臣的命运都不好。

这首词，上下片之间既有衔接，又宕得开，这叫不即不离，写观潮而不局限于观潮，又超越了观潮。下片写对人生、历史的感慨，仍然是紧扣潮水来写的。将这首词跟潘阆的词作比较，明显可见，潘词只是纯粹写景，写观潮；而辛稼轩不是单纯写景，而是通过描写观潮，表达他对人生的一种感慨，同时也寄托对叶衡被无辜罢相的同情和劝慰。对历史、现实人生的深沉感慨，使词的意境阔大而深远。同时，对观潮的描写充分体现出辛稼轩的军人性格。王国维曾经说过：“以我观物，物皆著我之色彩。”辛稼轩以军人的眼光看潮水，潮水也打上词人强烈的主观色彩。这样的意象、这样的场景也只有辛稼轩这样的军人才能表达出来。要把握词人的艺术个性，首先要了解创作主体的人格个性。这首词很能体现辛稼轩的英雄性格。

读了气势磅礴的山水词，我们再来欣赏一首比较宁静的山水词。这是欧阳修的《采桑子》：

轻舟短棹西湖好，绿水逶迤。芳草长堤。隐隐笙歌处处随。　　无风水面琉璃滑，不觉船移。微动涟漪。惊起沙禽掠岸飞。

这首词是写西湖，但不是杭州的西湖，而是颍州的西湖。颍州是现在的安徽阜阳。请注意，颍州的“颍”，容易误写成“颖”。欧阳修对颍州西湖情有独钟，他晚年退休后居住在这里，并在这里终老。欧阳修的故乡是江西永丰，但他出生于四川的绵阳，长于湖北的随州，死于安徽的阜阳，一生几乎没在故乡江西待过。

欧阳修一口气写了十首《采桑子》词来赞美颍州的西湖，每首词都是以“西湖好”开头。这首词写得轻盈、优美、欢快。如果说上面稼轩的词像一首高昂雄壮的进行曲，那么这首词就像一首宁静优美的小夜曲，我们仿佛能够体验到词人那种惬意放松的心境。

他驾一叶轻舟，与二三好友，在西湖上遨游。湖里是绿水悠悠，“逶迤”，本来是漫长曲折的意思，这里指水悠悠流淌。往湖边望去，但见湖岸长满了芳草，一片葱茏，极目四顾，到处充满了诗意，更有“隐隐笙歌处处随”。这里的“笙歌”，是岸上游人演奏的笙歌，也可以说是其他船上在奏乐唱歌。湖上游人，跟他一样，充满着喜悦与轻松。我们可以联想到他在《醉翁亭记》里写的"与民同乐"。有人说，这首词是欧阳修在颍州做太守时写的，当时社会比较稳定，所以太守和百姓同乐。"无风水面琉璃滑，不觉船移"，一派静谧，湖面上一点风儿都没有，船就像在琉璃上滑动一样，感觉不到船行，只见涟漪微动。人们的欢歌笑语声，"惊起沙禽掠岸飞"。看起来很热闹，"笙歌处处随"，"惊起沙禽掠岸飞"，实际上景致是非常静谧的，诗人心态也是宁静的。这首词没有一句是抒情，但景物中已经透露出了抒情主人公轻松欢快的情绪，非常富有画面感。

现在我们来看一首李纲的瀑布词。唐诗里写瀑布的比较多，词里写瀑布的却比较少。这首词不算太好，但我们可以领略一下宋代词人笔下的瀑布。词调是"江城子"：

> 琉璃滑处玉花飞。溅珠玑。喷霏微。谁遣银河，一派九天垂。昨夜白虹来涧饮，留不去，许多时。　幽人独坐石嵚崎。赏清奇。濯涟漪。不怕深沉，潭底有蛟螭。澒洞但闻金石奏，猿鸟乐，共忘归。

这首词没有说明是哪里的瀑布。"琉璃滑处玉花飞"的"琉璃滑"，明显是从欧阳修词里借过来的。不过这里的"琉璃滑"，是形容瀑布的质感，透明又流动。"溅珠玑。喷霏微"，激起的水花像"珠玑"。"飞""溅""喷"三句总写瀑布，意思都差不多，有点浪费笔墨，就像苏轼曾经批评秦观用 13 个字来写"骑马楼前过"一样，用字不够精练。温庭筠

《菩萨蛮》"鬓云欲度香腮雪"七个字就画出一幅美人图，写出了女主人公辗转反侧的情态。"谁遣银河，一派九天垂"，也不新鲜，有了李白的诗，就觉得这句词缺乏创意。"昨夜白虹来涧饮"，想象倒是蛮新鲜。古人认为虹能入溪中饮水，北宋沈括《梦溪笔谈》说："世传虹能入溪涧饮水，信然。"大概是虹常常跨在水面上的缘故吧。元代乔吉的《双调·水仙子·重观瀑布》也写过类似的情景："天机织罢月梭闲，石壁高垂雪练寒。冰丝带雨悬霄汉，几千年晒未干。露华凉人怯衣单。似白虹饮涧，玉龙下山，晴雪飞滩。"

下片写他的感受："幽人独坐石嵌崎。""嵌崎"，指石头的奇形怪状。坐在怪石上，欣赏这里的山和水，跟稼轩的"醉扶怪石看飞泉"差不多。"不怕深沉，潭底有蛟螭"，别有寓意，包含着人生的感慨。作者为大自然的美丽所吸引，与自然融为一体，不怕深水里有蛟螭出来作怪。实际上是忘怀物我，已经回归到大自然，再不怕官场上的勾心斗角了。李纲是南宋首任宰相，但只做了 70 多天的宰相，就被排挤下来。他在官场上是几起几落，也许这首词是罢官闲居时写的。"澒洞但闻金石奏"，"澒洞"，是辽阔无边的意思，"金石奏"，大自然的声响，指瀑布的声响。"猿鸟乐，共忘归"，和自然融为一体，类似于辛稼轩"我见青山多妩媚，料青山见我应如是"，写自己与大自然心神融合的感受。

再看张孝祥的一首名作。张孝祥跟苏轼一样是天才型的人物，才华横溢，他的诗词和书法都是学苏轼的。看他的《念奴娇·过洞庭》：

洞庭青草，近中秋、更无一点风色。玉界琼田三万顷，著我扁舟一叶。素月分辉，明河共影，表里俱澄澈。悠然心会，妙处难与君说。　　应念岭海经年，孤光自照，肝胆皆冰雪。短发萧骚襟袖冷，稳泛沧浪空阔。尽吸西江，细斟北斗，万象为宾客。扣舷独笑，不知今夕何夕。

这首词全部用入声韵，是张孝祥 34 岁时写的，具体时间是宋孝宗乾道二年，即公元 1166 年。头一年，他在广西桂林做广南西路安抚使，相当于现在广西壮族自治区的党委书记兼广西军区司令员，可谓少年得志。因被人弹劾，他只做了一年的安抚使就被罢官，北上返乡，中秋前夕，经过湖南洞庭湖时写下了这首词。刚刚罢官，心里不免郁闷，有些不服气，这种心情在词中有所流露。

“洞庭青草”的“青草”，指青草湖。宋代洞庭湖和青草湖是相通相连的。“近中秋、更无一点风色”，快到中秋时分，湖面非常宁静，像是“三万顷”的“玉界琼田”。置身其中，仿佛不在尘世，而是在冰清玉洁的世界里。“著我扁舟一叶”，是以大衬小的写法，如老杜的《登岳阳楼》：“吴楚东南坼，乾坤日夜浮。亲朋无一字，老病有孤舟。”在无边无际的洞庭湖上，只有一叶扁舟在飘荡，想想看，这叶扁舟该是多么孤单。张孝祥这句词构思虽然与老杜诗有异曲同工之妙，但心情不太一样，张孝祥这时候不像老杜那样悲伤。

"素月分辉，明河共影，表里俱澄澈"，这境界，跟范仲淹《岳阳楼记》里写的"长烟一空，皓月千里，浮光跃金，静影沉璧"有些相似。月光和银河倒映在湖水里，"表里俱澄澈"，建构出阔大的、立体的空间境界。天空中的月亮、银河与湖水里月亮、银河的倒影浑然一体，从天上到湖里，上上下下、里里外外都是一个"澄澈"的世界。"悠然心会，妙处难与君说"的"妙处"，需要我们去体会。这里有对自然美景的赞叹，更有天人合一、忘怀物我、心境与物景契合的超然感受。

"应念岭海经年"的"岭海"，就是"岭外"，广西在岭外，他在广西做了一年多的官，所以说"经年"。"孤光自照，肝胆皆冰雪"，所谓"洛阳亲友如相问，一片冰心在玉壶"。词人扪心自问，心底透明，自己没有做什么有悖于职业道德和有违良心的事，天地可鉴，月光可鉴。无罪而被罢官，心里很烦恼郁闷，但词人不是直接地宣泄苦闷，而是用自我表白的方式间接地表达出一种不满情绪。"短发萧骚襟袖冷"，"萧骚"，是短发稀疏的意思，有点像老杜的"白头搔更短"。"襟袖冷"，晚上在湖面上泛舟，时间长了有点冷，表示游湖的时间进程。"稳泛沧浪空阔"，令人产生"世人皆醉我独醒"的联想。"沧浪"，暗用屈原《渔父》的"沧浪之水清兮，可以濯吾缨"。以上几句，是词人自我人格的写照。以下写他的豪气。把西江当作酒饮，用北斗星来做酒杯，虽然是扁舟一叶，但词人并不觉得孤独，有"万象为宾客"，人间万物来陪伴，想象奇特，气势磅礴，富有浪漫精神。李白的《陪侍郎叔游洞庭醉后》诗说："刬却君山好，平铺湘水流。巴陵无限酒，醉杀洞庭秋。"想象也奇特，但气势与境界似乎不如张孝祥的"尽吸西江，细斟北斗，万象为宾客"。词人在大自然中，忘怀物我，忘怀尘世，也忘怀了时间的进程，整个心灵与大自然融为一体，真正获得了精神的解放、灵魂的超脱。此刻，他心里的郁闷不仅荡然无存，而且激发起俯视人寰的豪迈气概，所以"扣舷独笑，不知今夕何夕"。"扣舷独笑"，还有点其奈我何的自信与傲然。全词紧扣水与月来构思，跟苏轼的《前赤壁赋》很相近。这首词虽然不像张若虚《春江花月夜》那样绚丽多彩、美轮美奂，但通体透明，主体的精神世界与词中构建的冰清玉洁的自然境界相互映射，水乳交融，不仅展现了自然美，也表现了人格美。

以上几首词都是写水的，潮水、瀑布水、湖水，下面再看两首写山的词。唐宋词中写山，应该说是辛稼轩写得最好、最有特色。先来看他的《玉楼春·戏赋云山》：

何人半夜推山去。四面浮云猜是汝。常时相对两三峰，走遍溪头无觅处。　　西风瞥起云横度。忽见东南天一柱。老僧拍手笑相夸，且喜青山依旧住。

这首词用调侃游戏的笔法来写云山，很有幽默感。"何人半夜推山去"，一开始有点故弄玄虚，制造悬念，像是变魔术，原来一直耸立在这儿的山，被谁半夜里推走了呢？"四面浮云猜是汝"，莫不是四面的浮云把它笼罩住了吧？用个“猜”字，就加强了戏剧性和幽默感，真真假假，虚虚实实的。这两句的意思其实很简单，写山被云遮。但如果直说四面云雾笼罩着山峰，就没有什么诗意了。将平凡的景物戏剧化，将静态的山峰动态化，写来就别有兴味。“常时相对两三峰”，平时常常面对的那二三座山峰，“走遍溪头”也没找着，进一步写浮云未散，仍然遮蔽着山峰。

上片写云雾罩山，下片写云去山现。突然一阵西风吹来，云雾慢慢飘走了。“忽见东南天一柱”的“见”，跟“采菊东篱下，悠然见南山”的“见”一样，读“现”。“见”是主动的，有意识的。读“现”，则有不知不觉、偶然相遇的意思，这样兴味就更浓厚一些。结尾两句是开玩笑，加强戏剧效果：“老僧拍手笑相夸，且喜青山依旧住。”为什么说“老僧”？“老僧”应该是修炼到波澜不惊的，何况这司空见惯的云山呢？连老僧都拍手高兴起来了，那一般人不是更加高兴了吗？用“老僧”反衬内心的喜悦，有一种童心似的喜悦。稼轩很富有童心、童趣，这首词像是儿童文学作品。词的题目是“戏赋云山”，全词都在“戏”上用功夫。我觉得这首词最妙的是“老僧拍手笑相夸”一句，想必辛稼轩对这一句也很得意。这首词把一个很普通的日常景象写得富有戏剧性，具有一种喜剧效果。

下面这首《沁园春·灵山斋庵赋时筑偃湖未成》，也是稼轩的名作：

叠嶂西驰，万马回旋，众山欲东。正惊湍直下，跳珠倒溅，小桥横截，缺月初弓。老合投闲，天教多事，检校长身十万松。吾庐小，在龙蛇影外，风雨声中。　　争先见面重重。看爽气朝来三数峰。似谢家子弟，衣冠磊落，相如庭户，车骑雍容。我觉其间，雄深雅健，如对文章太史公。新堤路，问偃湖何日，烟水蒙蒙。

灵山，是辛稼轩在江西上饶居住的地方。“斋庵”指茅屋，是他小憩之处，“时筑偃湖未成”，想开一个人工湖，还没有完工。“叠嶂西驰，万马回旋，众山欲东”，山原本是一种静态的，作者却赋予山一种动态，赋予群山奔腾流走的气势，跌宕崎岖，如万马回旋，忽东忽西。把山峰想象成奔腾的战马，只有辛稼轩这样行伍出身的军人，才会看什么都想象成军事上的意象。这是辛稼轩独特的思维方式，前面已经说过了。三句写山非常有气势，在唐宋词中是独一无二的。他还有一首《菩萨蛮·赏心亭为叶丞相赋》，也是说：“青山欲共高人语，联翩万马来无数。”开头三句是写山，山有水，才有灵气，所谓“仁者乐山，智者乐水”。于是下面写水：“正惊湍直下，跳珠倒溅。”把柔软的水也写得活灵活现，富有气势和力度。“小桥横截，缺月初弓”，山泉上有一座小桥，小桥像初升的月亮，又像刚拉开的弓箭。请注意，“缺月初弓”的“初弓”，不是形容缺月的，而是和“缺月”一起来形容小桥的形状，普通的小桥在辛稼轩的笔下也显得非常有特点。这里的山、水、桥，都极富造型感、立体感、画面感，如今只有用电影镜头或DV才能鲜活地呈现出来，而稼轩却用文字符号表现得如此生动，正所谓“才人伎俩，真不可测”！

“老合投闲”的“合”，是应该的意思。人老了，应该退休享清福了。这是反话，辛稼轩贬官是被迫无奈的。英雄辛稼轩，哪里甘心退休闲居呢。人老了，本应该清闲不管事的，可老天爷又多事，让我来“检校长身十万松”。他把十万棵松树，想象成一排排等待检阅的战士，这也是他别出心裁的想象。“吾庐小，在龙蛇影外，风雨声中”，“吾庐”，指灵山的小茅屋，也就是题目中的“斋庵”。“吾庐”虽小，却可以容纳、观览周边的景致。“龙蛇”是指松树，“风雨声”，指松涛声。宋人有《咏松》诗说：“影摇千尺龙蛇动，声撼半天风雨寒。”晚上躺在小屋里，可以看到松树龙蛇般的影子，听到松涛声和风雨声，既有视觉的感知，也有听觉的享受，令人陶醉。

晚上有龙蛇之影可观，有松涛之声可听，清晨又有三数峰迎候。“争先见面重重。看爽气朝来三数峰”，早上起来，不是“我见青山多妩媚”，而是青山见我非常友好，“三数峰”争先恐后地来看我，跟我聊天。大自然在稼轩笔下，总是那么富有亲和力。“似谢家子弟，衣冠磊落”，松树像谢家子弟，衣冠楚楚。东晋谢家，就是刘禹锡写的“旧时王谢堂前燕，飞入寻常百姓家”的那个谢家，即以谢安为核心的谢氏家族。“衣冠磊落”，谢家子弟很讲究仪表，说松树像谢家子弟一样长得很帅，穿着很酷。这个比喻很新鲜，有个性。一般是把人比成花、比成树，这里倒过来把松树比作人，就像李白的“云想衣裳花想容”一样，说花也想似杨贵妃一样美。“相如庭户，车骑雍容”，西汉司马相如文名很盛，来看望拜访他的人都是有身份的人、高雅之士，门外停的车子也都雍容华贵，这里用来形容松树，也是别出心裁。“我觉其间，雄深雅健，如对文章太史公”，“雄深雅健”，本来是韩愈的话，韩愈说太史公的文章“雄深雅健”，有气势，有力度，深沉雄健。其实，“雄深雅健”四个字，用来概括辛稼轩的词也很贴切准确。“雄深雅健”，本来是形容文章的气势，这里又用来形容松树，想象奇特。最后一句点题中“偃湖未成”：“新堤路，问偃湖何日，烟水蒙蒙。”期待着偃湖开成后，欣赏烟水蒙蒙的景象。

稼轩写山写水有力度，有气势，都是英雄意念中幻化出来的山水，既是真山真水，又是英雄心目中的山水、英雄人格化的山水。

第十二讲

咏物词

咏物词，是词中一个独特的审美类型。跟咏物诗一样，咏物词也有独特的审美要求。这就是形神兼备，不即不离，或者说若即若离。

咏物词，是词中一个独特的审美类型。跟咏物诗一样，咏物词也有独特的审美要求。这就是形神兼备，不即不离，或者说若即若离。

所谓形神兼备，是指既要写出所咏之物的外在形态特征，还要写出物的内在精神。客观的景物，当然没有精神，这个精神往往是创作主体赋予它的，或者是把自己的人格精神、人生体验投射到物上。客观之物有形又有神，形神兼备，这样才是好的咏物词。如果仅仅是把对象物外在的形象特征写得非常生动逼真，而没有内在的精神生命，这样也不是好的咏物词。

所谓不即不离，就是构思不能仅限于对象物，而要放得开，由此及彼，要超越对象物，但又不能离得太远，要有放有收，纵横捭阖，似断实连，若离若即。苏轼曾说："论画以形似，见与儿童邻。赋诗必此诗，定知非诗人。"意思是，如果评价一幅画，仅仅是看它画得像不像，那跟儿童的见识差不多；写诗也是同样的道理，所谓"诗画本一律"，如果写诗只局限于题目，只局限于对象物，而放不开，肯定不是好诗人。比如，写月亮只就月亮着笔，写雪只说雪，而不涉及别的，就一定不是好的咏月诗、咏雪诗。写诗写词，特别是咏物词，要展开想象，由有限引向无限，由眼前的实景引向无限的虚景，虚实结合，才能写出优秀的作品。

下面我们来讲苏轼的《水龙吟·次韵章质夫杨花词》，这是一首次韵词。原唱的作者章质夫名楶，这个字读jié，字质夫。在讲东坡词之前，我们还是先来看看章楶的原作《水龙吟》：

> 燕忙莺懒芳残，正堤上柳花飘坠。轻飞乱舞，点画青林，全无才思。闲趁游丝，静临深院，日长门闭。傍珠帘散漫，垂垂欲下，依前被、风扶起。　兰帐玉人睡觉，怪春衣、雪沾琼缀，绣床渐满，香球无数，才圆却碎。时见蜂儿，仰粘轻粉，鱼吞池水。望章台路杳，金鞍游荡，有盈盈泪。

这首词咏柳花，柳花也就是杨花。柳花的外在形象并不引人注目，那么词人是怎样写柳花，怎样来构思的呢？他注意动态的表现。什么是动态的表现？他不是静止地来写柳花外在的特征，而是写在不同环境中，或者说不同时空里柳花的形态。开篇用衬托法，“燕忙莺懒芳残”，既是烘托环境，又借它来点明季节。如果说“正是暮春时分，江堤上柳花飘坠”，也说得过去，表达的意义差不多，但是用燕忙、莺懒、芳残三个并列的意象，就形象地烘托出春天的热闹、春天的生机，也暗示春光的即将流逝。写诗词，不能把要表达的意思直通通地说出来，而要通过形象来表现，这是我们在写作时要注意的。又比如以前讲过的苏轼《定风波》的“莫听穿林打叶声”，如果换成“莫听刮风下雨声”，意思也差不多，但形象性不足。刮风下雨，只是说明了一个事实，而“穿林打叶”，就写出了雨点滴落时的运动状态，而且具体写出了声响，还暗示了下雨的环境，有树林，有色彩，树叶是绿的。“穿林打叶”比“刮风下雨”的含义要丰富得多。同时，写诗词，要注意用字的变化，尽可能不用重复的字。这个“芳残”，有的版本作“花残”，其实“芳”跟“花”，在这里是一样的意思。后面是特指柳花，前面是泛指春花，但是用两个“花”就不太好，所以前面用“芳残”。词咏柳花，而字面上出现了柳花，这是早期咏物词的特点。到了后来，随着咏物词的发展，越来越讲究，越来越精致，就特别强调字面上不能出现所咏之物的字眼，咏柳咏花，字面上一般不允许出现柳字花字，而这里直接出现了，因为早期的咏物词，不太忌讳这个。宋代诗歌中有所谓“白战体”，就特别强调咏物不能使用所咏之物的字面，咏雪禁用雪字，咏月禁用月字，而且还禁止使用那些经常用来描写其外形的字词，例如写雪时不许用玉、月、梅、练、絮、白、舞、鹅、银等字。南京大学程千帆先生和他的研究生张宏生，曾经在《中国社会科学》1987年第4期上发表过一篇论宋代“白战体”的论文《火与雪：从体物到禁体物——论“白战体”及杜、韩对它的先导作用》，可以参考。程先生原来一直是我们武汉大学中文系的教授，20世纪70年代末才调到南京大学，他前几年已经去世了。张宏生则成长为著名学者了。

“轻飞乱舞，点画青林，全无才思”，这是写林中的落花。请注意，这写的是落花，所以随风飘荡，“轻飞乱舞”。柳花很轻盈，被风裹挟着到处飘荡，点缀着青绿的树林。“全无才思”，化用韩愈《晚春》诗的“杨花榆荚无才思”，说柳花没有情感，没有主见，被人裹挟着。我们也可以把它联想成是一种象征。象征什么？各人理解可以不同。“闲趁游丝，静临深院，日长门闭”，前面写柳花在树林里飘荡，点缀着青林，让它更富有春天的气息，其次写它趁着游丝，追寻到了一家深院。就环境而言，先写堤上、林中的柳絮，次写深院的柳絮。描写的视野随着柳絮的飘移，由室外引向深院，过渡十分巧妙。深院里日长门闭，环境非常静谧，柳絮仿佛想要探个究竟。这表面上看不出是拟人的写法，但作者暗地里已经把它当作一个人、一个有才有思的人来写了。柳絮“静临深院”后，是怎样的情态，又看到了什么呢？“傍珠帘散漫，垂垂欲下”，轻扬的柳絮粘附在珠帘上，随时像要掉落的样子。“散漫”这个词，形容柳花的情态很准确，因为柳花被风吹到门帘上，就会散乱地粘在那里，似粘非粘的。

下片从帘外转到室内。转折巧妙，由柳絮沾帘，仿佛想偷窥帘内的佳人，很自然地过渡到写人。上片是以柳花为主，下片是以人为主，描写的视角发生了变化。上片是正面写柳花，暗示着环境，暗示着人。下片是正面写人，侧面写柳花。这就是不即不离，若即若离。“兰帐玉人睡觉，怪春衣、雪沾琼缀，绣床渐满，香球无数”，这是从珠帘往里看。上片不是说“日长门闭”吗？为什么“门闭”呢？为下文埋下伏笔。原来屋中的佳人靓妹刚刚睡起，这就呼应了上片的

"门闭"。玉人起来一看，哇！衣服上到处都沾满了柳花，绣床上堆满了柳花。雪、琼形容柳花的颜色，香球形容柳花的形状。此词结构非常严谨，针法绵密，上片说柳花飘到门外就被挂在珠帘上，不一会又"依前被、风扶起"。被风吹到哪儿去了呢？吹到室内的衣上和床上。"才圆却碎"，暗示玉人心事重重，睡不安稳，在床上辗转反侧，把香球般的柳花给压碎了。"时见蜂儿，仰粘轻粉，鱼吞池水"，又由室内转向户外，可以想象是玉人起来站在窗前所见。蜜蜂不是采花吗？蜜蜂就粘着这"轻粉"般的柳花。小池里，游鱼在吞食着花絮。正面写蜜蜂、写池鱼，仍是在写柳花，仍是不即不离。

"望章台路杳，金鞍游荡，有盈盈泪"，由"见"而"望"，词境转折的脉络清晰。玉人站在窗前，见到成群的蜜蜂、成群的池鱼，引发了她的孤寂，引发了她对心上人的思念，于是就翘首而"望"。"章台"，是汉代的街名，后来泛指游乐场所，所谓游冶之地。冯延巳《蝶恋花》词也有"楼高不见章台路"的词句。玉人的心上人，正在红灯区章台街里骑着宝马游荡，所以她在"望"，期待他回来，玉郎没回，望而不见，于是玉人"有盈盈泪"。这结尾写人，跟柳花有什么关系呢？也许在她的心目中，柳花是自由自在的，它可以随意到林中飞舞，可以穿过珠户，而玉人呢，就只能关闭在深闺绣户里头。人孤独封闭，而柳花自由自在，二者形成反衬、对比，更加深了玉人内心的寂寞，于是"有盈盈泪"。

一般的咏物诗词，常常会写到人。这有两种情况，一种是咏物里头不出现人，而是赋予对象物以情感；一种是把人跟物进行对比映照。唐宋词里，写物又有三种方式，我把它概括为三种模式：一种是人站在物外来观察对象物，像柳永的咏物词、欧阳修的咏物词，都是直接写物的外观形态。词人纯粹是观照的主体，如同照相，把对象物当作一个纯客观的东西来观照。第二种是人与物双向的交流，人物合写。第三种是人进入物内观照，人物一体，对象物里头融入了词人的主观精神、心态情感，这个后面我们会提到。咏物词，大概不超出这三种形态，或者称为三种范式。章质夫这首咏物词，属于人与物双向交流的范式。

就写杨花而言，章质夫的词已经写得非常巧妙了。魏庆之《诗人玉屑》就说他“曲尽杨花妙处”。然而，很多人认为苏轼的词超越了原唱。次韵之作，原本是受限制的，因为它的韵脚字必须跟原唱一模一样，次序都不能变化，这个我们曾经说过。有人说，写诗要押韵，是戴着脚镣跳舞，那么，次韵更像是戴着脚镣手铐跳舞。但是，高超的词人往往是戴着脚镣跳得更欢，在严格的游戏规则之下能够出神入化。

那苏轼又是从哪些方面超越原唱的呢？我们再来看看东坡的词：

似花还似非花，也无人惜从教坠。抛家傍路，思量却是，无情有思。萦损柔肠，困酣娇眼，欲开还闭。梦随风万里，寻郎去处，又还被、莺呼起。　　不恨此花飞尽，恨西园、落红难缀。晓来雨过，遗踪何在，一池萍碎。春色三分，二分尘土，一分流水。细看来、不是杨花，点点是离人泪。

诵读这首词，第二句的“惜”字，要稍作停顿，因为意群有变化，所以有人在“惜”字后打个顿号。结句，有两种断句方式，一种是“细看来、不是杨花，点点是离人泪”，一种是“细看来不是，杨花点点，是离人泪”，后一种是按照词谱的格式来标点的，前一种是按照词意来标点的。

“似花还似非花”，开篇给杨花定性，概括出杨花的特点。说它“似花”，因为它在春天里开放，也被称为花，所以说像花。那“还似非花”呢？它色淡无香又无形，不像其他的春花那样有着绚丽的外形，有着鲜艳的颜色，所以又不像花。正因为它有花的名称而又不是花，所以无人怜惜，任凭它凋零坠落。这就写出了杨花的命运，投注了主体怜惜的情感。下文就从“坠”字着眼，写落花。章质夫的原唱是写落花，东坡词也是写落花。杨花飘落在什么地方呢？“抛家傍路，思量却是，无情有思”，原唱是说它“全无才思”，而在苏轼看来，杨花虽然不像人那样多情善感，但也还是有生命的，离开了枝头离开了家，免不了思念。这里暗含着一位被抛弃、为别离所苦的少妇形象。“抛家傍路”，好像被人抛弃，被人遗弃在路边，想来似乎它还是有情愫的。“萦损柔肠，困酣娇眼，欲开还闭”，进一步地展开想象，字面上一语双关，既没有离开花的形象，但已经开始写人了。这也体现出咏物词的若即若离。作者把杨花想象成一位女子，一位多娇多媚而内心寂寞无聊的女子。这玉人仿佛在睡觉，因为晚上辗转反侧，一夜失眠，所以睡眼蒙胧，“欲开还闭”。“萦损柔肠”呢？因为杨花很柔软，时而被风吹成一团，时而被风扯成片片，好像是柔肠寸断。写人，但没有离开杨花的外形特征。“困酣娇眼”呢？杨花在风中慵懒地飘着，漫无目的。那情致姿态，就像女子刚刚睡起的娇困眼神。这构思的确是非常巧妙的。

这上面是实写，从咏物来讲，写的是物的外在特征，但又是借助女性的生命来写杨花的外在特征。下面是虚写。为什么“困酣娇眼”呢？原来是“梦随风万里，寻郎去处”。她在梦中到万里之外追寻她的爱人。这种写梦魂的诗句，除了前面我们引过的岑参《春梦》，唐诗里面还有许多妙句呢，例如戎昱的“归梦不知湖水阔，夜来还到洛阳城”，顾况的“故园此去千余里，春梦犹能夜夜归”，方干的“夜来有梦登归路，不到桐庐已及明”。苏轼这里是受前人的启发。“又还被、莺呼起”，又化用了晚唐金昌绪的《春怨》诗意：“打起黄莺儿，莫教枝上啼。啼时惊妾梦，不得到辽西。”苏轼化用得很巧妙，不露痕迹。正在做梦呢，忽然被黄莺吵醒了，梦中醒来，睡眼不是“欲开还闭”么？梦是虚写。写梦，好像跟杨花没什么关系了，实际上呢，你们想想，离开杨花了没有？还是没有离开杨花。因为杨花也是被风刮得到处飘荡。不过，在东坡笔下，杨花好像不是被风吹着飘荡，而是有意去寻找她的情郎，这比章质夫原唱的写实更巧妙，更富有韵味。

上片写了落花，下片再写什么呢？写寻花，追花。上片写杨花飘零，“抛家傍路”，由路旁的杨花而展开想象，它像闺中爱人离别的少妇。下片就写寻花，花到哪去了呢？“不恨此花飞尽，恨西园、落红难缀”，这又是呼应上文的“也无人惜”。暮春时分，杨花飞尽，人们不感到遗憾，这个“恨”，作遗憾讲。人们“恨”的是什么？是西园其他的“落红难缀”。这是用反衬，同时又是呼应开篇的“似花还似非花，也无人惜从教坠”。表面上看，柳絮像花又毕竟不是花，所以不必去“恨”，应该“恨”的是西园遍地落英，但“落红”况且“难缀”，更反衬出柳絮的“无人惜”的遭际，词人进一步写出了对柳絮独“惜”的情愫。于是就追寻落花。“晓来雨过，遗踪何在，一池萍碎”，昨夜一场风雨，更把杨花吹打得七零八落，地上已见不着杨花了。试问还有花的踪迹么？哦，杨花变成了池中的浮萍。苏轼在“一池萍碎”句后自己加了一个注释，说是“杨花落水为浮萍，验之信然”，人们说杨花掉到水里会变成浮萍，到水池里一看，果真如此。其实这是没有科学道理的，但苏轼认为是真的。实际上，我们并不把词中所写的当作科学，把词当作科普读物。作为文学艺术，苏轼这么写，艺术想象还是蛮新鲜的。“一池萍碎”，具有画面感，有色彩感。“春色三分，二分尘土，一分流水”，进一步写杨花的踪迹。这三句写春色，好像又离开杨花了，其实呢，春色是由什么构成的呀？是花，花代表着春色、象征着春色。在这首词里，杨花就代表春天。杨花飞尽了，春色就没有了。如果再把这春色、把花分成三等份的话，两份入了尘土，一份入了流水。把风景分份子，并不是苏轼的创造，中唐诗人徐凝的《忆扬州》说："天下三分明月夜，二分无赖是扬州。"比苏轼稍微年长的叶清臣，也有《贺圣朝》词说："三分春色二分愁，更一分风雨。"但苏轼所写的更加语意蕴藉、含蓄、巧妙。杨花虽然不见了，但它的生命又化成另外一种形态。无中生有，亏他想得出来。杨花是没有了，但尘土当中还融化着杨花，还残留着杨花，所以紧接着说"细看来、不是杨花，点点是离人泪"。仔细一看，不是点点杨花，而是离人的泪水化成的。"不是杨花"，又呼应了前文的"似花还似非花"，首尾呼应，结构是多么严密。说泥土中的杨花不是花，而是离人的眼泪变成的，就把人跟杨花有机地紧密地结合在一起了。

这首词典型地体现了咏物词的审美理想：形神兼备。全词既写了杨花的形，又写了杨花的神，赋予杨花以人的生命、人的情感。有时好像是写杨花，有时又好像是写人，写思妇，这就是若即若离。他写杨花，又不限于杨花，这就是不即不离。柳絮与思妇真正达到了"你中有我，我中有你"，水乳交融、貌似神合的境界。《庄子·齐物论》说："昔者庄周梦为蝴蝶，栩栩然蝴蝶也，自喻适志与，不知周也。俄然觉，则蘧蘧然周也。不知周之梦为蝴蝶与？蝴蝶之梦为周与？周与蝴蝶，则必有分矣。此之谓物化。"苏轼此词，不知是杨花还是思妇，是思妇还是杨花。所以，大受后人的赞美。

据今人考证，这首词是苏轼贬谪黄州的第二年，即元丰四年（1081）写的。他到黄州的第二年，章质夫写了一封信来安慰他，提醒他应该多多保重，同时附上这首词。苏轼当时因为是写诗惹的祸，惹来“乌台诗案”，所以不敢轻易写诗，他就写了这首唱和词给章质夫。那么，这首词里头有没有苏轼另外的寄托呢？也就是说，这杨花的命运，如“抛家傍路”，是否包含有苏轼对自我贬谪的感叹呢？这很难说。可能有，也可能没有。我们可以从这方面去联想理解，但不可坐实，不能说苏轼在杨花里就一定包含有他自身对贬谪的感受。我只是提出这么一个思考的方向。读者可以认为他有自己贬谪的体验在里头，也可能没有。

读过两首杨花词，我们再来看周邦彦的名作《六丑·蔷薇谢后作》。这蔷薇是带刺的，就像以前流行的《两只蝴蝶》所唱的：“亲爱的，你慢慢飞，小心前面带刺的玫瑰。”周邦彦很擅长写咏物词，南宋人写咏物词，受周邦彦的影响比受苏轼的影响要大。

关于这首词，还有一个故事呢。古代的名词名作，常常有故事。作品本事的故事性，能促进作品的传播。现在歌坛上有的歌手，有时为了出名，为了促销他（她）们的唱片，故意制造一点绯闻，引起媒体的关注，引起接受者的关注。古代有时候跟这差不多，但古代不是诗人、词人自己去编造什么故事，而是好事者编故事。周邦彦这首词的故事，是南宋末年周密的《浩然斋雅谈》里头记载的，故事编得就像现在的绯闻一样，真真假假，它的作用就在于引起你的关注。所以我们根据目前歌坛的风气推想古人的那些逸闻趣事，不必当真。有人很愤怒，说这些故事是诬蔑周邦彦同志，他的人格其实挺高尚的。我们可以用一种平常心，理解编故事的人的用心，他制造这些绯闻，无非是为了作品的传播。

下面就看这个故事是怎么说的。“宣和中，李师师以能歌舞称”，李师师就是《水浒传》里头写到的京师名妓、花魁李师师，她能歌善舞啊。当时周邦彦为太学生，“每游其家”，经常到她家里去玩乐。有一天晚上，他在师师家的时候，碰巧“值佑陵临幸”，谁来了呢？宋徽宗。他也到李师师家里去了。周邦彦无奈，只得“仓卒隐去”，躲藏起来。“既而赋小词，所谓‘并刀如水，吴盐胜雪’者”，就是我们以前讲过的那首《少年游》。周邦彦躲在暗中，听到徽宗和师师两人在那里卿卿我我，李师师削橙子给宋徽宗吃，于是他就写了这首词，“盖纪此夕事也”。不久，师师“被宣唤”到宫廷里去给宋徽宗唱歌听，于是唱了这首词。徽宗“问谁所为”，师师回答说是周邦彦写的。“于是，遂与解褐”，皇帝老儿一听乐了，词写得这么好，不错呀，有才气，于是破格提拔周邦彦，让他做官了，“自此通显”，从此以后就飞黄腾达了。又过了不久，“朝廷赐酤，师师又歌《大酺》《六丑》二解”，在朝廷的宴会上，师师又歌唱了周邦彦写的《大酺》和《六丑》两首词。“上顾教坊使袁绹”，徽宗皇帝听后感到很新鲜，就找教坊使袁绹来问。我们曾经说过，宋词以女声歌唱为主，很少有男声歌唱家。这个袁绹，是当时很少见的一位男声歌唱家，靖康之难中他还活着，家产被籍没，送给了金人。圣上问袁绹，这两首词谁写的呀？袁绹说：这是“起居舍人、新知潞州周邦彦作也”。其实周邦彦从来没有做过起居舍人，这是编故事的人瞎编的。圣上又“问《六丑》之义”，都不知道是什么意思，于是“急召邦彦问之”。周邦彦十万火急地赶到朝廷，以为有什么军国大事呢，原来是问他《六丑》是什么意思啊。于是他回答说：“此犯六调，皆声之美者，然绝难歌。”这是六个宫调里头最优美的唱段，把它集中在一起，但是非常难唱。“昔高阳氏有子六人，才而丑，故以比之。”高阳氏有六个儿子，都很有才气，但长得不好看，用来比附此词，故称作《六丑》。词调很难唱，而李师师却唱得让宋徽宗极为欣赏，可见李师师的歌唱水平相当高。圣上听了，大为高兴，就想让周邦彦留在京城，好随时写词来歌功颂德。徽宗让蔡京打听周邦彦的意向，谁知周邦彦不买账，对蔡京说：“某老矣，颇悔少作。”言下之意是不想当弄臣，做吹鼓手。蔡京如实汇报，徽宗听后很生气，也就作罢了。看来，周邦彦还是蛮有骨气的。

《六丑》词，艺术上写得很精美，深得后人的称赞。其实内容非常简单，只是说惜花，但周邦彦经过层层铺叙，把惜花之情写得委婉曲折：

正单衣试酒，怅客里、光阴虚掷。愿春暂留，春归如过翼，一去无迹。为问花何在，夜来风雨，葬楚宫倾国。钗钿堕处遗香泽。乱点桃蹊，轻翻柳陌。多情为谁追惜。但蜂媒蝶使，时叩窗槅。　　东园岑寂，渐蒙笼暗碧。静绕珍丛底，成叹息。长条故惹行客。似牵衣待话，别情无极。残英小、强簪巾帻。终不似一朵、钗头颤袅，向人欹侧。漂流处、莫趁潮汐。恐断红、尚有相思字，何由见得。

这首押的是入声韵。词作开始是做层层的铺垫，不是像苏轼《水龙吟》那样上来就写杨花。诗词的开头，有各种方式，香港大学有位黎活仁先生，曾经主办过三次国际会议，专门研究中国古典诗歌的开头与结尾，研究诗歌怎么开头，怎么收束，蛮有意思的。

“正单衣试酒，怅客里、光阴虚掷”。宋代有这么一个风俗，新酒刚刚煮熟的时候要试着品尝一下，大概在三四月份。所谓“单衣试酒”，是指春天刚要换季的时候，也就是暮春时分。春天里，没有好好享受一下春光，没有留意春光流去，糊里糊涂的春天就没了，词人感到非常遗憾。这里特意点明是“客里”，就是流浪在外。流浪在外，本来就让人感伤，春光虚掷又是一层感伤。现在突然意识到春天过完了，那怎么弥补一下呢？所以就想着“愿春暂留”，可“春归如过翼，一去无迹”。清代的周济说这三句话是“千回百折，千锤百炼”。这几个字，怎么是“千回百折”呢？“愿春暂留”，他不是说春天久留，而只说暂留，愿望还是很可怜的哦。知道春天久留不住，只希望“亲爱的你慢慢飞”，慢慢走，稍微等一会儿，暂留一会儿，可是呢，“春归如过翼”，像鸟一样飞走了，什么痕迹都没留下。“愿春暂留”的愿望落空了，被否定了，春天的痕迹也找不到了，怎能不伤感？

按道理，人们总是希望春长在，花长开，但这个时候，周邦彦已经不是少年了，而是经历了人世的沧桑变化，对人生已经不抱太多的希望，只是有那么一点可怜的希望，却还没有获得。这里说了三层意思：希望春留，结果春去，而且去得无影无踪，层层递进。这就叫“千回百折”。希望春留，跟咏蔷薇花有什么关系？其实是希望花留。咏花，不能每一句都说花啊。春天“一去无迹”，花儿难道也一点痕迹也没留下吗？惜花人不甘心，要去找找。

“为问花何在，夜来风雨，葬楚宫倾国”，这构思，有点像苏轼的杨花词“晓来雨过，遗踪何在”。昨夜一场风雨，埋葬了“楚宫倾国”。“楚宫倾国”，不是指地名，而是指花。“楚王好细腰，宫中多饿死”，这是用楚宫中的美女形容蔷薇花，又用汉代李延年“一顾倾人城，再顾倾人国”的诗意来比喻蔷薇花。一般是把人比作花，这里是用花来比人。作者不说风雨葬送了可怜的蔷薇，这样说就太直露，含义太简单，说“葬楚宫倾国”，就让你产生很多的联想，联想到历史上的薄命红颜、宫中佳人的种种悲剧命运，这就丰富了词的审美内涵。“钗钿堕处遗香泽”，“钗钿”是女性的装饰品，这里形容花瓣。花瓣堕处，蔷薇花是看不到了，但香味还残留着。作者不直说花堕处，而说“钗钿堕处”，这可以让我们联想到花凋谢前的热闹。唐宋词里头，经常写到人们踏春游春时候有“遗簪”的，以前讲过的柳永《木兰花慢》就说到帝城春游时节到处都“遗簪堕珥，珠翠纵横”。往日的热闹反衬出今日的落寞，由于“客里光阴虚掷”，春光明媚时节的热闹没赶上，现在只闻到一点香泽，该是多么遗憾！

“乱点桃蹊，轻翻柳陌”，写蔷薇的残花，在桃蹊柳陌上随风翻舞。这是写花落之前还是写眼前景呢？似是而非。“多情为谁追惜”，苏轼说“也无人惜从教坠”，这里说蔷薇花有谁来追惜、谁来怜悯呢？“但”，是只有的意思。只有“蜂媒蝶使，时叩窗槅”，人无情，而蜜蜂和蝴蝶倒是还在追寻着蔷薇花。它们在自然界当中找不到蔷薇，到哪去找呢？找到了窗槅上。古代窗槅上糊着纸，纸上画有蔷薇花。蜜蜂和蝴蝶误以为画上的花是真的蔷薇。这构思很巧妙，很奇特。用蜂、用蝶的多情反衬春光流逝的无情。

下片是进一步的寻找蔷薇。过片写“蜂媒蝶使”的追惜，下片写自己的追寻。用蜜蜂、蝴蝶反衬别人的无情，用别人的无情反衬自己的至情多情。“东园岑寂，渐蒙笼暗碧”，他满怀着希望，希望到东园里能找到蔷薇花，结果东园里头一片沉寂，找不到鲜花，看不到想象中、期待中那些盛开的蔷薇了，只有葱绿的丛丛枝叶。“静绕珍丛底，成叹息”，这是人与花的对话。他不甘心，在蔷薇边转来转去的，长吁短叹，咳！花儿怎么凋谢得这么快呢！正在神神叨叨地叹息时，衣裤被蔷薇的枝条绊住了。蔷薇挂住了他的衣服，他是怎么写的呢？“长条故惹行客。似牵衣待话，别情无极。”咱们要是遇到玫瑰花把裤子给挂住了，心里肯定很烦，讨厌啊！说不定立马就气呼呼地把玫瑰给折断了。而词人呢，觉得这花好多情哦，它是有意把我给拉住，舍不得我离开，不光是我舍不得它，它也舍不得我呢！它好像有话要跟我说，好像有满腹的愁恨，要向我倾诉呢。这是名句，值得玩味，周济《宋四家词选》评这句说："不说人惜花，却说花恋人。"从物着笔，运用拟人手法、移情手法，如同辛稼轩的"我见青山多妩媚，料青山见我应如是"，这里是"我见长条多别意，料长条见我应如是"。蔷薇不是"无情有思"，而是有情也有思哦。词人找了半天，终于找到了一朵花——"残英小"。这个"残英"是什么？就是残花。终于在这刺丛里头找到了一朵，于是"强簪巾帻"，勉强把它插在头上。怎么会勉强呢？因为是残花，又特别小嘛。唐宋的男人也戴花的，晚唐杜牧有诗说："尘世难逢开口笑，菊花须插满头归。"黄山谷《南乡子》词说："乱折黄花插满头。"南宋魏了翁也有《南乡词》词说："为尔簪花插满头。"唐宋的男人女人都爱美，一样的戴花。所以周邦彦见到一朵快凋零的蔷薇，就"强簪巾帻"。咱们现在的男子汉，要是把花戴在头上，一定被说成是有病。时代不同了，审美风气不一样哟！"强簪巾帻"，也见出词人爱花惜花之心。但"终不似一朵、钗头颤袅，向人欹侧"，虽然残花勉强可以满足爱花的心情，但终究不像盛开的玫瑰那样鲜艳夺目、风情万种。18世纪苏格兰著名诗人罗伯特·彭斯有一首著名的诗歌 *A Red, Red Rose*，首句是：My love is like a red/red rose 意思是"我的爱人，像一朵红红的玫瑰"。周邦彦这样热爱怜惜蔷薇，说不定也是想到心上人像玫瑰呢！

他在蔷薇丛中找到一朵还不满足，"花自飘零水自流"，没准水面上还漂有残花呢！果然，“漂流处、莫趁潮汐”，在水面上的“漂流处”，他看到了花瓣。他说，花呀花呀，你别漂走啦，不要跟随这早晚的潮汐一起流逝。你流走了，“恐断红、尚有相思字，何由见得”，这里暗用了红叶题诗的故事，但用得非常巧妙。唐代范摅《云溪友议》卷下记载，卢渥偶然从皇宫御沟里捡到一片红叶，上面题有诗说：“流水何太急，深宫尽日闲。殷勤谢红叶，好去到人间。”后来卢渥与一位被放出的宫女成婚，恰巧正是那位题诗的宫女。词人将红叶题诗的爱情故事点化，说花儿你可别漂走了，以后假如有人也给你题诗，那我可就看不到了。

全词从不同角度写自己惜花的心情。我们可以跟前面两首对比一下，章质夫和苏轼的杨花词写落花，那还是有花可写，周邦彦这个呢，是“蔷薇谢后作”，你想想题目啊，是无花，没有花。没有花的时候他也写得处处都是花，处处体现出惜花爱花的主题，从不同的角度伸张扩大。我们经常说艺术的张力，这首词是非常具有张力的，艺术构思上有独特巧妙之处。

欣赏了写杨花和蔷薇花的词，我们再来看另外一种更富有生命力的花——梅花。梅花，唐诗当中也写得比较多，我曾经检索统计过，《全唐诗》里直接写“梅花”的有151首，但是唐人不太重视梅花，把梅花看得很一般。唐人最爱的是什么呢？是牡丹。“一丛深色花，十户中人赋”，在白居易笔下，唐人爱牡丹，非常的疯狂，就像前些年流行的什么君子兰、吊兰之类，身价昂贵得不得了。宋人自从林逋写了梅花以后，就特别爱梅花。宋代咏梅的诗词非常多。南宋初期有一位词人叫黄大舆，编了一本词选，叫《梅苑》，主要选录北宋的咏梅词，有400多首。这是中国第一本咏物词的专集，上海古籍出版社出版的《唐宋人选唐宋词》里有这本词选。宋代好的咏梅词有很多，我比较喜欢的是下面几首。先看晁补之的《盐角儿》：

开时似雪。谢时似雪。花中奇绝。香非在蕊，香非在萼，骨中香彻。　　占溪风，留溪月。堪羞损、山桃如血。直饶更疏疏淡淡，终有一般情别。

刚才说到林逋的那首咏梅诗，其中“疏影横斜水清浅，暗香浮动月黄昏”两句最有名。这首诗让梅花变成了宋代的国花，大大地提高了梅花的知名度，同时呢，它也建立起咏梅的模式。南京师范大学的程杰教授，写过一本《中国咏梅文学研究》的著作，他从植物学的角度开始研究起，然后说明梅花为什么值得人们喜爱，并且总结了咏梅诗词的范式，说咏梅诗词，总是离不开水和月，总是把梅花放到水边、放到月下来写，水和月是咏梅诗词的两大元素。

这首《盐角儿》咏梅花，咏的不是梅花的形，而是梅花的神，“开时似雪，谢时似雪”，也是若即若离，不求形似，而求神似，但是它没有完全离开形。梅花开的时候雪白，谢的时候仍然雪白，始终如一，颜色不改，芳心不改，一直是非常坚韧顽强的。“花中奇绝”，这是直接赞美。梅花不以外形外表取胜，而是以内美内秀、独特的香气引人喜爱甚至崇敬。宋人之所以喜欢梅花，喜欢桂花，就是因为它们具有一种内在的气质、内在的精神，不是用绚丽的外表来吸引人。李清照说梅花“此花不与群花比”，称赞桂花“自是花中第一流”，都是赞美这个特点。香不在花蕊，也不在花萼，而是“骨中香彻”，美在精神，美在气骨。它沐浴着溪风，留恋着溪月，很清高，不在尘世里头与群花争艳争美，是“俏也不争春”。它在山林里跟溪风、跟溪月为伴。风和月，是自然界的两“清”，常常是高洁人格的象征。“堪羞损、山桃如血”，血红的桃花鲜艳，但徒有其表，经不住风雨的考验，在梅花面前，会感到羞愧。人们常说“闭月羞花”，借用这个词，梅花可以羞别的花，让别的花感到害羞、感到惭愧。“直饶更”，是即使的意思。即使是“疏疏淡淡”，零零落落，但“终有一般情别”，跟别的花还是不一样，她有一种傲然独立的精神。

如果说这首词是借物言志，那么下面洪惠英的《减字木兰花》就是借梅写人。洪惠英是南宋的一位女子，先不说她的身份，看了她的词再说：

梅花似雪，刚被雪来相挫折。雪里梅花。无限精神总属他。　　梅花无语。只有东君来作主。传语东君。且与梅花作主人。

大家想想，“梅花似雪，刚被雪来相挫折”的这两个“雪”，意义是不是有所不同啊？第一个“雪”，是取其什么？

颜色。第二个“雪”呢，是自然界的雪，是摧残梅花的雪。这首词明白晓畅，不需要太多的解释，我们来看一看词的本事就更加明白了。

南宋洪迈的小说集《夷坚志》记载，他在会稽，也就是现在的浙江绍兴当知府的时候，一次举行宴会，有位唱诸宫调的女子叫洪惠英，在表演的时候，忽然停下鼓板说，小女子洪惠英，“有述怀小曲”，希望大人允许我唱给您听听。于是她就唱了上面的那首词，并且解释说：梅者，惠英自喻也。不是我有意自抬身份，自比名花，只是借以喻意，表达我内心的痛苦而已。“雪者，指无赖恶少”，近一月来，多次遭到恶少的困扰。用现在的话说，她多次受到地痞流氓的骚扰。她希望洪迈、她的本姓长官能够给她做主。作者通过咏梅来抒写自己不堪的遭遇。梅花在不同作者的笔下，体现出不同的精神。这首词是写一个有着像梅花一样高洁灵魂的女子，不堪风雪的侵凌，希望得到救助。洪迈听后，很欣赏，说是“情见乎词，在流辈中诚不易得”。至于洪迈是否帮了忙，没有明说，想来他不会让洪惠英失望的。

南宋楼槃有一首《霜天晓月》词，写来则是另一番风味：

翦雪裁冰。有人嫌太清。又有人嫌太瘦，都不是、我知音。　　谁是我知音。孤山人姓林。一自西湖别后，辜负我、到如今。

词以第一人称的口吻代梅言志。“翦雪裁冰”，俺梅花在冰雪世界中炼成，用冰雪铸就特有的性灵气质，可是有人嫌俺太清贫，又有人嫌俺太干瘦，说俺寒酸，这些都不是俺的知音，根本不了解俺。俺虽然很穷，很清贫，但俺有骨气。谁是俺的知音呢？谁了解俺梅花的品性呢？只有国朝初年杭州西湖孤山上那个姓林的隐士，他才是俺的知音。可惜自从他死了以后，俺到如今都没有知音了，得不到理解，辜负了俺冰清玉洁的品性。世人只看华美花俏的外表，根本不重视人的内在品格，这是一个寒酸而又清高的读书人借梅花来表白自己的命运、气质和处境。虽然是用大白话，但写得蛮有趣味。这首词一般选本很少选人，所以我在这里特别推荐出来。

南宋的萧泰来，号小山，也有一首《霜天晓月》咏梅词：

> 千霜万雪。受尽寒磨折。赖是生来瘦硬，浑不怕、角吹彻。清绝。影也别。知心惟有月。原没春风情性，如何共、海棠说。

《霜天晓月》词调，又名《霜天晓角》。这个词调有两种体式，一体押平声韵，像上一首；一体押仄声韵，像这一首。也就是说，这个词调押平声韵和仄声韵都可以。这首词押的是入声韵，如果用方言读，更有味道。词写梅花有种硬骨头的精神，千霜万雪的摧残，严寒酷冷的折磨，都改变不了梅花的本性。跟上一首词一样，这首词也用了霜雪的意象，但一是正面写，一是反面写，由此可以体会词人不同的构思和用意。为什么说不怕“角吹彻”呢？因为古梅花曲里头有一支很著名的曲子叫《梅花落》，李白《与史郎中钦听黄鹤楼上吹笛诗》里听的就是这支曲子，哪位同学记得他的诗是怎么写的？对！“黄鹤楼中吹玉笛，江城五月落梅花。”这里是说我不怕你吹《梅花落》，吹也吹不落我的花，所以说“浑不怕、角吹彻”。雪打风吹都不怕，还怕你角声吹什么《梅花落》！吹一百遍唱一百遍《梅花落》，我就是不落，我还坚强地开放在树枝上。我不仅骨头硬，连影子都跟别的花不一样：“影也别。知心惟有月。”谁懂得我？月亮！月亮知道我的心。我梅花天生就是在寒冷中长大的。我原本就没有春风情性，不随波逐流，跟春天开放的海棠没有共同语言，“如何共、海棠说。”

以上三首词，按照形神兼备的审美要求，形似稍嫌不足，神似、写梅花的精神个性，还是不错的，只是韵味还显单薄了一点。

咏物词，不光是咏花草，也咏虫鸟。下面就讲一、二首咏鸟的词。先看史达祖的《双双燕》，这首词咏燕，是非常著名的咏物词。史达祖是跟姜夔差不多同时的著名词人。我们曾经据 40 种古今词选来统计，史达祖这首词入选率最高，宋词选本，一般都会选录这首词。这是他的一首自度曲，看他是怎么写的：

过春社了，度帘幕中间，去年尘冷。差池欲住，试入旧巢相并。还相雕梁藻井，又软语商量不定。飘然快拂花梢，翠羽分开红影。　　芳径。芹泥雨润。爱贴地争飞，竟夸轻俊。红楼归晚，看足柳昏花暝。应自栖香正稳，便忘了天涯芳信。愁损翠黛双蛾，日日画阑独凭。

这首词构思巧妙，把燕子写得活灵活现。构思巧妙，妙在哪呢？妙在从闺中人的眼中看燕，明写燕子，实际上是通过双燕最终表现闺中女子的孤独。这首词让我想到苏轼的《念奴娇·赤壁怀古》。表面上，这两首词完全没有可比性，其实构思上是有可比性的。苏轼之所以要极力赞美周瑜，赞美周瑜人生事业爱情的得意，是为了什么？是为了反衬自己人生的失意。这首词与之比较类似，待会儿再说。

“过春社了”的春社，是在春分时节，春分刚过。晏殊的那首《破阵子》也是说燕子来时，正逢春社，所谓“燕子来时新社，梨花落后清明”。燕子来时，穿越主人家的帘幕，飞到旧巢。燕子是怀念旧巢旧窝的，所以又到去年住过的地方看看，观察一番。“去年尘冷”，冷，是说环境冷清，暗示物是而人非，这为下文写女子埋下伏笔。“差池欲住”的“差”，读 cī，参差的差。“差池”两个字是从《诗经·邶风·燕燕》“燕燕于飞，差池其羽”里来的，形容燕子舒张尾翼，上下翻飞的样子。“试入旧巢相并”的“相并”两个字，用得特别好。相并是并居啊，很亲热的双燕相拥在一起。双燕，唐宋诗词里头经常用双燕来反衬人的孤独，如唐代张窈窕的“双燕不知肠欲断，衔泥故故傍人飞”。这双燕子是多么幸福啊，相伴着飞进窝里，依偎在一起，亲密得了不得，过一会儿又飞出来。“还相雕梁藻井”的“还”，应该读 xuán，迅速、立即的意思。“藻井”，是天花板。双燕在雕着水藻花纹的木梁和天花板上盘旋察看，好像是在商量：咱们是搬家呢，还是继续在这里住呢？像是准备要结婚的恋人在商量：咱们是住在这旧房子里，还是再买一栋豪华别墅呢？顺便说明一下，古代木质房梁上之所以要雕刻水藻花纹，是取水之意，因为木质房子怕火。“又软语商量不定”，“还相”是从动作上写，“软语”是从语言上写，把燕子写得像恋人一样，亲昵亲热，让闺中孤独的人好生羡慕。以上几句，是写燕子在室内的情形，下面写燕子飞到屋外的情景。“飘然快拂花梢”，像摄影镜头一样捕捉燕子飞翔的神态。“飘然”，轻盈快捷的样子；“快拂花梢”，在花的枝头一掠而过。“翠羽分开红影”的“红影”，也是花。“飘然”句写燕子在花梢上飞拂，这句写燕子在花丛中穿来穿去。我们要想象，燕子在花丛中穿越，花朵自然地向两边分开，这镜头特美。可以想见词人观察生活、表现生活是多么细致、多么逼真。

下片“芳径。芹泥雨润”的“芳径”，其实还是写花，请注意这里用字的变化。“花梢”“红影”“芳”，都是指花。全用花字，不免重复而单调，变化着用字，还可以突出花的视觉效果、形状、香气。红是视觉形象，芳强调的是芳香、嗅觉感受。“芹泥雨润”，杜甫《徐步》诗说：“芹泥随燕觜，花蕊上蜂须。”芳径一句，写燕子到屋外花间小路上衔泥筑巢。燕子有时飞得很矮很低，词人观察得真是非常细致。“爱贴地争飞，竞夸轻俊”，双燕好像在比赛啊，看谁飞得快，像飞行表演一样，这表现出双燕的活泼可爱。“红楼归晚，看足柳昏花暝”，这里开始转折。双燕在外头尽情玩了一天、潇洒了一天，“看足柳昏花暝”，在柳林花丛中一直玩到黄昏，看足了自然的美好。而且还“应自栖香正稳”，美美地睡了一觉，它们两个成双成对，幸福自在，可是“忘了天涯芳信”。双燕还有传书的使命呢，南朝江淹有一首《杂体诗》说：“袖中有短书，愿寄双飞燕。”传说中大雁能传书，燕子也能传书。可这双燕子回来时，却忘了给闺中女子带来浪迹天涯的情郎的书信。女子在闺中翘首盼望，期待燕子给她带来芳信，最终却让她失望了。所以结句说：“愁损翠黛双蛾，日日画阑独凭。”这个“独”字是词眼，她独自凭栏，正好跟燕子的“相并”“软语商量不定”“栖香正稳”形成强烈的对比。不止一日是独凭栏，而且“日日”，天天是这样，可以想见闺中人期盼的殷切、长久。

这首词，调作《双双燕》，全词大量的篇幅也是描绘双燕，但我觉得，词人是通过燕子来表现闺中人的孤独。表面上描写的重心是燕子，实际上的主旨是抒情。结构与主旨的安排正好“本末倒置”，立意上本是抒情，末是写燕，结构上却是本写燕子，末写闺中人情。这种本末倒置，轻重易位，恰恰体现出词人构思的别出心裁。讲到这，我又想到范仲淹的《岳阳楼记》。《岳阳楼记》大量的篇幅是写景，实际上范仲淹是想劝说他的朋友滕子京要“不以物喜，不以己悲”。看起来，《岳阳楼记》是一篇抒情写景的纪实散文，实际上它是说理的，是为了开导对方，不过借写景来说明而已。刚才说这首词跟苏轼的《念奴娇·赤壁怀古》构思相近，因为苏词表面上是以周郎为主，其实正如晚清黄苏《蓼园词选》所说的“周郎是宾，自己是主”，“借宾定主，寓主于宾”。史达祖这首词呢，看起来全词是在写燕子，其实落脚点是在写人的情感，套用黄苏的话说是：燕子是宾，闺中人是主，借燕子写闺中人，寓人情于燕子。这是史达祖构思的巧妙之处。有人觉得后面几句是画蛇添足，写人就写人，写燕子就写燕子，明明写燕子，怎么后面写起女人来了呢？这是没体会到词人的巧妙构思。清朝的王士禛非常欣赏这首词，极口称道，说是“咏物至此，人巧极天工矣”。词人确实把燕子写活了，形神兼备。王士禛是著名学者，他有一本词话叫《花草蒙拾》。

我很喜欢北宋后期词人刘焘的《转调满庭芳》，这首词也是咏雁的，我给大家推荐一下，但算不算咏物词，也许有不同的看法。上第一节课时我就说过，名作的形成是一个过程。这首词一般选本都没有选人，我调查了七八十种唐宋词选本，只有两个选本入选了。除了南宋初年曾慥的《乐府雅词》，就是我们武大中文系的前辈、一级教授刘永济先生的《唐五代两宋词简析》选了这首词。词是这样写的：

风急霜浓，天低云淡，过来孤雁声切。雁儿且住，略听自家说。你是离群到此，我共那人才相别。松江岸，黄芦影里，天更待飞雪。　声声肠欲断，和我也、泪珠点点成血。一江流水，流也呜咽。告你高飞远举，前程事、永没磨折。须知道、飘零聚散，终有见时节。

写人与雁的对话，构思也很新颖。最主要的，是它表达的情感非同一般，在咏物词和离别词里头很难见到。恋人离别以后，一般都是感伤、饮泣，而这首词的女主人公，她对对方有一种深深的理解。尽管离别以后她也很痛苦，但她对对方是激励，是安慰，对未来充满了期盼。上片是和孤雁对话，“你是离群到此，我共那人才相别”，同病相怜，“同是天涯沦落人”，人与雁产生了情感的共鸣。过片写她也非常痛苦。“声声肠欲断，和我也、泪珠点点成血”，这两句像是写雁，又像是写人，毋宁说是人雁融为一体，甚至连江水都在呜咽，都在为雁的命运和“我”现在的悲惨境遇而感到十分伤心。但接下来，女主人公既是在安慰大雁，似乎又是在跟和她分别的那个人说：你“高飞远举，前程事、永没磨折”，祝愿你未来在事业上一帆风顺，在前进的路上没有坎坷。这里她想到的不是自己，而是对方。而且她接着说：“须知道、飘零聚散，终有见时节”，我们总有一天会见面的。像苏轼的词里所说的“人有悲欢离合”，人生难免这样的离别。她强打精神，安慰对方。像这样的精神状态，在其他离别词里面是很少见的。这首词又是通过咏物的方式来把它表现出来，非常有特点，很值得咀嚼和玩味。

第十三讲

怀古词

怀古词，先说一下『怀古』与『咏史』的异同。怀古和咏史，是诗词的两大主题、两大类型。唐诗里也有很多咏史、怀古诗。

怀古和咏史，是诗词的两大主题、两大类型。唐诗里也有很多咏史、怀古诗。

怀古和咏史，有共同的一面，描写的都是历史时空，都是表现诗人、词人对历史事件或历史人物的反思，也就是说，它们的题材是写历史，是过去时态。作者往往是通过历史来表达对现实的一种态度，也就是通常所说的“借古讽今”，或者是讽刺现实，隐喻现实政治，或者是借历史人物来表达自己人生的失意。表面上写的是历史事件或历史人物，而实际上是要表达对现实的某一种态度，作者不过是用一种曲折的方式来表达自己的人生态度、人生思考而已。怀古和咏史，在题材和创作目的这两个层面上是相同或相近的。

那相异的一面呢？“怀古”的这个“古”，具体地说，是指一种古迹，是抒发跟特定的古迹相关的古事古人的幽思。因此，怀古又往往跟登临主题结合在一起，怀古诗词，在艺术表现上，往往要写景，要写这个古迹的地理环境、景物景观。如杜甫的《咏怀古迹》写王昭君，一开始就写“群山万壑赴荆门，生长明妃尚有村”。刘禹锡的《西塞山怀古》，一开始是写历史：“王濬楼船下益州，金陵王气黯然收。千寻铁锁沉江底，一片降幡出石头。人世几回伤往事，山形依旧枕寒流。今逢四海为家日，故垒萧萧芦荻秋。”他把写景放到后面去了。可以说，怀古的事件或人物是历史的，是过去时态，而空间场景则是现实的，是现在时态。怀古诗词往往包含着两重时空：过去的人事和现实的场景。咏史诗词呢，可能是针对一个历史事件，可能是针对一个历史人物，直接写作者的思考、态度，不一定要去写景，不表现现在的时空场景。比如李商隐的《贾生》写汉代贾谊：“宣室求贤访逐臣，贾生才调更无伦。可怜夜半虚前席，不问苍生问鬼神。”就没有写景，只写他对贾谊命运的思考。咏史诗词，虽然也可能包含着现实，但这种现实是隐含着的，是以隐喻的方式潜藏着的。所以，怀古与咏史，有相同的一面，也有相异的一面。我这里说的，主要是现象层面的异同，可能还有更深层的，比如表现功能上的、题材取向上的异同。如果大家有兴趣，可以去作进一步的探讨。

下面先赏读几首怀古词。

在宋词里头，引人注目的怀古词之一，是王安石的《桂枝香·金陵怀古》。据说当时有好多词人同时用《桂枝香》这个词调来写“金陵怀古”，只有王安石这首写得最好，为时人所传诵，别人写的，一首都没有流传下来。杨湜的《古今词话》记载：“金陵怀古，诸公寄词于《桂枝香》，凡三十余首，独介甫最为绝唱。东坡见之，不觉叹息曰：‘此老乃野狐精也。”，野狐精，是禅宗里的一个话头，原指野狐的精魅能作变幻，以欺诳他人，比喻自称见性悟道而欺瞒他人者，原本是带有贬义的，东坡这里是比喻王安石鬼精明。经苏轼一表扬，这首词自然就非常受人关注。古今词选本，一般都会选到这首词。王安石传世的词不多，现存29首，但他在词史上，很有开创性。就像这一首《桂枝香·金陵怀古》，不仅有可读性，而且在词史上还有开创性。有的词作呢，有可读性，艺术上比较完美，但是放在词史的进程上看，就觉得开创性不足。晏几道的词，在这一方面是比较典型的。晏几道的词差不多是首首可读，但是晏几道在词史上，就缺乏开创性。

北宋初中叶，词大多是写普泛化的悲欢离合、羁旅行役之思。而王安石呢，把词引向了历史时空，借古讽今。他通过咏史怀古，对历史的反思，表达对社会现实的一种忧虑。这在词的题材转向上，是有开拓性的，它扩大了词的表现功能，让人感觉到，啊，原来小词也可以写这么重大的历史题材呀！这首词的主旨和他在金陵写的诗比较接近。比如他的《金陵怀古》四首之一说："豪华尽出成功后，逸乐安知与祸双。"豪华、奢侈往往是在取得成功之后，过分的逸乐往往有灾祸相随。这个"双"是成双结对、伴随的意思。"东府旧基留佛刹"，当年的宫殿豪宅，已经只残留着地基了，但是古刹依然留存。"后庭渔唱落船窗"，后庭，指《玉树后庭花》，民间还在唱着玉树后庭遗曲。王安石在35岁前后居住在江陵，这个时候也是他酝酿政治改革的时期，他向皇帝上了万言书，提出他对现实的忧虑和改革措施。他当宰相则是后来的事情了。这首诗，也可以看出政治家王安石对社会历史的反思。

我们来具体看看这首词：

> 登临送目。正故国晚秋，天气初肃。千里澄江似练，翠峰如簇。归帆去棹残阳里，背西风、酒旗斜矗。彩舟云淡，星河鹭起，画图难足。　　念往昔、繁华竞逐。叹门外楼头，悲恨相续。千古凭高，对此谩嗟荣辱。六朝旧事随流水，但寒烟、芳草凝绿。至今商女，时时犹唱，后庭遗曲。

这首词押的是入声韵，如果大家能够背诵一些入声韵的词，慢慢对入声字就熟悉了。比如柳永的《雨霖铃》、李清照的《声声慢》、岳飞的《满江红》等，都用的是入声韵。你把入声韵的词读多了，自然对入声韵就有了比较具体的了解。

刚才说到，怀古往往是和登临结合在一起的。怀古，总是面对着古迹，或者登临某一个古迹，这首词就是这样。金陵怀古，首先要遥看金陵的景色、金陵的形胜和金陵的环境。“登临送目”，就是登高远望。“故国”，即故都，现在的南京曾经是六朝古都。这六朝是指哪六朝？宋、齐、梁、陈，前面还有哪两个？一个是东晋，还有一个是东吴。东吴、东晋、宋、齐、梁、陈。这时正是故都的晚秋时分，天气已经变得肃杀和冷清，但是在词人的笔下，金陵依然充满着活力。下面的写景分两个层次，变换着角度来写。因为金陵有山也有水，所以他这里是一句写山，一句写水。“千里澄江似练”，写长江，借用了谢朓的名句“澄江净如练”。李白非常喜欢谢朓这句诗，曾经写诗称赞说：“解道澄江净如练，令人长忆谢玄晖。”玄晖，是谢朓的字。这里，奔腾东去的长江，像一条白绸子，漂浮在江南的大地上。这个想象，很有特点，当时作者即使是站在山上，也很难看清长江像一条白绸子在那飘浮，现在只有坐在飞机上，用航拍，才能够看得那么远，表现出这样辽阔的景象来。这一句写江水，构图非常辽阔。下句转换写山：“翠峰如簇”，仅有江水，还嫌单一，要有山来衬托，远处的山峰就像箭头一样攒聚着。这个“簇”有两种理解，一说是丛聚，指山峦堆积，用作动词，描状远处的重峦叠嶂；一说是像箭头一样尖，这是理解为形容词，形容山峰像箭头那样尖。两种理解可以并存。这两句是写远景。下面两句变换角度，分别写江面和江岸之景。“归帆去棹残阳里”的“帆”“棹”，用的是以局部代整体的修辞手法，写船只来来往往，在残阳的映照之下，宛如一幅图画。“背西风、酒旗斜矗”，写江岸上的景致。“背”是逆着西风，酒旗在旗杆上飘荡。暗示长江两岸很繁华，酒家林立，为后面的商女唱后庭遗曲埋下伏笔，或者说是预留一个空间，使得后面的描写不至于突兀，前后文相互照应。举凡称得上是名作的，结构都非常完整浑成，针线严密。这几句，分别写远山远水、江中之景和江边之景。“彩舟云淡，星河鹭起”两句，是一仰视，一俯视，写天上、地下之景。“彩舟”，可以理解为上面说的“归帆去棹”，彩色的船只。但这样理解不免与上文重复，虽然一是写动态，一是写色彩，但总归都是写船。我们能不能换一种想象？“云淡”，空中飘荡的云彩倒映在江里头，云彩的形状，看上去就像彩舟。这是俯仰所见。“星河鹭起”的“星河”，指长江，把长江比喻成银河；鹭，是指白鹭洲，把白鹭洲写活了，好像白鹭洲在长江里欲展翅高飞。这个“鹭”呢，又可以理解成白鹭，写白鹭在江上盘旋。到过南京的应该知道，在南京长江大桥附近有一个白鹭洲，李白“二水中分白鹭洲”诗句写的就是这个白鹭洲。白鹭洲在长江的波涛里头一起一伏，所以这个“鹭”是一石二鸟，既可以理解为白鹭在空中盘旋，也可以理解为江中间的白鹭洲。这里的景色美如图画，甚至“画图难足”，绘画也很难完全表现出金陵江山的美丽。这跟苏轼的《念奴娇·赤壁怀古》，在构思上隐隐约约有一些相近——“江山如画，一时多少豪杰”。当然这首词是在苏轼之前，不晓得苏轼在构思时是不是突然想到了“野狐精”的这首词？

上片写景，是一般怀古词的写作模式，就像我们后面还要讲到的苏轼赤壁怀古词一样。下片怀古。“念往昔”，回想过去的日子，在六朝古都金陵，上演过多少历史悲喜剧呢？六朝古都，“往事越千年”，可写的东西很多，对词人来说，面临着史料的剪裁与选择。他怀古，怀什么古？怀哪一个历史事件，怀哪一个历史人物？这跟他要表达的题旨、跟他要表达的思想，或者跟他对现实的态度是密切相关的。他在这里怀古，究竟要怀念什么、思索什么？他要反思历史兴亡的教训，因为繁华奢侈而导致亡国，因此他想到“繁华竞逐”——在这块土地上，曾经有多少皇室富豪，多少高门大族，在竞逐着繁华。比富的故事，《世说新语》里头就很多。一首词，容量有限，字句有限，不可能尽情地铺叙展开。于是词人就用了一个最具有代表性的，也是最触目惊心的镜头：“门外楼头，悲恨相续”。什么叫“门外楼头”呢？他用的是杜牧的两句诗：“门外韩擒虎，楼头张丽华。”这两句写的什么历史事件呢？写的是隋朝的大将韩擒虎，带兵已经到了金陵城下，马上就要活捉陈后主了。陈后主这个时候在干什么呢？他没有组织军队来抵抗，而是正在楼头，搂着张丽华，在跳贴面舞。这两个特写镜头一对比，就把陈后主的荒淫误国凸现出来了。杜牧的咏史诗，真的是非常有特点，他最善于用这种蒙太奇的镜头，把两个镜头一叠印，根本不用评论，让你自己来思考。在《华清宫》诗里，说“一骑红尘妃子笑，无人知是荔枝来”，他也是凭借蒙太奇镜头来表达的。远处是“一骑红尘”，一匹带血的骏马飞驰而来，也可理解为在夕阳的映照之下快马奔驰而来，扬起漫天尘土。叠印的另一个镜头是杨贵妃站在山顶的宫门前嘿嘿一笑。不说什么，什么都不说。正所谓“不着一字，尽得风流”，这里头包含着沉重的历史感，空间境界也非常辽阔。让你去思考，你可以想象到背后唐玄宗的得意——妃子高兴了，他也高兴，但是他没想到，杨贵妃的一笑，需要多少人力人命，要付出多大的代价。同样的，如果用这两句来拍 DV 的话，也可以用两个镜头叠印在一起，特别能说明问题。不用更多的画外音或者对白来进行评论，一看就明白了。而王安石的剪辑也非常有意思，他把韩擒虎、张丽华去掉了，剪辑成“门外楼头”，用字非常简练，四个字，就包含了陈后主亡国的过程。

“悲恨相续”是说，像这样的事件，在六朝还不止一次呢。六朝，都是短命的王朝，每一代的君主都是如此的昏庸，如此的腐败，想到这段历史，真是令人感慨。所以说“千古凭高，对此谩嗟荣辱”。往事已经尽随流水，想想往日的升沉“荣辱”、历史变迁，只能给人留下一些感慨。往事如水，寒烟迷雾之中，笼罩着丛丛芳草。这些流水、这些芳草曾经见证着历史的变迁。可惜的是，“至今商女，时时犹唱，后庭遗曲”，到现在呢，歌女们还在唱着《玉树后庭花》。《玉树后庭花》，是陈后主唱的一支曲子，有人说是他创作的，视之为亡国之音。最后这一句是评论，也是发感慨：现在的商女，还唱着《玉树后庭花》，她们难道不知道《玉树后庭花》是亡国之音吗？另一种解释是，歌女的演唱，其实说的是听众，歌女之所以要唱这个后庭遗曲，是因为听众点了它。也就是说，现在的人，已经完全忘记了历史，还跟当年一样继续奢华。王安石对这样一种现实，怀着深深的忧虑。

从词的题材上讲，王安石这首词，把人们引向了对历史的思考，也引向了对现实的观照。正如刚才说到的，这在词史上具有开拓的意义。而上一片写景如画，确实是“画图难足”，非常具有画面感，而且是立体的、动态的画面。下片的怀古，剪辑也非常见功力。不露痕迹地运用前人的诗句入词，这对后来周邦彦写词也有些启发。周邦彦的词，就是善于化用前人诗句，而且把它发展成为一种比较完备成熟的艺术技巧，他的《西河·金陵怀古》就是融化诗句入词的杰作，这方面王安石可以说是创始者。

下面我们再来讲大家都很熟悉的《念奴娇·赤壁怀古》。你们在中学时代大概就能够背诵这首词了。这是唐宋词“金曲排行榜”的第一首。几年前，我和研究生一起做过宋词100首的排行榜，《念奴娇·赤壁怀古》名列第一。今年我又让一个硕士研究生做硕士论文，做宋词300首的排行榜，而且加了更多的数据和条件，原来只有两个方面的数据，现在加了四个方面的数据，所用的资料和数据多了许多，最终的结果还是这首《念奴娇》高居榜首。它的得分将近300分，比第二名要高出100多分，无论是它的知名度，还是它的影响力，可以说在宋词里头是无与伦比的。同时我也让研究生做了唐诗300首的名篇排行榜，第一首是谁的呢？结果也出乎我的意料。你们猜是哪一首？是崔颢的《黄鹤楼》，高居唐诗300首名篇的第一首。这也是根据三个方面的数据排列出来的。我原以为第一首应该是杜甫的诗，结果不是。所以定量分析得出的结论，有时候出乎你的意料之外，蛮有趣味的。在宋词金曲排行榜里头，前十首，绝大部分都是名家、大家写出来的，像苏轼，一个人就占了三首。唐诗十大名曲里头，小家却占了一半。第一是崔颢的，第二是谁的呢？王湾的《次北固山下》，这也在我们的意料之外。这是什么原因呢？为什么杜甫的诗篇没有高居榜首？我现在也还没有思考得很明白。

苏轼这首词能成为经典中的经典，本身的艺术成就非常高固然是一个重要因素，但历代都有人给它鼓吹也是使它名扬千古的一个重要原因。有时候名作容易被埋没，而东坡这首词，从宋代开始，就不断有人赞美称道，帮他炒作。南宋胡仔的《苕溪渔隐丛话》，是宋代很有名的诗话著作，里面就说了："东坡'大江东去'赤壁词，语意高妙，真古今绝唱也。"他说是古今绝唱，无与伦比，胡仔是很有眼光又有影响力的批评家，他的话，可是一锤定音哦。他的评价，对后来的评价非常有导向性。还有金代的著名诗人元好问，在金代100多年的历史上，元好问绝对是最有成就、最有影响的第一流大诗人，他的《题闲闲书赤壁赋后》说："词才百许字，而江山人物无复余蕴，宜其为乐府绝唱。"江山人物尽收眼底，确实是词中的绝唱。"闲闲"，是赵秉文，也是当时著名的文坛领袖，赵闲闲很喜欢苏轼的赤壁赋，就把它书写下来，元好问在后面题写了这个跋文。两大名流，都给它盖棺定论，说是绝唱，想不出名都不行啊！在词学史上众多的评论中，我觉得晚清黄苏《蓼园词选》对这首词的解读，最到位，深得东坡的用心。他说："题是赤壁，心实为己而发"，表面上是怀古，实际上是写心，写自己的人生失意。表面上写周郎，但"周郎是宾，自己是主"，能够发现这一点很不容易。"借宾定主，寓主于宾"，这话说得很玄乎。"是主是宾，离奇变幻，细思方得其主意处"，慢慢地揣摩，才能领会词人的创作意图和他所要表达的意思。《蓼园词选》是晚清一部很重要的词选，现在有点校本，济南齐鲁书社出版的。

说了半天，还是来看这首词吧：

> 大江东去，浪淘尽、千古风流人物。故垒西边，人道是、三国周郎赤壁。乱石穿空，惊涛拍岸，卷起千堆雪。江山如画，一时多少豪杰。　遥想公瑾当年，小乔初嫁了，雄姿英发。羽扇纶巾，谈笑间、樯橹灰飞烟灭。故国神游，多情应笑我，早生华发。人生如梦，一尊还酹江月。

“大江东去，浪淘尽、千古风流人物”，一开篇就非常有气势。关于这首词，有一个很有名的故事，也许你们早就知道了——苏轼在做翰林学士的时候，曾经问他的一个朋友，说：我的词与柳永词相比如何啊？他的朋友说，柳永词要十七八岁的女孩儿执红牙拍板，唱“杨柳岸晓风残月”；学士您的词，要关西大汉，执铜琵琶铁板，唱“大江东去”。咣咣咣，像是进行曲。读“大江东去”这四个字，我就会联想到黄鹤楼的一副楹联。你们去看过没有？记不记得？“爽气西来，云雾扫开天地憾；大江东去，波涛洗尽古今愁。”这副楹联也很有气势，其中的“大江东去”是直接从这首词里借来的。从画面感来说，大家可以联想到《三国演义》主题曲“滚滚长江东逝水，浪花淘尽英雄”那波涛翻滚的气势！不过，我觉得《三国演义》唱主题曲时那个镜头呢，拍得还不是特别的理想。拍的是近景，只看到浪花在翻滚，却没有展现出大江奔腾的阔大气势，气势没有呈现出来。如果我是导演的话，就给他改一下。借用李白的诗“黄河之水天上来，奔流到海不复回”，那才叫有气势。李白真是仙人，他仿佛利用了航拍，李白那个时候就好像知道从天上往下看，两句诗里，从黄河的源头写到黄河的入海处，奔流几千里，那可不是一般的人能想象到、能写出来的，只有谪仙才行啊！“大江东去”这四个字，包含着一股气势、一股力量，包含着阔大的空间感。同时这一句，又暗点了题目。“大江东去”，点赤壁；“浪淘尽、千古风流人物”，点怀古。写景当中蕴含着他对历史的思考。这滚滚东去的大江，见证着历史的变化，见证着千古风流人物。辽阔的空间、更确切地说是奔腾流动的空间里，寄托着历史的变迁感。画面给我们展现的“浪淘尽”“大江东去”，都是空间，但“千古”两个字，蕴含着一种深沉的历史感。

“故垒西边，人道是、三国周郎赤壁”，进一步正面点题。人们传说，西边那个旧的战壕，就是当年三国周瑜打仗的赤壁。苏轼的这个说法比较策略。因为赤壁，原本有两个，苏轼没有肯定这里就是赤壁大战的地方，“人道是”，人们传说是这个地方。周郎赤壁之战的赤壁，到底是湖北黄冈的赤壁，还是湖北蒲圻的赤壁，到现在还没有定论。自古以来，多数意见认为是湖北的蒲圻，蒲圻的赤壁称武赤壁，就是赤壁打仗的地方；黄州的这个赤壁，因为苏轼写了前后《赤壁赋》，写了“大江东去”《赤壁怀古》词，所以号称“文赤壁”。但是前几年这两个地方较劲，争赤壁大战的赤壁是指本地赤壁。后来蒲圻人先下手为强，干脆把蒲圻县改成了赤壁市，进行了商标注册。其实黄州赤壁，不论是不是赤壁大战的所在地，一样的出名。我说莫争莫争，都有荣焉。记得顾炎武还是谁说过，山东人说李白是山东的，四川人说李白是四川的，到处争这个李白的籍贯，顾炎武说莫争莫争，反正李白是我们中国人的，都是与有荣焉。我去年到四川开会，我说我们湖北人也沾李白的光，李白是我们湖北的女婿哦，他的第一位夫人就是我们湖北安陆人，所以我们也感到光荣。黄州的赤壁，有了苏轼在那里写了这么有名的作品，足以不朽了。

下面进一步写赤壁的形胜。“乱石穿空，惊涛拍岸，卷起千堆雪”，我最欣赏这三句，非常富有画面感，更有立体的雕塑感和造型感。这个“乱石穿空”啊，亏苏轼想得出来！什么时候有空你们到黄州赤壁去看一下啊，黄州赤壁现在根本看不到乱石了，也许是沧海桑田的变化吧，现在的赤壁已经离开江面有两三里远，你站在赤壁的底下压根看不到大江，要站在赤壁的顶上才能遥望长江。我想象当时苏轼是站在赤壁底下，往上面看，镜头是仰拍的，才能拍得到“乱石穿空”的景象。“惊涛拍岸”，这是一种横向的力度美，“拍”字，很有力量。“卷起千堆雪”啊，表现波涛打到赤壁上又弹回来，喷出无数的水花。“卷”字，也用得非常巧妙。要说起来，这“卷”字是从柳永“怒涛卷霜雪，天堑无涯”那儿学来的。苏轼一方面不太满意柳永的词，另一方面，他又有暗中跟柳永较劲的意思。我们还可以把这两句跟“野狐精”的《桂枝香·金陵怀古》比较一下。王安石的词主要写静态之景，而苏轼这里呢，更突出强调景物的动态和气势。我觉得，苏轼也有一点跟王安石较劲的意思，你写了一首《金陵怀古》，我就写一首《赤壁怀古》跟你比一比，构思上有点接近。但是相对来说，王安石写这首词，是以政治家的眼光，用一种冷静平和的笔调来写；苏轼更具诗人的气质，他这时候是激情澎湃，写来笔力千钧。“江山如画”，是收束上文，总结上文。“一时多少豪杰”呢？为下文提示、过渡。这首词的结构非常绵密。它之所以能够成为千古名篇，成为古今绝唱，一个重要原因就是它的结构浑成圆融，字字珠玑，一个字都换不得。

上片是写赤壁之景，写景当中已经蕴含着怀古，已经渗透着历史感。下片是怀古。“遥想公瑾当年，小乔初嫁了，雄姿英发”，我们先不说怀古，从塑造人物性格上讲，看看推出的画面，是怎么一个“雄姿英发”！先是长得非常英俊的大帅哥出场，跟着是美貌绝伦的小乔登场。在战火纷飞的背景当中，出现了英雄加美人，这也亏苏轼想得出来。其实，赤壁大战的时候，小乔不是“初嫁”。我们去翻一下历史就知道，赤壁大战是在建安十三年，公元 208 年。而周瑜娶小乔是在什么时候？是在建安四年，公元 199 年。赤壁大战的时候，周瑜娶小乔已经过了九年，开句玩笑，这个时候的小乔已经是两三个孩子的妈了，绝对不是“初嫁”。苏轼不是不知道这段历史，他在这里极力表现周瑜的人生得意，爱情事业双丰收，实际上是反衬自己人生的失意。也就是黄苏《蓼园词选》里说的“周郎是宾，自己是主”。这一开始不太好理解，从字面上，从篇幅上讲，说周郎的多，好像直接正面描绘的是周郎，实际上周郎是宾客，是用作陪衬的。周郎越是人生得意，越发显示苏轼此时的失意。

大家知道，苏轼这首词是在黄州写的，他是因为“乌台诗案”而被贬谪到黄州的，我们要了解这个创作的背景。苏轼在这之前是在湖州当太守，相当于浙江湖州的市委书记，那也是人上人啊，而且还是文坛领袖，如今却变成了阶下囚，人生是倒霉透顶了。苏轼曾经题写自画像说：“问汝平生功业，黄州惠州儋州。”苏轼自嘲说，俺这一辈子干了哪些伟大的事业、惊天动地的事业？只有三件事：贬到黄州，然后贬到广东的惠州，最后贬到了海南岛的儋州。贬谪黄州，是他人生第一次最沉重的打击，是他心头永远抹不去的伤痛。人生最大的痛苦莫过于失落的痛苦、被剥夺的痛苦。苏轼过去那些地位、那些荣誉，这时候统统都被剥夺掉了，他有强大的心理反差，所以这个时候他非常失意。他这样夸赞周瑜，实际上是为了反衬自己人生的不得意。周瑜“雄姿英发”，人长得帅气，又有才气，文武双全，又建立了丰功伟业，人生的好事美事被他一人占全了。“羽扇纶巾”，“羽扇”，摇着鹅毛扇，“纶巾”是一副儒生打扮，这个时候没有着戎装，不是穿着铠甲。“谈笑间、樯橹灰飞烟灭”，谈笑之间，轻轻松松地，就把曹操的几十万大军给搞定了，把他的战船烧得个灰飞烟灭。人生有这么一次辉煌，就足够了，苏轼好生羡慕啊！所以他说：神游故国，应笑我多情，华发早生。周瑜说，东坡居士，你年纪也不大嘛，怎么头发早早地就花白了呢！东坡想到周瑜一定会嘲笑自己，其实是他的自嘲，也是一种苦笑。他想到了人生如梦，“早生华发”怎么会跟人生如梦联系在一起？人生苦短，他很想能够像周瑜那样有所作为，能够创造一次人生的辉煌，可惜40多岁了，身遭贬谪，何时能够脱离这样一种政治的困境？他看不到出路，不知道何日能够解脱，所以他特别悲哀。一个是他政治上受挫折打击，本来就让他悲哀了；另一个呢，他想去建功立业，创造辉煌，现在已经40多岁了，来日苦短，人生很短暂，这是两层悲哀。

那么“人生如梦”怎么理解呢？人生如梦也包含着三层含义。第一层是人生像梦一样地短暂，这表现出一种生命本体的忧患。我说王安石的诗、王安石的词是政治家的诗、是政治家的词，他的诗词充满了政治家对社会的思考，对社会前途命运的思考；而苏轼是一个哲人，他的诗、他的词充满对个体命运的思考。政治家王安石关注的是社会，苏轼关注的是个体生命，关注的是个体人生。人生短暂，这一点在《前赤壁赋》里头也有表现：“哀吾生之须臾，羡长江之无穷。”第二层呢？是说人生命运像梦一样变化莫测，命运具有多变性、虚幻性。第三层，说人生像梦一样，人不能够主宰、把握自己的命运。这也是他在《临江仙》词里说到的“长恨此身非我有”，自己不能主宰自己的命运，这在官场上尤其如此。像我们现在，命运应该说是由我们自己主宰的，但从绝对意义上讲，你的命运依然是不由你自己主宰的。

那面对“人生如梦”，应该怎么办呢？苏轼这里说得很含混：“一尊还酹江月。”他拿了一杯酒往那一洒，祭奠江月。也许他暗暗地说，一二十年以后，我苏轼还是一条好汉。苏轼这里的态度含混模糊，他有一点失意，又有一点不甘心，他没有绝望，骨子里还有一种不服气。苏轼对人生非常乐观，他早就意识到人生的悲欢离合、人生的挫折磨难，就像月亮的圆缺一样是不可避免的，他坚信总有一天会摆脱这些挫折和磨难。所以这个“酹”还带有一点不服气的意思：“我总有一天能够跳出来！”

苏轼给人最大的启示是：他总是乐观地面对人生，含笑面对人生。这首词虽然是怀古，但是也曲折地表达了他的一种人生态度。在一般人看来，“人生如梦”是多么消极啊！其实“人生如梦”本身并不消极，意识到“人生如梦”时，采取一种什么样的态度，才有积极与消极之分。有人觉得“人生如梦”，就要及时行乐；另一种态度是，既然人生苦短，就要及时地建功立业。我觉得，苏轼这里没有沉沦，还有上进心。为什么呢？如果他真正地死心、真正地绝望，他就不会羡慕周瑜了，也许想都不会想周瑜。既然他那样羡慕周瑜，骨子里是希望能像周瑜那样，去实现个体对社会的责任，实现人生的社会价值。我想这首词有两点启示：第一点是面对着人生的挫折，我们要乐观，要有一种信念——对生命的信念，任何时候都不能丧失这一点。第二点就是，无论是在什么困境中，总要怀抱一种理想，总想着要履行个体对社会的一种责任。苏轼虽然更多地关注个体人生的命运，但同时他也没有忘记个体对社会的责任。

我们下面再看两首赤壁词。我有意把三首词进行比较：同样是怀古，如何写？下面这首词是南宋戴复古的《满江红》。无论就它的知名度而言，还是就它的艺术精巧度而言，确实比苏轼的《赤壁怀古》稍逊一筹，要差一个档次。

> 赤壁矶头，一番过、一番怀古。想当时、周郎年少，气吞区宇。万骑临江貔虎噪，千艘列炬鱼龙怒。卷长波、一鼓困曹瞒，今如许。　　江上渡，江边路。形胜地，兴亡处。览遗踪，胜读史书言语。几度东风吹世换，千年往事随潮去。问道旁、杨柳为谁春，摇金缕。

假如没有前面苏轼的赤壁怀古词，那这首词也算是写得很好的了。但是有了东坡词，这一比啊，就比出它的差距来了。这首词是“入手擒题”，一开始就正面点题，用了两句 11 个字说明“赤壁怀古”之意，虽然很老实，但是不免显得有点笨拙，有点浪费笔墨。题目已经交代怀古了，还要你在词中说什么怀古呢？就没有必要再说“怀古”了嘛。人家苏轼那里，是“大江东去，浪淘尽、千古风流人物”，写景当中就把读者的思路引向了千年的历史。“想当时、周郎年少，气吞区宇”，他怎么来写周郎呢？前面已经有苏轼的“雄姿英发。羽扇纶巾，谈笑间、樯橹灰飞烟灭”，苏轼写战争场面只用了一句“樯橹灰飞烟灭”，他浓墨重彩描绘的是周瑜的形象，是周瑜人生的得意。戴复古这里呢，他只是写这一场战争：当时年少的周郎，“气吞区宇”，就像辛稼轩写的“气吞万里如虎”，他指挥万骑临江，他的将士像貔虎一样，个个勇猛异常。“貔”是一种勇猛的野兽，这是写周郎、写东吴大军的气势。“千艘列炬鱼龙怒”，千艘战船都在燃烧着火把，以至江里头的鱼龙都为之惊怒。这是写两军对垒的场景，对偶句比较精彩，也有特点。“卷长波”三个字有气势，好像把江水倒挂起来一样，把曹操围困在那里。可惜这些场景都没了，“今如许”，今天的赤壁是如此的冷清。

他这样怀古是什么用意呢？戴复古是南宋后期词人。这个时候，整个社会苟且偷安，他想为什么现实中再也见不到像周瑜这样的领袖人物呢？我们南宋为什么就很难出现和金人决斗的场面呢？他在这里有意突出当年赤壁大战的辉煌，他突出的不是人，而是周瑜大战的场面，这里也蕴藏着一种对现实的痛苦和一种感慨，觉得这样的场面南宋已经不复可见了。“江上渡，江边路。形胜地，兴亡处”，这四句比较铺张浪费，说的只是一个意思，就是赤壁。“览遗踪”，说登览遗踪故迹，比读史书、比读文字上的材料更加让人感慨。到了赤壁这个地方，好像脑海当中再现出当时的历史情景，也更增加了对现实的感伤。想到“几度东风吹世换”，沧海桑田，可惜当时那样历史的场景已经不见了，当时“气吞区宇”的人物已经不见了。见不到那样的人，见不到那样的事，“问道旁、杨柳为谁春，摇金缕”的“金缕”，是指初生的柳叶。杨柳倒还展现出丝丝生机，而现实却是死气沉沉，杨柳为谁摇曳为谁绿？在这种现实政治环境中，谁还有心情去欣赏枝头的金缕啊！心情沉重，以至如斯！

戴复古这首词里头，表现的不是对历史人生的思考，而是对当时朝廷无能和社会现实的一种感慨。这种感慨是我们揣摸出来的，不是字面上表现出来的。这首词，清人《四库全书总目·石屏词提要》评价比较高，说："赤壁怀古《满江红》一阕，则豪情壮采，实不减于轼。"但是我觉得这首词的"壮采"还是"减于轼"的，比苏轼赤壁怀古词还是要差一点。顺便说明一下，《石屏词》，是戴复古的词集。

我们再来看辛稼轩的一首赤壁词。稼轩这首词很难说是名作，在辛稼轩的作品中，原是不太起眼的一首，艺术水平也很一般，我是为了比较，才把它提出来，以便比较在不同的环境之下，诗人不同的心态、不同的表达方式。和平时代的苏轼，借周瑜来表达自己人生的失意。战乱之后的戴复古，表达的是一种对社会现实的反讽、一种隐隐约约的不满。而作为英雄的辛稼轩，他站在赤壁底下，又想到了什么呢？看看他的《霜天晓角》所唱：

雪堂迁客。不得文章力。赋写曹刘兴废，千古事、泯陈迹。　望中矶岸赤。直下江涛白。半夜一声长啸，悲天地、为予窄。

这也是一首押入声韵的词。他首先感慨苏轼的不幸。"雪堂"，是苏轼在黄州居住的地方，苏轼有文才，被贬谪到此地，写了著名的前后《赤壁赋》，写了著名的《念奴娇·赤壁怀古》，可是苏轼没有得到文章的好处，文章没有改变他的悲剧命运。稼轩为苏轼感到遗憾，也在为他鸣不平。古人常说“儒冠误我”，苏轼如此天才，都没有办法改变他迁客的命运，怎能不让人感慨？苏轼“赋写曹刘兴废”，《赤壁赋》里头不是写曹操“舳舻千里，旌旗蔽空，酾酒临江，横槊赋诗，固一世之雄也，而今安在哉”吗？当年是何等的气势，如今呢？千古以前的事，没了。“泯陈迹”，陈迹消失了。稼轩面对赤壁，倒没有正面地去写曹操、写周瑜。辛稼轩是英雄，英雄崇拜英雄，他心目中的英雄是曹操和刘备，那个时候还没有小说《三国演义》，只有《三国志》，曹操在辛稼轩的心目中是英雄，曾经说“天下英雄谁敌手，曹刘”。所以他这里没有贬义，只是说历史的兴废，曾经有两位辉煌的人物决斗过，最后也没留下什么痕迹。辛稼轩好像没有到赤壁，请注意，词中写的是“望中矶岸赤”，好像是在江对岸，在我的老家鄂州写的。

“半夜一声长啸”，就像岳飞的“怒发冲冠，凭栏处、潇潇雨歇”一样，这一声长啸，是如此震撼人心：“悲天地、为予窄。”天地是如此之宽，却没有我施展才华之时、没有我请缨之地。这可以说是英雄的怒吼，是英雄的长啸。这一啸，凸现出稼轩的英雄本色。我们看看古人类似这样的诗句。唐代孟郊有一首诗，叫《赠崔纯亮别》：“食荠肠亦苦”，荠本来是甜的，但是吃起来肠子都是苦的，吃甜的都苦，可见他的生活没有一丝快乐。“强歌声无欢”，虽然勉强唱歌，但歌声中也无欢愉之意。“出门即有碍，谁谓天地宽？”出门就是绊脚石，谁说天地宽阔呀？孟郊这人一生倒霉，所以有这种心态。李白的《行路难》写来气势就不一样了：“大道如青天，我独不得出”，世间的道路像青天一样地宽广，可就是没有我李白的出路！他也是表现人生的失意，但写得有气势。记得北京大学的林庚先生在谈到“盛唐气象”时说过，人家李白即使表现痛苦、表现不满，都很有气势，不像宋人那么感伤，“凄凄惨惨戚戚”的。这是从另外一个层面来比较，说的是盛唐诗人富有豪迈的气概。中唐白居易的诗则说：“无事日月长，不羁天地阔”，白居易表现的是悠闲的心境。没事的时候，你觉得日月很长，日子很好过，很悠闲。“不羁”，心中没有苦恼，没有羁绊，你就觉得天宽地阔，海阔凭鱼跃，天高任鸟飞。辛稼轩这个“悲天地、为予窄”，反映的是在那个苦闷压抑的时代里，英雄找不到出路的悲哀。这是个体英雄的悲剧，更是时代、社会的悲剧。辛稼轩这一句，跟李白的“大道如青天”有一拼。

上面讲的是几首怀古词，下面再讲两首咏史词。咏史是直接对历史事件或历史人物来谈感受，常常是借古人的事来说自己的事，有的是正说，有的是反说。且看王安石的《浪淘沙令》，这是唐宋词史上比较早的一首咏史词：

伊吕两衰翁。历遍穷通。一为钓叟一耕佣。若使当时身不遇，老了英雄。　汤武偶相逢。风虎云龙。兴王只在笑谈中。直至如今千载后，谁与争功。

前面我们说过，咏史词是不写景的，这首词就是如此，直接发议论，谈历史。这里王安石是借历史人物来说自己人生的不得志。伊尹、吕尚，这两个老头啊，经历了人生的得意和失意。古人的“穷”和“贫”是有区别的。“贫”是指经济上的贫困，“穷”是指政治上的不得意。这两个人，穷通荣辱都经历了。早年不得意的时候，姜太公吕尚在干什么啊？成天钓鱼，等待机会。而伊尹呢，是佣耕，给别人打长工，当打工仔。后来伊尹，是因为商汤王做梦，才发现了他这么个贤能之人。“若使当时身不遇”，假如这两老头没碰到那两位英明的君王，谁知道他俩是英雄啊？到老死都是两个穷老头！“汤武偶相逢”，伊尹偶然地碰到了商汤王，吕尚偶然地碰到了周武王，才能够“风虎云龙”。云从龙，风从虎，原是一个卦辞，这里指君臣遇合，贤相碰到了圣君，所以他们建立了伟大的功业。“兴王只在笑谈中”，杨慎写的弹词，就是《三国演义》主题曲，其中“古今多少事，都付笑谈中”两句，好像是受这句的影响。“直至如今千载后，谁与争功”，是什么意思啊？王安石说这两个老头之所以得意，之所以建立功业，是因为他们碰到了两个英明的君王。我王安石怎么那么倒霉啊？我也是英雄啊！可是我现在就没这样的好运气。假如我能碰上商汤王、周武王这样的人，谈笑之间，我也能够“兴王”。当然后来他碰上了宋神宗，也干了一番大事业。列宁曾说王安石是中国11世纪最伟大的改革家呢。这首词表面上是咏史，实际上毋宁说是言志抒怀，写他的人生理想。

我们再看辛稼轩的《卜算子》词，也是借古人的酒杯浇自己的块垒，借古人的失意，说自己的不得意：

> 千古李将军，夺得胡儿马。李蔡为人在下中，却是封侯者。　　芸草去陈根，笕竹添新瓦。万一朝家举力田，舍我其谁也。

这是一首幽默词，也是一首咏史词。李广李将军，千年以来也就这么一个，他可以“夺得胡儿马”，多有本事！受伤被俘了以后，他从绑缚的绳网里跳出来，抢走胡儿的马逃脱了，《史记·李将军列传》里记载有这个情节。可是“李蔡为人在下中”，李蔡的能力才干只是下中等，“却是封侯者”。“者”，应读 zhǎ，以便押韵。“千古李将军”，没有封侯，而李蔡的智商、本事远不如李广，却封了侯。不着一字议论，不平之气自在其中。本应该骑战马、挥舞大刀长枪在战场上指挥杀敌的英雄辛弃疾，命运又如何呢？他在田间地头拿着锄头除草，在家里砍竹子做引水管，干着农夫工匠的活计。“笕竹添新瓦”的“笕竹”，是把竹子中间打通，从山泉里引下水来，做成像现在的自来水管似的。笕，这里用作动词。没别的事干，要么是除草，要么是劈竹子。“万一朝家举力田”，将来朝家举行种田比赛，俺倒是可以去夺个头名状元，辛稼轩这是苦笑，是自嘲。一代英雄，“却将万字平戎策，换取东家种树书”，浑身的本事没地方用。本来是想要当国防部长、当军委主席的，好指挥军队去收复中原失地，实现国家的统一，现在却只能像农民一样，锄锄杂草，砍砍竹子，这是多么可悲可叹的英雄悲剧啊！辛稼轩借“千古李将军”的不遇来抒发自己人生失意的感慨，同时也说明，像他这样不得意的英雄，自古有之。

辛稼轩晚年还写有一首著名的怀古词《永遇乐·京口北固亭怀古》，明代杨升庵杨慎，评价这首词是“稼轩词中第一”。因为时间的关系，没法讲了。有个字的读音提示一下，其中“佛狸”的“佛”，不读 fó，应该读 bì，是一个姓。

这门课到这里就讲完了，希望大家牢记四个字：“想象”“还原”。无论是读词还是读诗，都要展开想象，把语言符号还原成诗人所描绘的具体的生动的场景、画面，进入到词人诗人所建构的情感世界和艺术世界中去。

再版后记

我欣赏解读唐宋词的理路和方法，跟传统的套路不大一样。我不满足于字句的串讲、诗意的阐释和技巧的说明，而是强调欣赏者的主动创造，尽力用想象还原词作的情境。写词需要想象，读词同样需要想象。著名词学家吴世昌先生早就说过：“要欣赏或批评词，光是了解字句、典故、章法等项是不够的，还得要有想象力。文艺和别的作品不同，一个作家不会把所有的话都说完。尤其是诗人，他只能提出几个要点，其余的部分要靠读者自己去想象、配合、组织……古生物学者发现一个兽类的牙齿或脊椎，便能算出它的头角该有多大，躯干该有多长。这可以说是一种还原的工作。我们读词，也应该有这种还原的能力。”（《读词须有想象》）通过想象把诗人词家所创造的情景还原重构出来，才能真正读出诗词特有的韵味。所以，我提出：“一句一镜头，一诗一电影。”因此，我解读词，力图将词中每句的镜头感、画面感想象出来，将全词的镜头、画面连缀成一部微电影，引导读者进入词中绚丽多姿的艺术世界和情感世界，走近古人的心灵世界，感悟古人的人生智慧。

这本书原是在课堂讲课的实录，整理成书后，2006年由广西师范大学出版社出版，题为《唐宋词名篇讲演录》。问世以后，颇爱读者关注，初版数千册，不到一年即售罄而重印。十年来，时有读者来函致电指陈得失，一直想有机会加以修订，以回应读者的厚爱。恰逢群言出版社的责任编辑张津津女史策划一套古典诗文的鉴赏丛书，欲将本书收入其中以充数。津津跟我有些师友渊源，她是我学生董希平教授指导的硕士，早就相识。更主要的是，她近年编了不少好书，十二分的敬业，常常夜里十一点多还在办公室看书稿，打电话跟我约稿和交流。有感于她的执着和盛情，于是趁机将原书稿修订一遍，交由她编校。让我感动的是，书稿给她一个多月，就被她打磨得焕然一新，不只是技术处理而已。优秀的编辑，总能刮垢磨光，让书稿的质量更上层楼。津津就是这样的好编辑。

特书数语，交代修订重印的缘起，并对津津女史付出的辛勤劳动表示由衷的谢意！

王兆鹏

2015年8月15日于武昌